随缘而喜

我的人生哲学

季羡林◎著

国际文化出版公司

·北京·

图书在版编目（CIP）数据

随缘而喜：我的人生哲学 / 季羡林著．—北京：国际文化出版公司，2014.3

ISBN 978-7-5125-0664-0

I. ①随… II. ①季… III. ①散文集—中国—当代 IV. ① I267

中国版本图书馆 CIP 数据核字（2014）第 037277 号

随缘而喜：我的人生哲学

作　　者	季羡林	
责任编辑	潘建农	
统筹监制	葛宏峰	
策划编辑	福茂茂	
美术编辑	秦　宇	
出版发行	国际文化出版公司	
经　　销	国文润华文化传媒（北京）有限责任公司	
印　　刷	阳谷毕升印务有限公司	
开　　本	880 毫米 × 1230 毫米	32 开
	10.5 印张	226 千字
版　　次	2014 年 4 月第 1 版	
	2020 年 1 月第 3 次印刷	
书　　号	ISBN 978-7-5125-0664-0	
定　　价	48.00 元	

国际文化出版公司
北京朝阳区东土城路乙 9 号　　邮编：100013
总编室：（010）64271551　　传真：（010）64271578
销售热线：（010）64271187
传真：（010）64271187-800
E-mail：icpc@95777.sina.net
http://www.sinoread.com

序言：我的小传 [a]

　　季羡林，生于 1911 年 8 月，原籍是山东省清平县（现改归临清市），家庭是农民。父亲和叔父幼丧父母，家里贫无立锥之地，被迫逃到济南谋生。经过艰苦奋斗，叔父终于在济南立住了脚。我于七岁离开父母往济南依靠叔父，在那里上小学、初中和高中。1930 年高中毕业，考入北京国立清华大学西洋文学系（后改外国语文系）。1934 年毕业，获文学学士学位，回济南任母校山东省立济南高中国文教员一年。1935 年被录取为清华大学与德国的交换研究生。是年秋赴德，入哥廷根（Goettingen）大学，学习梵文、巴利文、吐火罗文等。1941 年获哲学博士学位。1946 年回国，任北京大学教授兼东方语言文学系主任。解放后任原职。1956 年当选为中国科学院哲学社会科学部学部委员。同年加入中国共产党。1978 年兼任北京大学副校长、中国社会科学院与北京大学合办的南亚研究所所长。1984 年，研究所分设，改任北京大学南亚东南亚研究所所长。

---

a　本文节选自《季羡林全集》（外语教学与研究出版社，2009 年版）第五卷"回忆录"之《小传》，写于 1988 年。

从中学时代起，我就开始学习着写一些东西，也曾翻译过一些欧美文学作品。上大学后，念的是西方文学，以英文为主，辅之以德文和法文。当时清华大学虽然规定了一些必修课，但是学生还可以自由选几门外系的课。我选了几门外系的课，其中之一是陈寅恪先生的"佛经翻译文学"。这门课以《六祖坛经》为课本。我从来不信任何宗教，但是对于佛教却有浓厚的兴趣。因为我知道，中国同印度有千丝万缕的文化关系。要想把中国思想史、中国文学史搞清楚，不研究印度的东西是困难的。陈先生的课开扩了我的眼界，增强了我研究印度的兴趣，我学习梵文的愿望也更加迫切了。

1935 年我到了德国。德国对梵文的研究是颇有一点名气的，历史长，名人多，著作丰富，因此具有很大的吸引力。外国许多梵文学者是德国培养出来的，连印度也不例外。我到了德国，入哥廷根大学，从瓦尔德施米特（Waldschmidt）教授学习梵文和巴利文。他给我出的博士论文题目是关于印度古代俗语语法变化的，从此就打下了我研究佛教混合梵文的基础。苦干了五年，论文通过，口试及格。以后，瓦尔德施米特教授应召参军，他的前任西克（Sieg）教授年届八旬，早已退休，这时又出来担任教学工作。这位老人待人亲切和蔼，对于我这个异域的青年更是寄托着极大的希望。他再三敦促我跟他学习吐火罗文和吠陀。我今天在这方面的知识，都是他教导的结果。我毕生难忘我的德国老师们。

在德国十年，我主要致力于语言的研究，对于印度古典文学很少涉猎。

但是回国以后，情况有了很大的变化。我喜欢的那一套印度古代语言，由于缺少起码的书刊资料，不管我多么不愿意，也只能束之高阁，研究工作无法进行。在科学研究方面，我是一个闲不住的人。现在干些什么呢？我徘徊，我迟疑，结果我就成了一个"杂家"。有什么饭，就吃什么饭；有多大碗，就吃多少饭。这就是我当时的指导思想。于是，我研究印度史，研究中印文化关系史，研究印度佛教史，翻译和研究梵文文学作品也成了我的主要工作。

......ᵃ

有人可能认为，搞一些枯燥的语法现象同艰深的宗教理论，会同文学翻译与创作有矛盾。也许是因为我在两方面都搞得不够深，我倒没有感到有什么矛盾，反而觉得有利于脑筋的休息。换一个工作，脑筋就好像刀子重新磨了一样，顿时锋利好用。五六十年以来，我就是这样搞下来的。我不但翻译文学作品，自己也从事创作。少年时代大概也写过诗。从高中起就专写散文，迄今未断。已经出版了四个散文集：《天竺心影》，1980年，天津百花文艺出版社出版；《朗润集》，1981年，上海文艺出版社出版；《季羡林选集》，1980年，香港文学研究社出版；《季羡林散文集》，1986年，北京大学出版社出版。第五个集子《万泉集》也已出版。个人回忆录《留德十年》也在排印之中。

从上面叙述中可以清楚地看到，我这一生是翻译与创作并举，

---

a　此处有删节。

语言、历史与文艺理论齐抓，对比较文学、民间文学等等也有浓厚的兴趣，是一个典型的地地道道的"杂家"。我原以为，我成为"杂家"是被环境逼出来的。现在看起来，似乎并非如此，我真好像是有一些"杂家细胞"。现在环境早已改变了，而我仍然是东抓西抓，还乐此不疲，这事实我能否认掉吗？我早已年逾古稀，至今仍无改变的迹象和意愿，我恐怕将以"杂家"终了。

1988 年 4 月 15 日写完

目录

第一章　随缘而喜

第二章　随遇而安

第三章 一个信念，一个主旨，一点精神

第四章　思维的乐趣

第五章　悠游一百年

纵浪大化中，
不喜亦不惧。
应尽便须尽，
无复独多虑。

第 一 章

随缘而喜

天地萌生万物，对包括人在内的动植物等有生命的东西，总是赋予一种极其惊人的求生存的力量和极其惊人的扩展蔓延的力量，这种力量大到无法抗御。只要你肯费力来观摩一下，就必然会承认这一点。

从南极带来的植物

（从南极万古冰原中带来的一个奇迹。）

　　小友兼老友唐老鸭（师曾）自南极归来。在北大为我举行九十岁华诞庆祝会的那一天，他来到了北大，身份是记者。全身披挂，什么照相机，录像机，这机，那机，我叫不出名堂来的一些机，看上去至少有几十斤重，活灵活现地重现海湾战争孤身采访时的雄风。一见了我，在忙着拍摄之余，从裤兜里掏出来一个信封，里面装着什么东西，郑重地递了给我。信封上写着几行字：

　　　　祝季老寿比南山

　　　　南极长城站的植物，每100年长一毫米，此植物已有6000岁。

　　　　　　　　　　　　　　　　　　唐老鸭敬上

　　这几行字真让我大吃一惊，手里的分量立刻重了起来。打开信封，里面装着一株长在仿佛是一块铁上面的"小草"。当时祝寿会正要开始，大厅里挤满了几百人，熙来攘往，拥拥挤挤，我没有时间和心情去仔细观察这一株小草。

夜里回到家里，时间已晚，没有时间和精力把这一株"仙草"拿出来仔细玩赏。第二天早晨才拿了出来。初看之下，觉得没有什么稀奇之处，这不就是一棵平常的"草"嘛，同我们这里遍地长满了的野草从外表上来看差别并不大。但是，当我擦了擦昏花的老眼再仔细看时，它却不像是一株野草，而像是一棵树，具体而微的树，有干有枝。枝子上长着一些黑色的圆果。我眼睛一花，原来以为是小草的东西，蓦地变成了参天大树，树上搭满鸟巢。树扎根的石块或铁块一下子变成了一座大山，巍峨雄奇。但是，当我用手一摸时，植物似乎又变成了矿物，是柔软的能屈能折的矿物。试想这一棵什么物从南极到中国，飞越千山万水，而一枝叶条也没有断，至今在我的手中也是一丝不断，这不是矿物又是什么呢？

我面对这一棵什么物，脑海里疑团丛生。

是草吗？不是。

是树吗？也不是。

是植物吗？不像。

是矿物吗？也不像。

它究竟是什么东西呢？我说不清楚。我只能认为它是从南极万古冰原中带来的一个奇迹。既然唐老鸭称之为植物，我们就算它是植物吧。我也想创造两个新名词：像植物一般的矿物，或者像矿物一般的植物。英国人有一个常用的短语：at one's wits' end，"到了一个人智慧的尽头"，我现在真走到了我的智慧的尽头了。

在这样智穷力尽的情况下，我面对这一个从南极来的奇迹，不禁浮想联翩。首先是它那六千年的寿命。在天文学上，在考古学上，在人类生活中，六千是一个很小的数目，没有什么值得大惊小怪的地方。但是，在人类有了文化以后的历史上，在国家出现的历史上，它却是一个很大的数目。中国满打满算也不过说有五千年的历史。连那一位玄之又玄的老祖宗黄帝，据一般词典的记载，也不过说他约生在公元前26世纪，距今还不满五千年。连世界上国家产生比较早的国家，比如埃及和印度，除了神话传说以外，也达不到六千年。我想，我们可以说，在这一株"植物"开始长的时候，人类还没有国家。说是"宇宙洪荒"，也许是太过了一点。但是，人类的国家，同它比较起来，说是瞠乎后矣，大概是可以的。

想到这一切，我面对这一株不起眼儿的"植物"，难道还能不惊诧得瞠目结舌吗？

再想到人类的寿龄和中国朝代的长短，更使我的心进一步地震动不已。古人诗说："人生不满百，常怀千岁忧。"在过去，人们总是互相祝愿"长命百岁"。对人生来说，百岁是长极长极了的。然而南极这一株"植物"在一百年内只长一毫米。中国历史上最长的朝代是周代，约有八百年之久。在这八百年中，人间发生了多么大的变动呀。春秋和战国都包括在这个期间。百家争鸣，何等热闹。云谲波诡，何等奇妙。然而，南极这一株"植物"却在万古冰原中，沉默着，忍耐着，只长了约八毫米。周代以后，秦始皇登场。修筑了令全世界惊奇的长城。接着登场的是赫赫有名的汉祖、唐宗等等一批人物，半生征战，铁马金戈，杀人盈野，血流成河。一直到了清代末叶，帝制取消，军阀混战，最终是建成了中华人民共和国。两千多年的历史，千头万绪的史实，五彩缤纷，错综复杂，头绪无数，气象万千，现在大学里讲起中国通史，至少要讲上一学年，还只能讲一个轮廓。倘若细讲起来，还需要断代史，以及文学、哲学、经济、艺术、宗教、民族等等的历史。至于历史人物，则有的成龙，有的成蛇；有的流芳千古，有的遗臭万年，成了人类茶余酒后谈古论今的对象。在这两千多年的漫长悠久的岁月中，赤县神州的花花世界里演出了多少幕悲剧、喜剧、闹剧；然而，这一株南极的"植物"却沉默着、忍耐着只长了两厘米多一点。多么艰难的成长呀！

　　想到这一切，我面对这一株不起眼儿的"植物"难道还能不惊诧得瞠目结舌吗？

　　我们的汉语中有"目击者"一个词儿，意思是"亲眼看到的人"。我现在想杜撰一个新名词儿"准目击者"，意思是"有可能亲眼看到的人或物"。"物"分动植两种，动物一般是有眼睛的，有眼就能看到。但是，植物并没有眼睛，怎么还能"击"（看到）呢？我在这里只是用了一个诗意的说法，请大家千万不要"胶柱鼓瑟"地或者"刻舟求剑"地去推敲，就说是植物也能看见吧。孔子是中国的圣人，是万世师表，万人景仰。到了今天，除了他那峨冠博带的画像之外，人类或任何动物决不会有孔子的目击者。植物呢，我想，连四川青城山上的那一株老寿星银杏树，或者陕西黄帝陵上那一些十几个人合抱不过来的古柏，也不会是孔子的目击者。然而，我们这一株南极的"植物"却是有这个资格的，孔子诞生的时候它已经有三千多岁了。对它来说，孔子是后辈又后辈了。如果它当时能来到中国，"目击"孔子不是轻而易举的事情吗？

我不是生物学家，没有能力了解，这一株"植物"究竟是什么东西。我也没有向唐老鸭问清楚：在南极有多少像这样的"植物"？如果有多种的话，它们是不是都是六千岁？如果不是的话，它们中最老的有几千岁？这样的"植物"还会不会再长？这样一系列的问题萦绕在我的脑海中。我感兴趣的问题是，我眼前的这一株"植物"，身高六厘米，寿高六千岁。如果它或它那些留在南极的伙伴还继续长的话，再过六千年，也不过高一分米二厘米，仍然是一株不起眼儿的可怜兮兮的"植物"，难登大雅之堂。然而，今后的六千年却大大地不同于过去的六千年了。就拿过去一百年来看吧，科技发展，日新月异，过去连想都不敢想的事情，现在做到了；过去认为是幻想的东西，现在是现实了。人类在太空可以任意飞行，连嫦娥的家也登门拜访到了。到了今天，更是分新秒异，谁也不敢说，新的科技将会把我们带向何方。一百年尚且如此，谁还敢想象六千年呢？到了那时候人类是否已经异化为非人类，至少是同现在的人类迥然不同的人类，谁又敢说呢？

想到这一切，念天地之悠悠，后不见来者，我面对这一株不起眼儿的"植物"，我只能惊诧得瞠目结舌了。

2001.7.2

清塘荷韵

（天地萌生万物，对包括人在内的动植物等有生命的东西，总是赋予一种极其惊人的求生存的力量和极其惊人的扩展蔓延的力量。）

楼前有清塘数亩。记得三十多年前初搬来时，池塘里好像是有荷花的，我的记忆里还残留着一些绿叶红花的碎影。后来时移事迁，岁月流逝，池塘里却变得"半亩方塘一鉴开，天光云影共徘徊"，再也不见什么荷花了。

我脑袋里保留的旧的思想意识颇多，每一次望到空荡荡的池塘，总觉得好像缺点什么。这不符合我的审美观念。有池塘就应当有点绿的东西，哪怕是芦苇呢，也比什么都没有强。最好的最理想的当然是荷花。中国旧的诗文中，描写荷花的简直是太多太多了。周敦颐的《爱莲说》读书人不知道的恐怕是绝无仅有的。他那一句有名的"香远益清"是脍炙人口的。几乎可以说，中国没有人不爱荷花。可我们楼前池塘中独独缺少荷花。每次看到或想到，总觉得是一块心病。

有人从湖北来，带来了洪湖的几颗莲子，外壳呈黑色，极硬。据说，如果埋在淤泥中，能够千年不烂。因此，我用铁锤在莲子上砸开了一条缝，让莲芽能够破壳而出，不至永远埋在泥中。这都是一些主观的愿望，莲芽能不能够出，都是极大的未知数。反正我总算是尽了人事，把五六颗敲破的莲子投入池塘中，下面就是听天命了。

这样一来，我每天就多了一件工作：到池塘边上去看上几次。心里总是希望，忽然有一天，"小荷才露尖尖角"，有翠绿的莲叶长出水面。可是，事与愿违，投下去的第一年，一直到秋凉落叶，水面上也没有出现什么东西。经过了寂寞的冬天，到了第二年，春水盈塘，绿柳垂丝，一片旖旎的风光。可是，我翘盼的水面上却仍然没有露出什么荷叶。此时我已经完全灰了心，以为那几颗湖北带来的硬壳莲子，由于人力无法解释的原因，大概不会再有长出荷花的希望了。我的目光无法把荷叶从淤泥中吸出。

但是，到了第三年，却忽然出了奇迹。有一天，我忽然发现，在我投莲子的地方长出了几个圆圆的绿叶，虽然颜色极惹人喜爱，但是却细弱单薄，可怜兮兮地平卧在水面上，像水浮莲的叶子一样。而且最初只长出了五六个叶片。我总嫌这有点太少，总希望多长出几片来。于是，我盼星星，盼月亮，天天到池塘边上去观望。有校外的农民来捞水草，我总请求他们手下留情，不要碰断叶片。但是经过了漫漫的长夏，凄清的秋天又降临人间，池塘里浮动的仍然只是孤零零的那五六个叶片。对我来说，这又是一个虽微有希望但究竟仍令人灰心的一年。

真正的奇迹出现在第四年上。严冬一过，池塘里又溢满了春水。到了一般荷花长叶的时候，在去年漂浮着五六个叶片的地方，一夜之间，突然长出了一大片绿叶，而且看来荷花在严冬的冰下并没有停止行动，因为在离开原有五六个叶片的那块基地比较远的池塘中心，也长出了叶片。叶片扩张的速度，扩张的范围，都是惊人地快。几天之内，池塘内不小一部分，已经全为绿叶所覆盖。而且原来平卧在水面上的像是水浮莲一样的叶片，不知道是从哪里聚集来了力量，有一些竟然跃出了水面，长成了亭亭的荷叶。原来我心中还迟迟疑疑，怕池中长的是水浮莲，而不是真正的荷花。这样一来，我心中的疑云一扫而光：池塘中生长的真正是洪湖莲花的子孙了。我心中狂喜，这几年总算是没有白等。

天地萌生万物，对包括人在内的动植物等有生命的东西，总是赋予一种极其惊人的求生存的力量和极其惊人的扩展蔓延的力量，这种力量大到无法抗御。只要你肯费力来观摩一下，就必然会承认这一点。现在摆在我面前的就是我楼前池塘里的荷花。自从几个勇敢的叶片跃出水面以后，许多叶片接踵而至。一夜之间，就出来了几十枝，而且迅速地扩散、蔓延。不到十几天的工夫，荷叶已经蔓延得遮蔽了半个池塘。从我撒种的地方出发，向东西南北四面扩展。我无法知道，荷花是怎样在深水中淤泥里走动。反正从露出水面荷叶来看，每天至少要走半尺的距离，才能形成眼前这个局面。

光长荷叶，当然是不能满足的。荷花接踵而至，而且据了解荷花的行家说，我门前池塘里的荷花，同燕园其他池塘里的，都不一样。其他地方的荷花，颜色浅红；而我这里的荷花，不但红色浓，而且花瓣多，每一朵花能开出十六个复瓣，看上去当然就与众不同了。这些红艳耀目的荷花，高高地凌驾于莲叶之上，迎风弄姿，似乎在睥睨一切。幼时读旧诗："毕竟西湖六月中，风光不与四时同。接天莲叶无穷碧，映日荷花别样红。"爱其诗句之美，深恨没有能亲自到杭州西湖去欣赏一番。现在我门前池塘中呈现的就是那一派西湖景象。是我把西湖从杭州搬到燕园里来了，岂不大快人意也哉！前几年才搬到朗润园来的周一良先生赐名为"季荷"。我觉得很有趣，又非常感激。难道我这个人将以荷而传吗？

前年和去年，每当夏月塘荷盛开时，我每天至少有几次徘徊在塘边，坐在石头上，静静地吸吮荷花和荷叶的清香。"蝉噪林逾静，鸟鸣山更幽。"我确实觉得四周静得很。我在一片寂静中，默默地坐在那里，水面上看到的是荷花绿肥、红肥。倒影映入水中，风乍起，一片莲瓣堕入水中，它从上面向下落，水中的倒影却是从下边向上落，最后一接触到水面，二者合为一，像小船似的漂在那里。我曾在某一本诗话上读到两句诗："池花对影落，沙鸟带声飞。"作者深惜第二句对仗不工。这也难怪，像"池花对影落"这样的境界究竟有几个人能参悟透呢？

晚上，我们一家人也常常坐在塘边石头上纳凉。有一夜，天空中的月亮又明又亮，把一片银光洒在荷花上。我忽听扑通一声，是我的小白波斯猫毛毛扑入水中，它大概是认为水中有白玉盘，想扑上去抓住。它一入水，大概就觉得不对头，连忙矫捷地回到岸上，把月亮的倒影打得支离破碎，好久才恢复了原形。

今年夏天，天气异常闷热，而荷花则开得特欢。绿盖擎天，红花映日，把一个不算小的池塘塞得满而又满，几乎连水面都看不到了。一个喜爱荷花的邻居，天天兴致勃勃地数荷花的朵数。

今天告诉我，有四五百朵；明天又告诉我，有六七百朵。但是，我虽然知道他为人细致，却不相信他真能数出确实的朵数。在荷叶底下，石头缝里，旮旮旯旯，不知还隐藏着多少菁葜儿，都是在岸边难以看到的。粗略估计，今年大概开了将近一千朵。真可以算是洋洋大观了。

连日来，天气突然变寒。好像是一下子从夏天转入秋天。池塘里的荷叶虽然仍然是绿油一片，但是看来变成残荷之日也不会太远了。再过一两个月，池水一结冰，连残荷也将消逝得无影无踪。那时荷花大概会在冰下冬眠，做着春天的梦。它们的梦一定能够圆的。"既然冬天到了，春天还会远吗？"

我为我的"季荷"祝福。

1997 年 9 月 16 日中秋节

槐　花

（难道我们就不能永远用新的眼光去看待一切事物吗？）

　　自从移家朗润园，每年在春夏之交的时候，我一出门向西走，总是清香飘拂，溢满鼻官。抬眼一看，在流满了绿水的荷塘岸边，在高高低低的土山上面，就能看到成片的洋槐，满树繁花，闪着银光；花朵缀满高树枝头，开上去，开上去，一直开到高空，让我立刻想到新疆天池上看到的白皑皑的万古雪峰。

　　这种槐树在北方是非常习见的树种。我虽然也陶醉于氤氲的香气中，但却从来没有认真注意过这种花树——惯了。

　　有一年，也是在这样春夏之交的时候，我陪一位印度朋友参观北大校园。走到槐花树下，他猛然用鼻子吸了吸气，抬头看了看，眼睛瞪得又大又圆。我从前曾看到一幅印度人画的人像，为了夸大印度人眼睛之大，他把眼睛画得扩张到脸庞的外面。这一回我真仿佛看到这一位印度朋友瞪大了的眼睛扩张到了面孔以外来了。

　　"真好看呀！这真是奇迹！"

　　"什么奇迹呀？"

　　"你们这样的花树。"

"这有什么了不起呢？我们这里多得很。"

"多得很就不了不起了吗？"

我无言以对，看来辩论下去已经毫无意义了。可是他的话却对我起了作用：我认真注意槐花了，我仿佛第一次见到它，非常陌生，又似曾相识。我在它身上发现了许多新的以前从来没有发现的东西。

在沉思之余，我忽然想到，自己在印度也曾有过类似的情景。我在海德拉巴看到耸入云天的木棉树时，也曾大为惊诧。碗口大的红花挂满枝头，殷红如朝阳，灿烂似晚霞，我不禁大为慨叹：

"真好看呀！简直神奇极了！"

"什么神奇？"

"这木棉花。"

"这有什么神奇呢？我们这里到处都有。"

陪伴我们的印度朋友满脸迷惑不解的神气。我的眼睛瞪得多大，我自己看不到。现在到了中国，在洋槐树下，轮到印度朋友（当然不是同一个人）瞪大眼睛了。

在我们的日常生活中，我们都有这样一个经验：越是看惯了的东西，便越是习焉不察，美丑都难看出。这种现象在心理学上是容易解释的：一定要同客观存在的东西保持一定的距离，才能客观地去观察。难道我们就不能有意识地去改变这种习惯吗？难道我们就不能永远用新的眼光去看待一切事物吗？

我想自己先试一试看，果然有了神奇的效果。我现在再走过荷塘看到槐花，努力在自己的心中制造出第一次见到的幻想，我不再熟视无睹，而是尽情地欣赏。槐花也仿佛是得到了知己，大大小小、高高低低的洋槐，似乎在喃喃自语，又对我讲话。周围的山石树木，仿佛一下子活了起来，一片生机，融融氤氲。荷塘里的绿水仿佛更绿了；槐树上的白花仿佛更白了；人家篱笆里开的红花仿佛更红了。风吹，鸟鸣，都洋溢着无限生气。一切眼前的东西联在一起，汇成了宇宙的大欢畅。

1986 年 6 月 3 日

表的喜剧

（柏林是大海，我正在这大海里飘浮着，找一个比我自己还要渺小的表。）

自己是乡下人，没有见过多大的世面；乡下人的固执与畏怯也还保留了一部分。初到柏林的时候，刚走出了车站，头里面便有点朦胧。脚下踏着的虽然是光滑的柏油路，但我却仿佛踏上了棉花。眼前飞动着汽车电车的影子，天空里交织着电线，大街小街错综交叉着：这一切织成了一幅有魔力的网，我便深深地陷在这网里。我惘然地跟着别人走，我简直像在一片茫无涯际的大海里摸索了。

在这样一片茫无涯际的大海里，我第一次感觉到表的需要，因为它能告诉我，什么时候应当去吃饭，什么时候应当去访人。说到表，我是一个十足的门外汉。在国内的时候，朋友中最少也是第三个表，或是第四个表的主人。然而对我，表却仍然是一个神秘的东西。虽然有时在等汽车的时候，因为等得不耐烦了，便沿着街向街旁的店铺里张望，希望能发现一只挂在墙上的钟，看看时间究竟到了没有。但张望的结果，却往往是，走了极远的路而碰不到一只钟。即便侥幸能碰到几只，然而每只所指的时间，最少也要相差半点钟。而且因为张望的态度太有点近于滑稽，往往引起铺子里伙计的注意，用怀疑的眼光看我几眼。当我从这怀疑的眼光的扫射下怀了一肚皮的疑虑逃回汽车站的时候，汽车已经开走了。一直到去年秋天，自己要按钟点挣面包的时候，才买了一只表。然而只走了三天，就停下来。到表铺一问，说是发条松。修理好了，不久又停下来。又去问，说是针有毛病。修理到五六次的时候，计算起来，修理费已经超过了原价，但它却仍然僵卧在桌子上。我便下决心，花了相当大的一个数目另买了一只。果然能使我满意了。这表就每天随着我，一直随我坐上西伯利亚的火车。然而在斯托扑塞换车的时候，因为急着搬行李，竟把玻璃罩碰碎了。在当时惶遽仓促的心情下，并不觉得是一个多大的损失，就把它放在一个茶叶瓶里，又坐了火车。当我到了这茫无涯际的海似的柏林的时候，我才又觉到它的需要了。

于是在到了的第三天，就由一位在柏林住过两年的朋友陪我出去修理。仍然有一幅充满了魔力的网笼罩着我的全身。我迷惘地随了他走。终于在康德街找到了一家表铺。说明了要换一个玻璃罩，表匠给了我一张纸条。我只看到上面有黑黑的几行字的影子，并没看清是什么字。因为我相信，上面最少也会有这表铺的名字和地址；只要有名字和地址，表就可以拿回去的。他答应我们第二天去拿，我们就跨出了铺门。

第二天的下午，我不愿意再让别人陪我走无意义的路，我便自己出发去取表。但是一想到究竟要到什么地方去取呢，立刻有一团迷离错杂的交织着电线的长长的街的影子浮动在我的眼前。我拿出那张纸条来看，我才发现，上面只印着收到一只修理的表，铺子名字却没有，当然更没有地址。我迷惑了。但我却不能不找找看。我本能地沿着康德街的左面走去，因为我虽然忘记了地址，但我却模模糊糊地记得是在街的左面。我走上去，我把我的注意力集中到每个铺子的招牌上，每一个铺子的窗子里。我看过各种各样的招牌和窗子。我时时刻刻预备着接受这样一个奇迹：蓦地会有一个表字或一只表呈现到我的眼前。然而得到的却是失望。我仍然走上去，康德街为什么竟这样长呢？我一直走到街的尽端，只好折回来再看一遍。终于在一大堆招牌里我发现了一个表铺的招牌。因为铺面太小了，刚才竟漏了过去。我仿佛到了圣地似的快活，一步跨进去，但立刻觉得有点不对。昨天我们跨进那个表铺的时候，那位修理表的老头正伏在窗子前面工作。我们一进去，他仿佛吃惊似地把一把刀子掉在地上。他伏下身去拾刀子的时候，我发现他背后有一架放满了表的小玻璃橱。但今天那架橱子移到哪儿去了呢？还没等我这疑虑扩散开来，主人出来了，也是一位老头。我只好把纸条交给他，他立刻就去找表。看了他的神气，想到刚才自己的怀疑，我笑了。但找了半天，表终于没找到。他用手搔着发亮的头皮，显出很焦急的样子。他告诉我，他的太太或者知道表放在什么地方。但她现在却不在家，让我第二天再去。他仿佛很抱歉的样子，拿过一支铅笔来，把他的地址写在那张纸条的后面。我只好跨出来，心里充满了疑惑和不安定，当我踏着暮色走回去的时候，对着这海似的柏林，我叹了一口气。

过了一个杂念缭绕的夜，我又在约定的时间走了去。因为昨天究竟有过那样的怀疑，所以走在路上的时候，我仍然注意每一个铺子的招牌和窗子里陈列的东西，希望能再发现一个表铺。不久我的希望就实现了，是一个更要小的表铺。主人有点驼背。我把纸条递给他；问他，是不是他的。他说不是。我只好走出来，终于又走到昨天去过的那铺子。这次老头不在家，出来的是他的太太。我递给她纸条。她看到上面的字是她丈夫写的，立刻就去找表。她比老头还要焦急。她拉开每一个抽屉，每一个橱子；她把每个纸包全打开了；她又开亮了电灯，把暗黑的角隅都照了一遍。然而表终于没找到。这时我的怀疑一点都没有了，我的心有点跳，我仿佛觉得我的表的的确确是送到这儿来的。我注视着老太婆，然而不说话。看了我的神气，老太婆似乎更焦急了。她的白发在电灯下闪着光，有点颤动。然而表却只是找不到，她又会有什么办法呢？最后，她只好对我说，她丈夫回来的时候问问看；她让我过午再去。我怀了更大的疑惑和不安定走了出来。

当天的过午，看看要近黄昏的时候，我又一个人走了去。一开门，里面黑沉沉的；我觉得四周立刻古庙似地静了起来；我能听到自己的心跳动的声音。等了好一会，才见两个影子从里移动出来。开了灯，看到是我，老头有点显得惊惶，老太婆也显然露出不安定的神气。两个人又互相商议着找起来；把每一个可能的地方全找到了，但表却终于没找到。老头更用力地用手搔着发亮的头皮；老太婆的头发在灯影里也更颤动得厉害。最后老头终于忍不住问我了，是不是我自己送来的。这问题真使我没法回答。我的确是自己送来的，但送的地方不一定是这里。我昨天的怀疑立刻又活跃起来。我看不到那个放满了表的小玻璃橱，我总觉得这地方不大像我送表去的地方。我于是对他解释说，我到柏林还不到四天，街道弄不熟悉。我问他，那纸条是不是他发给我的。他听了，立刻恍然大悟似地噢了一声，没有说什么，很匆忙地从抽屉里拿出一叠纸条，同我给他的纸条比着给我看。两者显然有极大的区别：我给他的那张是白色的，然而他拿出的那一叠却是绿色的，而且还要大一倍。他说，这才是他的收条。我现在完全明白了我走错了铺子。因为自己一时的疏忽，竟让这诚挚的老人陪我演了两天的滑稽剧，我心里实在有点过意不去。我向他道歉，我把我脑筋里所有的在这情形下用得着的德文单字全搜寻出来，老人脸上浮起一片诚挚而会意的微笑，没说什么。然而老太婆却有点生气了，嘴里吐噜着，拿了一块橡皮用力在我给她的那张纸条上擦，想把她丈夫写上的地址擦了去。我却不敢怨她，她是对的，白白地替我担了两天心，现在出出气，也是极应当的事。临走的时候，老头又向我说，要我到西面不远的一家表铺去问问，并且把门牌写给我。按着号数找到了，我才知道，就是我昨天去过的主人有点驼背的那个铺子。除了感激老头的热诚以外，我还能说什么呢？

　　我沿着康德街走上去，心里仿佛坠上了一块石头。天空里交织着电线，眼前是一条条错综交叉的大街小街，街旁的电灯都亮起来了，一盏盏沿着街引上去，极目处是半面让电灯照得晕红了起来的天空。我不知道柏林究竟有多大；我也不知道我现在在柏林的哪一部分。柏林是大海，我正在这大海里飘浮着，找一个比我自己还要渺小的表。我终于下意识地走到我那位在柏林住过两年的朋友的家里去，把两天来找表的经过说给他听；他显出很怀疑的神气，立刻领我出来，到康德街西半的一个表铺里去。离我刚才去过的那个铺子最少有二里路。拿出了收条，立刻把表领出来。一拿到表，我心里有说不出的感觉，我仿佛亲手捉到一个奇迹。我又沿了康德街走回家去。当我想到两天来演的这一幕小小的喜剧，想到那位诚挚的老头用手搔着发亮的头皮的神气的时候，对了这大海似的柏林，我自己笑起来了。

1935 年 12 月 2 日于德国哥廷根

我的猫 [a]

（我看了这一出猫家庭里的悲剧又是喜剧，实在是爱莫能助，惋惜了很久。）

老　猫

老猫虎子蜷曲在玻璃窗外窗台上一个角落里，缩着脖子，眯着眼睛，浑身一片寂寞、凄清、孤独、无助的神情。

外面正下着小雨，雨丝一缕一缕地向下飘落，像是珍珠帘子。时令虽已是初秋，但是隔着雨帘，还能看到紧靠窗子的小土山上丛草依然碧绿，毫无要变黄的样子。在万绿丛中赫然露出一朵鲜艳的红花。古诗"万绿丛中一点红"，大概就是这般光景吧。这一朵小花如火似燃，照亮了浑茫的雨天。

我从小就喜爱小动物。同小动物在一起，别有一番滋味。它们天真无邪，率性而行；有吃抢吃，有喝抢喝；不会说谎，不会推诿；受到惩罚，忍痛挨打；一转眼间，照偷不误。同它们在一起，我心里感到怡然，坦然，安然，欣然。不像同人在一起那样，应对进退、谨小慎微；斟酌词句、保持距离，感到异常地别扭。

十四年前，我养的第一只猫，就是这个虎子。刚到我家来的

021

⊠① 　本文三篇关于猫的文章写于不同时间，选入本书时编辑在一起，题目为编者所加。

时候，比老鼠大不了多少。蜷曲在窄狭的室内窗台上，活动的空间好像富富有余。它并没有什么特点，仅只是一只最平常的狸猫，身上有虎皮斑纹，颜色不黑不黄，并不美观。但是异于常猫的地方也有，它有两只炯炯有神的眼睛，两眼一睁，还真虎虎有虎气，因此起名叫虎子。它脾气也确实暴烈如虎。它从来不怕任何人。谁要想打它，不管是用鸡毛掸子，还是用竹竿，它从不回避，而是向前进攻，声色俱厉。得罪过它的人，它永世不忘。我的外孙打过一次，从此结仇。只要他到我家来，隔着玻璃窗子，一见人影，它就做好准备，向前进攻，爪牙并举，吼声震耳。他没有办法，在家中走动，都要手持竹竿，以防万一，否则寸步难行。有一次，一位老同志来看我，他显然是非常喜欢猫的。一见虎子，嘴里连声说着："我身上有猫味，猫不会咬我的。"他伸手想去抚摩它，可万万没有想到，我们虎子不懂什么猫味，回头就是一口。这位老同志大惊失色。总之，到了后来，虎子无人不咬，只有我们家三个主人除外，它的"咬声"颇能耸人听闻了。

但是，要说这就是虎子的全面，那也是不正确的。除了暴烈咬人以外，它还有另外一面，这就是温柔敦厚的一面。我举一个小例子。虎子来我们家以后的第三年，我又要了一只小猫。这是一只混种的波斯猫，浑身雪白，毛很长，但在额头上有一小片黑黄相间的花纹。我们家人管这只猫叫洋猫，起名咪咪；虎子则被尊为土猫。这只猫的脾气同虎子完全相反：胆小、怕人，从来没有咬过人。只有在外面跑的时候，才露出一点儿野性。它只要有机会溜出大门，但见它长毛尾巴一摆，像一溜烟似的立即窜入小山的树丛中，半天不回家。这两只猫并没有血缘关系。但是，不知道是由于什么原因，一进门，虎子就把咪咪看作是自己的亲生女儿。它自己本来没有什么奶，却坚决要给咪咪喂奶，把咪咪搂在怀里，让它哑自己的干奶头，它眯着眼睛，仿佛在享着天福。我在吃饭的时候，有时丢点儿鸡骨头、鱼刺，这等于猫们的燕窝、鱼翅。但是，虎子却只蹲在旁边，瞅着咪咪一只猫吃，从来不同它争食。有时还"咪噢"上两声，好像是在说："吃吧，孩子！安安静静地吃吧！"有时候，不管是春夏还是秋冬，虎子会从西边的小山上逮一些小动物，麻雀、蚱蜢、蝉、蛐蛐之类，用嘴叼着，蹲在家门口，嘴里发出一种怪声。这是猫语，屋里的咪咪，不管是睡还是醒，耸耳一听，立即跑到门后，馋涎欲滴，等着吃母亲带来的佳肴，大快朵颐。我们家人看到这样母子亲爱的情景，都由衷地感动，一致把虎子称作"义猫"。有一年，小咪咪生了两个小猫。大概是初做母亲，没有经验，正如我们圣人所说的那样："未有学养子而后嫁者也。"人们能很快学会，而猫们则不行。咪咪丢下小猫不管，虎子却大忙特忙起来，觉不睡，饭不吃，日日夜夜把小猫搂在怀里。但小猫是要吃奶的，而奶正是虎子所缺的。于是小猫暴躁不安，虎子眉头一皱，计上心来，叼起小猫，到处追着咪咪，要它给小猫喂奶。还真像一个姥姥样子，但是小咪咪并不领情，依旧不给小猫喂奶。有几天的时间，虎子不吃不喝，瞪着两只闪闪发光的眼睛，嘴里叼着小猫，从这屋赶到那屋，一转眼又赶了回来。小猫大概真是受不了啦，便辞别了这个世界。

我看了这一出猫家庭里的悲剧又是喜剧，实在是爱莫能助，惋惜了很久。

我同虎子和咪咪都有深厚的感情。每天晚上，它们俩抢着到我床上去睡觉。在冬天，我在棉被上面特别铺上了一块布，供它们躺卧。我有时候半夜里醒来，神志一清醒，觉得有什么东西重重地压在我身上，一股暖气仿佛透过了两层棉被，扑到我的双腿上。我知道，小猫睡得正香，即使我的双腿由于僵卧时间过久，又酸又痛，但我总是强忍着，决不动一动双腿，免得惊了小猫的轻梦。它此时也许正梦着捉住了一只耗子。只要我的腿一动，它这耗子就吃不成了，岂非大煞风景吗？

这样过了几年，小咪咪大概有八九岁了。虎子比它大三岁，十一二岁的光景，依然威风凛凛，脾气暴烈如故，见人就咬，大有死不改悔的神气。而小咪咪则出我意料地露出了下世的光景，常常到处小便，桌子上、椅子上、沙发上，无处不便。如果到医院里去检查的话，大夫在列举的病情中一定会有一条的：小便失禁。最让我心烦的是，它偏偏看上了我桌子上的稿纸。我正写着什么文章，然而它却根本不管这一套，跳上去，屁股往下一蹲，一泡猫尿流在上面，还闪着微弱的光。说我不急，那不是真的。我心里真急，但是，我谨遵我的一条戒律：决不打小猫一掌，在任何情况之下，也不打它。此时，我赶快把稿纸拿起来，抖掉了上面的猫尿，等它自己干。心里又好气，又好笑，真是哭笑不得。家人对我的嘲笑，我置若罔闻，"全等秋风过耳边"。

我不信任何宗教，也不皈依任何神灵。但是，此时我却有点儿想迷信一下。我期望会有奇迹出现，让咪咪的病情好转。可世界上是没有什么奇迹的，咪咪的病一天一天地严重起来。它不想回家，喜欢在房外荷塘边上石头缝里待着，或者藏在小山的树木丛里。它再也不在夜里睡在我的被子上了。每当我半夜里醒来，觉得棉被上轻飘飘的，我惘然若有所失，甚至有点儿悲伤了。我每天凌晨起来，第一件事情就是拿着手电到房外塘边山上去找咪咪。它浑身雪白，是很容易找到的。在薄暗中，我眼前白白地一闪，我就知道是咪咪。见了我，"咪噢"一声，起身向我走来。我把它抱回家，给它东西吃，它似乎根本没有口味。我看了直想流泪。有一次，我拖着疲惫的身子，走几里路，到海淀的肉店里去买猪肝和牛肉。拿回来，喂给咪咪，它一闻，似乎有点儿想吃的样子；但肉一沾唇，它立即又把头缩回去，闭上眼睛，不闻不问了。

　　有一天傍晚，我看咪咪神情很不妙，我预感要发生什么事情。我唤它，它不肯进屋。我把它抱到篱笆以内，窗台下面。我端来两只碗，一只盛吃的，一只盛水。我拍了拍它的脑袋，它偎依着我，"咪噢"叫了两声，便闭上了眼睛。我放心进屋睡觉。第二天凌晨，我一睁眼，三步并作一步，手里拿着手电，到外面去看。哎呀不好！两碗全在，猫影顿杳。我心里非常难过，说不出是什么滋味。我手持手电找遍了塘边，山上，树后，草丛，深沟，石缝。有时候，眼前白光一闪。"是咪咪！"我狂喜。走近一看，是一张白纸。我嗒然若丧，心头仿佛被挖掉了点儿什么。"屋前屋后搜之遍，几处茫茫皆不见。"从此我就失掉了咪咪，它从我的生命中消逝了，永远永远地消逝了。我简直像是失掉了一个好友，一个亲人。至今回想起来，我内心里还颤抖不止。

在我心情最沉重的时候，有一些通达世事的好心人告诉我，猫们有一种特殊的本领，能知道自己什么时候寿终。到了此时此刻，它们决不待在主人家里，让主人看到死猫，感到心烦，或感到悲伤。它们总是逃了出去，到一个最僻静、最难找的角落里，地沟里，山洞里，树丛里，等候最后时刻的到来。因此，养猫的人大都在家里看不见死猫的尸体。只要自己的猫老了，病了，出去几天不回来，他们就知道，它已经离开了人世，不让举行遗体告别的仪式，永远永远不再回来了。

我听了以后，憬然若有所悟。我不是哲学家，也不是宗教家，但却读过不少哲学家和宗教家谈论生死大事的文章。这些文章多半有非常精辟的见解，闪耀着智慧的光芒，我也想努力从中学习一些有关生死的真理。结果却是毫无所得。那些文章中，除了说教以外，几乎没有什么有用的东西。大半都是老生常谈，不能解决什么实际问题，没能给我留下深刻的印象。现在看来，倒是猫们临终时的所作所为，即使仅仅是出于本能吧，却给了我很大的启发。人们难道就不应该向猫们学习这一点经验吗？有生必有死，这是自然规律，谁都逃不过。中国历史上的赫赫有名的人物，秦皇、汉武，还有唐宗，想方设法，千方百计，想求得长生不老。到头来仍然是竹篮子打水一场空，只落得黄土一抔，"西风残照汉家陵阙"。我辈平民百姓又何必煞费苦心呢？一个人早死几个小时，或者晚死几个小时，甚至几天，实在是无所谓的小事，决影响不了地球的转动，社会的前进。再退一步想，现在有些思想开明的人士，不想长生不老，不想在大地上再留黄土一抔，甚至开明到不要遗体告别，不要开追悼会。但是仍会给后人留下一些麻烦：登报，发讣告，还要打电话四处通知，总得忙上一阵。何不学一学猫们呢？它们这样处理生死大事，干得何等干净利索呀！一点痕迹也不留，走了，走了，永远地走了，让这花花世界的人们不见猫尸，用不着落泪，照旧做着花花世界的梦。

我忽然联想到我多次看过的敦煌壁画上的西方净土变。所谓"净土"，指的就是我们常说的天堂、乐园，是许多宗教信徒烧香念佛，查经祷告，甚至实行苦行，折磨自己，梦寐以求想到达的地方。据说在那里可以享受天福，得到人间万万得不到的快乐。我看了壁画上画的房子、街道、树木、花草，以及大人、小孩，林林总总，觉得十分热闹。可我觉得没有什么出奇之处。只有一件事给我留下了永不磨灭的印象，那就是，那里的人们都是笑口常开，没有一个人愁眉苦脸，他们的日子大概过得都很惬意。不像在我们人间有这样许多不如意的事情，有时候办点儿事，还要找后门，钻空子。在他们的商店里——净土里面还实行市场经济吗？他们还用得着商店吗？——售货员大概都很和气，不给人白眼，不训斥"上帝"，不扎堆闲侃，不给人钉子碰。这样的天堂乐园，我也真是心向往之的。但是给我印象最深，使我最为吃惊或者羡慕的还是他们对待要死的人的态度。那里的人，大概同人世间的猫们差不多，能预先知道自己寿终的时刻。到了此时，要死的老嬷嬷或者老头，健步如飞地走在前面，身后簇拥着自己的子子孙孙、至亲好友，个个喜笑颜开，全无悲戚的神态，仿佛是去参加什么喜事一般，一直把老人送进坟墓。后事如何，壁画不是电影，是不能动的。然而画到这个程序，以后的事尽在不言中。如果一定要画上填土封坟，反而似乎是多此一举了。我觉得，净土中的人们给我们人类争了光。他们这一手比猫们又漂亮多了。知道必死，而又兴高采烈，多么豁达！多么聪明！猫们能做得到吗？这证明，净土里的人们真正参透了人生奥秘，真正参透了自然规律。人为万物之灵，他们为我们人类在同猫们对比之下真真增了光！真不愧是净土！

......ᵃ

1992 年 2 月 17 日

咪　咪

我现在越来越不了解自己了。我原以为自己不是多愁善感的人，内心还是比较坚强的。现在才发现，这只是一个假象，我的感情其实脆弱得很。

八年以前，我养了一只小猫，取名咪咪。她大概是一只波斯混种的猫，全身白毛，毛又长又厚，冬天胖得滚圆。额头上有一块黑黄相间的花斑，尾巴则是黄的。总之，她长得非常逗人喜爱。因为我经常给她些鱼肉之类的东西吃，她就特别喜欢我。有几年的时间，她夜里睡在我的床上。每天晚上，只要我一铺开棉被，盖上毛毯，她就急不可待地跳上床去，躺在毯子上。我躺下不久，就听到她打呼噜——我们家乡话叫"念经"——的声音。半夜里，

---

a　此处有删节。

我在梦中往往突然感到脸上一阵冰凉，是小猫用舌头来舔我了，有时候还要往我被窝儿里钻。偶尔有一夜，她没有到我床上来，我顿感空荡寂寞，半天睡不着。等我半夜醒来，脚头上沉甸甸的，用手一摸：毛茸茸的一团，心里有说不出来的甜蜜感，再次入睡，如游天宫。早晨一起床，吃过早点，坐在书桌前看书写字。这时候咪咪决不再躺在床上，而是一定要跳上书桌，趴在台灯下面我的书上或稿纸上，有时候还要给我一个屁股，头朝里面。有时候还会摇摆尾巴，把我的书页和稿纸摇乱。过了一些时候，外面天色大亮，我就把咪咪和另外一只纯种"国猫"，名叫虎子的黑色斑纹的"土猫"放出门去，到湖边和土山下草坪上去吃点青草，就地打几个滚儿，然后跟在我身后散步。我上山，她们就上山；我走下来，她们也跟下来。猫跟人散步是极为稀见的，因此成为朗润园一景。这时候，几乎每天都碰到一位手提鸟笼遛鸟的老退休工人，我们一见面，就相对大笑一阵："你在遛鸟，我在遛猫，我们各有所好啊！"我的一天，往往就是在这种情况下开始的。其乐融融，自不在话下。

大概在一年多以前，有一天，咪咪忽然失踪了。我们全家都有点着急。我们左等，右等；左盼，右盼，望穿了眼睛，只是不见。在深夜，在凌晨，我走了出来，瞪大了双眼，尖起了双耳，希望能在朦胧中看到一团白色，希望能在万籁俱寂中听到一点声息。然而，一切都是枉然。这样过了三天三夜，一个下午咪咪忽然回来了。雪白的毛上沾满了杂草，颜色变成了灰土土的，完全一副狼狈不堪的样子。一头闯进门，直奔猫食碗，狼吞虎咽，大嚼一通。

然后跳上壁橱，藏了起来，好半天不敢露面。从此，她似乎变了脾气，拉尿不知，有时候竟在桌子上撒尿和拉屎。她原来是一只规矩温顺的小猫咪，完全不是这样子的。我们都怀疑，她之所以失踪，是被坏人捉走了的，想逃跑，受到了虐待，甚至受到捶挞，好不容易，逃了回来，逃出了魔掌，生理上受到了剧烈的震动，才落了一身这样的坏毛病。

我们看了心里都很难受。一个纯洁无辜的小动物，竟被折磨成这个样子，谁能无动于衷呢？可是我又有什么办法？我是最喜爱这个小东西的，心里更好像是结上了一个大疙瘩，然而却是爱莫能助，眼睁睁地看她在桌上的稿纸上撒尿。但是，我决不打她。我一向主张，对小孩子和小动物这些弱者，动手打就是犯罪。我常说，一个人如果自认还有一点力量、一点权威的话，应当向敌人和坏人施展，不管他们多强多大。向弱者发泄，算不上英雄汉。

然而事情发展却越来越坏，咪咪任意撒尿和拉屎的频率增强了，范围扩大了。在桌上，床下，澡盆中，地毯上，书上，纸上，只要从高处往下一跳，尿水必随之而来。我以耄耋衰躯，匍匐在床下桌下向纵深的暗处去清扫猫屎，钻出来以后，往往喘上半天粗气。我不但毫不气馁，而且大有乐此不疲之慨，心里乐滋滋的。我那年近九旬的老祖笑着说："你从来没有给女儿、儿子打扫过屎尿，也没有给孙子、孙女打扫过，现在却心甘情愿服侍这一只小猫！"我笑而不答。我不以为苦，反以为乐。这一点我自己也解释不清楚。

但是，事情发展得比以前更坏了。家人忍无可忍，主张把咪咪赶走。我觉得，让她出去野一野，也许会治好她的病，我同意了。

于是在一个晚上把咪咪送出去，关在门外。我躺在床上，辗转反侧，再也睡不着。后来蒙眬睡去，做起梦来，梦到的不是别的什么，而是咪咪。第二天早晨，天还没有亮，我拿着电筒到楼外去找。我知道，她喜欢趴在对面居室的阳台上。拿手电一照，白白的一团，咪咪蜷伏在那里，见到了我咪噢叫个不停，仿佛有一肚子委屈要向我倾诉。我听了这种哀鸣，心酸泪流。如果猫能做梦的话，她梦到的必然是我。她现在大概怨我太狠心了，我只有默默承认，心里痛悔万分。

我知道，咪咪的母亲刚刚死去，她自己当然完全不懂这一套，我却是懂得的。我青年丧母，留下了终天之恨。年近耄耋，一想到母亲，仍然泪流不止。现在竟把思母之情移到了咪咪身上。我心跳手颤，赶快拿来鱼饭，让咪咪饱餐一顿。但是，没有得到家人的同意，我仍然得把咪咪留在外面。而我又放心不下，经常出去看她。我住的朗润园小山重叠，林深树茂，应该说是猫的天堂。可是咪咪硬是不走，总卧在我住宅周围。我有时晚上打手电出来找她，在临湖的石头缝中往往能发现白色的东西，那是咪咪。见了我，她又咪噢直叫。她眼睛似乎有了病，老是泪汪汪的。她的泪也引起了我的泪，我们相对而泣。

我这样一个走遍天涯海角饱经沧桑的垂暮之年的老人，竟为这样一只小猫而失神落魄，对别人来说，可能难以解释，但对我自己来说，却是很容易解释的。从报纸上看到，定居台湾的老友梁实秋先生，在临终前念念不忘的是他的猫。我读了大为欣慰，引为"同志"，这也可以说是"猫坛"佳话吧。我现在再也不硬充英雄好汉了，我俯首承认我是多愁善感的。咪咪这样一只小猫就戳穿了我这一只"纸老虎"。我了解到了自己的本来面目，并不感到有什么难堪。

现在，我正在香港讲学，住在中文大学会友楼中。此地背山面海，临窗一望，海天混茫，水波不兴，青螺数点，帆影一片，风光异常美妙，园中有四时不谢之花，八节长春之草，兼又有主人盛情款待，我心中此时乐也。然而我却常有"山川信美非吾土"之感，我怀念北京燕园中我的家人，我的朋友，我的书房，我那堆满书案的稿子。我想到北国就要千里冰封、万里雪飘，"马后桃花马前雪，教人哪得不回头？"我归心似箭，决不会"回头"。特别是当我想到咪咪时，我仿佛听到她的咪噢的哀鸣，心里颤抖不停，想立刻插翅回去。小猫吃不到我亲手给她的鱼肉，也许大惑不解："我的主人哪里去了呢？"猫们不会理解人们的悲欢离合。我庆幸她不理解，否则更会痛苦了。好在我留港时间即将结束，我不久就能够见到我的家人，我的朋友。燕园中又多了一个我，咪咪会特别高兴的，她的病也许会好了。北望云天万里，我为咪咪祝福。

1988 年 11 月 8 日写于香港中文大学会友楼

1996 年 1 月 2 日重抄于北大燕园

咪咪二世

凌晨四时，如在冬天，夜气犹浓，黑暗蔽空。我起床，打开电灯，拉开窗帘，玻璃窗外窗台上两股探照灯似的红光正对准我射过来。我知道，小猫咪咪二世已等我给她开门了。

我连忙拿起手电筒，开门，走到黑暗的楼道里，用电筒对着赤暗的门外闪上两闪。立即有一股白烟似的东西，窜到我的脚下，用浑身白而长的毛蹭我的腿，用嘴咬我的裤腿，用软软的爪子挠我的脚，使我步都迈不开。看样子真好像是多年未见了。实际上昨天晚上我才开门放她出去的。进屋以后，我给她极小一块猪肝或牛肉，她心满意足了。跳上电冰箱的顶，双眼一眯，呼噜呼噜念起经来了。

多少年来，我一日之计就是这样开始的。

咪咪就完了，为什么还要加上"二世"？原来我养过一只纯白的波斯猫，后来寿限已到，不知道寿终什么寝了。她的名字叫咪咪，她的死让我非常悲哀，我发誓要找一只同样毛长尾粗的波斯猫。皇天不负有心人，后来果然找到了。为了区别于她的前任，我仿效秦始皇的办法，命名为二世。是不是也蕴含着一点传之万世而无穷的意思呢？没有，咪咪和我都没有秦始皇那样的雄才大略。

不管怎样，咪咪二世已经成了我每天的不太多的喜悦的源泉。在白天，我看书写作一疲倦，就往往到楼外小山下池塘边去散一会儿步。这时候，忽然出我意料，又有一股白烟从草丛里，从野花旁，蓦地窜了出来，用长而白的毛蹭我的腿，用嘴咬我的裤腿，用软软的爪子捉我的脚，使我步都迈不开。我努力迈步向前走，她就跟在我身后，陪我散步，山上，池边，我走到哪里，她跟到哪里。据有经验的老人说，只有狗才跟人散步，猫是决不肯干的。可是我们的咪咪二世却敢于打破猫们的旧习，成为猫世界的叛逆的女性。于是，小猫跟季羡林散步，就成为燕园的一奇，可惜宣传跟不上，否则，这一奇景将同英国王宫卫队换岗一样，名扬世界了。

1993 年 12 月 13 日

喜鹊窝

（我天天早上最大的乐趣就是看喜鹊们箭似的飞翔，喳喳地欢叫，往往能看上、听上半天。）

我是乡下人。小时候在乡下住过几年。乡下，树多，鸟多，树上的鸟窝多。秋冬之际，树上的叶子落光，抬头就能看到高树顶上的许多鸟窝，宛如一个个的黑色蘑菇。

但是，我同许多乡下人一样，对鸟并不特别感兴趣。我感兴趣的是昆虫中的知了（我们那里读如 jiě liū，也就是蝉），在水族中是虾。夏天晚上，在场院里乘凉，在大柳树下，用麦秸点上一把火。赤脚爬上树去，用力一摇晃，知了便像雨点似的纷纷落下。如果嫌热，就跳到苇坑里，在苇丛中伸手一摸，就能摸到一些个儿不小的虾，带着双夹，齐白石画的就是这一种虾。

鸟却不能带给我这样的快乐，我有时甚至还感到厌烦。麻雀整天喳喳乱叫，还偷吃庄稼。乌鸦穿一身黑色的晚礼服，名声一向不好，乡下人总把他同死亡联系起来，"哇！哇！"两声，叫得人身上起鸡皮疙瘩。只有喜鹊沾了"喜"字的光，至少不引起人们的反感。那时候，乡下人饿着肚皮，又不是诗人，哪里会有什么闲情雅兴来欣赏鸟的鸣声呢？连喜鹊"喳，喳"的叫声也不例外。我虽然只有几岁，乡下人的偏见我都具备。只有一件事现在回想起来还能聊以自慰：我从来没有爬上树去掏喜鹊的窝。

后来我到了城里，变成了城里人。初到的时候，我简直像是进入迷宫。这么多人，这么多车，这么多商店，这么多大街小巷。我吃惊得目瞪口呆。有一年，母亲在乡下去世了，我回家奔丧。小时候的大娘、大婶见了我就问：

"寻 (读若 xín) 了媳妇没有？"

这问题好回答。我敬谨答曰：

"寻了。"

"是一个庄上的吗？"

我一时语塞，知道乡下人没有进过城，他们不知道城里不是村庄。想解释一下，又怕三言两语说不清楚，最终还是弄一个"丈二和尚，摸不着头脑"。我一时灵机一动，采用了鲁迅先生的办法，含糊答曰：

"唔！唔！"

谁也不知道"唔，唔"是什么意思。妙就妙在谁也不知道是什么意思。乡下的大娘、大婶不是哲学家，不懂什么逻辑思维，她们不"打破砂锅问到底"。我的口试就算及了格。

这一件小事虽小，它却充分说明了乡下人和城里人的思维和情趣是多么不同。回头再谈鸟儿。城里不是鸟的天堂。除了麻雀以外，别的鸟很少见到。常言道：物以稀为贵。于是城里的鸟就"贵"起来了，城里一些人对鸟也就有了感情。如果碰巧能看到高树顶端上的鸟窝，那简直是一件稀罕事儿。小孩子会在树下面拍手欢跳。

中国古代的诗人，虽然有的出生在乡下，但是科举，当官一定是在城里。既然是诗人，感情定是十分细腻。这种细腻表现在方方面面，也表现在对鸟，特别是对鸟鸣的喜爱上。这样的诗句，用不着去查书，一回想就能够想到一大堆。"鸟鸣山更幽"，"月出惊山鸟，时鸣春涧中"，"两个黄鹂鸣翠柳，一行白鹭上青天"，"荡胸生层云，决眦入归鸟"，"人归山郭暗，雁下芦洲白"，"微雨霭芳原，春鸠鸣何处"，"空山百鸟散还合，万里浮云阴且晴。嘶酸雏雁失群夜，断绝胡儿恋母声。""川为静其波，鸟亦罢其鸣"等等，用不着再多举了。中国古代诗人对鸟和鸟鸣感情之深概可想见了。

只有陶渊明的一句诗，我觉得有点怪。"犬吠深巷中，鸡鸣桑树巅"。鸡飞上树去高声鸣叫，我确实没有见过。"鸡鸣桑树巅"，这一句话颇为突兀。难道晋朝江西的鸡真有飞到桑树顶上去高叫的脾气吗？

不管怎样，中国古代诗人对鸟及其鸣声特别敏感，已是一个彰明昭著的事实。再看一看西方文学，不能不感到其间的差别。西方诗歌中，除了云雀和夜莺外，其他的鸟及其鸣声似乎很少受诗人的垂青。这里面是否也涵有很深的审美情趣的差别呢？是否也涵有东西方诗人，再扩而大之是一般人之间对大自然的关系的差别呢？姑妄言之。

我绕弯子说了半天，无非是想说中国的城里人对鸟比较有感情而已。我这个由乡下人变为城里人的人，也逐渐爱起鸟来。可惜我半辈子始终是在大城市里转，在中国是如此，在德国和瑞士仍然是如此。空有爱鸟之心，爱的对象却难找到，在心灵深处难免感到惆怅。

一直到四十多年前，我四十多岁了，才从沙滩——真像是一片沙漠——搬到风光旖旎林木蓊郁的燕园里来。这里虽处城市，却似乡村，真正是鸟的天堂。我又能看到鸟了；不是一只，而是成群；不是一种，而是多种；不但看到它们飞，而且听到它们叫；不但看到它们在草地上蹦跳，而且看到高树顶上搭窝。我真是顾而乐之，多年干涸的心灵似乎又注入了一股清泉。

在众多的鸟中，给我印象最深、我最喜爱的还是喜鹊。在我住的楼前，沿着湖畔，有一排高大的垂柳，在马路对面则是一排高耸入云的杨树。楼西和楼后，小山下面，有几棵高大的榆树，小山上有一棵至少有六七百年的古松。可以说我们的楼是处在绿色丛中。我原住在西门洞的二楼上，书房面西，正对着那几棵榆树。一到春天，喜鹊和其他鸟的叫声不停。喜鹊不知道是通过什么方式，大概是既无父母之命，也没有媒妁之言，自由恋爱，结成了情侣，情侣不停地在群树之间穿梭飞行，嘴里往往叼着小树枝，想到什么地方去搭窝。我天天早上最大的乐趣就是看喜鹊们箭似的飞翔，喳喳地欢叫，往往能看上、听上半天。

有一天，完全出我的意料，然而又合乎我的心愿，窗外大榆树上有一团黑色的东西，我豁然开朗：这是喜鹊在搭窝。我现在不用出门就能够看到喜鹊窝了，乐何如之。从此我的眼睛和耳朵完全集中到这一对喜鹊和它们的窝上，其他的鸟鸣声仿佛都不存在了。每次我看书写作疲倦了，就向窗外看一看。一看到喜鹊窝就像郑板桥看到白银那样，"心花怒放，书画皆佳"。我的灵感风起云涌，连记忆力都仿佛是变了样子，大有过目不忘之概了。

光阴流转，转瞬已是春末夏初。窝里的喜鹊小宝宝看样子已经成长起来了。每当刮风下雨，我心里就揪成一团，我很怕它们的窝经受不住风吹雨打。当我看到，不管风多么狂，雨多么骤，那一个黑蘑菇似的窝仍然固若金汤，我的心就放下了。我幻想，此时喜鹊妈妈和喜鹊爸爸正在窝里伸开了翅膀，把小宝宝遮盖得严严实实，喜鹊一家正在做着甜美的梦，梦到燕园风和日丽；梦到燕园花团锦簇；梦到小虫子和小蚱蜢自己飞到窝里来，小宝宝食用不尽；梦到湖光塔影忽然移到了大榆树下面……

这一切原本都是幻影，然而我却泪眼模糊，再也无法幻想下去了。我从小失去了慈母，失去了母爱。一个失去了母爱的人，必然是一个心灵不完整或不正常的人。在七八十年的漫长时期中，不管是什么时候，也不管我是在什么地方，只要提到了失去母爱，失去母亲，我必然立即泪水盈眶。对人是如此，对鸟兽也是如此。中国古人常说"终天之恨"，我这真正是"终天之恨"了，这个恨只能等我离开人世才能消泯，这是无可怀疑的了。中国古诗说："劝君莫打三春鸟，子在巢中待母归。"真是蔼然仁者之言，我每次暗诵，都会感到心灵震撼的。

但是，天有不测风云，鸟有旦夕祸福。正当我为这一家幸福的喜鹊感到幸福而自我陶醉的时候，祸事发生了。一天早上，我坐在书桌前，真是无巧不成书，我一抬头正看到一个小男孩赤脚爬上了那一棵榆树，伸手从喜鹊窝里把喜鹊宝宝掏了出来。掏了几只，我没有看清，不敢瞎说。总之是掏走了。只看这一个小男孩像猿猴一般，转瞬跳下树来，前后也不过几分钟，手里抓着小喜鹊，消逝得无影无踪了。我很想下楼去干预一下；但是一想到在浩劫中我头上戴的那一摞可怕的沉重的帽子，都还在似摘未摘之间，我只能规规矩矩，不敢乱说乱动。如果那一个小男孩是工人的孩子，那岂不成了"阶级报复"了吗！我吃了老虎心、豹子胆，也不敢动一动呀。我只有伏在桌上，暗自啜泣。

完了，完了，一切全完了。喜鹊的美梦消失了，我的美梦也消失了。我从此抑郁不乐，甚至不敢再抬头看窗外的大榆树。喜鹊妈妈和喜鹊爸爸的心情我不得而知。他们痛失爱子，至少也不会比我更好过。一连好几天，我听到窗外这一对喜鹊喳喳哀鸣，绕树千匝，无枝可依。我不忍再抬头看它们。不知什么时候，这一对喜鹊不见。它们大概是怀着一颗破碎的心，飞到什么地方另起炉灶去了。过了一两年，大榆树上的那一个喜鹊窝，也由于没加维修，鹊去窝空，被风吹得无影无踪了。

我却还并没有死心，那一棵大榆树不行了，我就寄希望于其他树木。喜鹊们选择搭窝的树，不知道是根据什么标准。根据我这个人的标准，我觉得，楼前，楼后，楼左，楼右，许多高大的树都合乎搭窝的标准。我于是就盼望起来，年年盼，月月盼，盼星星，盼月亮，盼得双眼发红光。一到春天，我出门，首先抬头往树上瞧，枝头光秃秃的，什么东西也没有。我有时候真有点发急，甚至有点发狂，我想用眼睛看出一个喜鹊窝来。然而这一切都白搭，都徒然。

今年春天，也就是现在，我走出楼门，偶尔一抬头，我在上面讲的那一棵大榆树上，在光秃秃的枝干中间，又看到一团黑乎乎的东西。连年来我老眼昏花，对眼睛已经失去了自信力，我在惊喜之余，连忙擦了擦眼，又使劲瞪大了眼睛，我明白无误地看到了：是一个新搭成的喜鹊窝。我的高兴是任何语言文字都无法形容的。然而福不单至。过了不久，临湖的一棵高大的垂柳顶上，一对喜鹊又在忙忙碌碌地飞上飞下，嘴里叼着小树枝，正在搭一个窝。这一次的惊喜又远远超过了上一回。难道我今生的华盖运真已经交过了吗？

当年爬树掏喜鹊窝的那一个小男孩，现在早已长成大人了吧。他或许已经留了洋，或者下了海，或者成了"大款"。此事他也许早已忘记了。我潜心默祷，希望不要再出这样一个孩子，希望这两个喜鹊窝能够存在下去，希望在燕园里千百棵大树上都能有这样黑蘑菇似的喜鹊窝，希望在这里，在全中国，在全世界，人与鸟都能和睦融洽像一家人一样生活下去，希望人与鸟共同造成一个和谐的宇宙。

1993 年 2 月 25 日

神 牛

（神奇的富有浪漫色彩的动物。）

我又和我的老朋友神牛在加德满都见面了。这是我意料中但又似乎有点出乎意料的事情。

过去，我曾在印度的加尔各答和新德里等大城市的街头见到过神牛。三十多年以前我第一次访问印度的时候，在加尔各答那些繁华的大街上第一次见到神牛。在全世界似乎只有信印度教的国家才有这种神奇的富有浪漫色彩的动物。当时它们在加尔各答的闹市中，在车水马龙里面，在汽车喇叭和电车铃声的喧闹中，三五成群，有时候甚至结成几十头上百头的庞大牛群，昂首阔步，威仪俨然，真仿佛天上天下，唯我独尊。它们对人类社会的一切现象，对人类一切的新奇的发明创造，什么电车汽车，又是什么自行车摩托车，全不放在眼中。它们对人类的一切显贵，什么公子、王孙，什么体操名将、电影明星，什么学者、专家，全不放在眼中。它们对人类创造的一切法律、法规，全不放在眼中。它们是绝对自由的，愿意到什么地方去，就到什么地方去；愿意在什么地方卧倒，就在什么地方卧倒。加尔各答是印度最大的城市，大街上车辆之多，行人之多，令人目瞪口呆。从公元前就有的马车和牛车，直至最新式的流线型的汽车，再加上涂饰华美的三轮摩托车，有上下两层的电车，无不具备。车声、人声、马声、牛声，混搅成一团，喧声直抵印度神话中的三十三天。在这种情况下，几头神牛，有时候竟然兴致一来，卧在电车轨道上"我困欲眠君且去"，闭上眼睛，睡起大觉来。于是汽车转弯，小车让路，电车脱离不了轨道，只好停驶。没有哪一个人敢去驱赶这些神牛。

对像我这样的外国人来说，这种情景实在是"匪夷所思"，实在是非常有趣。我很想研究一下神牛的心理。但是从它们那些善良温顺的大眼睛里我什么也看不出，猜不出。它们也许觉得，人类真是奇妙的玩意儿。他们竟然聚居在这样大的城市里，还搞出了这样多不用马拉牛拖就会自己跑的玩意儿。这些神牛们也许会想到，人这种动物反正都害怕我们，没有哪一个人敢动我们一根毫毛，我们索性就愿意怎样干就怎样干吧。

但是，据我的观察，它们的日子也并不怎么好过。虽然没有人穿它们的鼻子，用绳子牵着走，稍有违抗，则挨上一鞭，但是也没有人按时给它们喂食喂水。它们只好到处游荡，自己谋食。看它们那种瘦骨嶙峋的样子，大概营养也并不好。而且它们虽然被认为是神牛，并没有长生不老之道，它们的死亡率并不低。当我隔了二十年第二次访问加尔各答的时候，在同一条大街上，我已经看不到当年那种十几头上百头牛游行在一起的庞大的阵容了。只剩下零零落落的几头老牛徘徊在那里，寥若晨星，神牛的家族已经很不振了。看到这情景，我倒颇有一些寂寞苍凉之感。但是神牛们大概还不懂什么牛口学（对人口学而言），也不懂什么未来学，它们不会为 21 世纪的牛口问题而担忧，这也算是一种难得糊涂吧。

我似乎不曾想到，隔了又将近十年，我来到了尼泊尔，又在加德满都街头看到久违的神牛了。我在上面曾说到，这次重逢是在意料中的，因为尼泊尔同印度一样是信奉印度教的国家。我又说有点出乎意料，不曾想到，是因为尼泊尔毕竟不是印度。不管怎么样，我反正是在加德满都又同神牛会面了。

在这里，神牛的神气同印度几乎一模一样，虽然数目相差悬殊。在大马路上，我只见到了几头。其中有一头，同它的印度同事一样，走着走着，忽然卧倒，傲然地躺在马路中间，摇着尾巴，扑打飞来的苍蝇，对身旁驶过的车辆，连瞅都不瞅。不管是什么样的车辆，都只能绕它而行，决没有哪一个人敢去惊扰它。隔了几天，我又在加德满都郊区看见了几头，在青草地上悠然漫步。它是不是有"食草绿树下，悠然见雪山"的雅兴呢？我不敢说。可是看到它那种悠闲自在的神态，真正羡慕煞人，它真像是活神仙了。尼泊尔是半热带国家，终年青草不缺，这就为神牛的生活提供了保证。

神牛们有福了！

我祝愿神牛们能够这样悠哉游哉地活下去。我祝愿它们永远不会想到牛口问题。

神牛们有福了！

1986 年 11 月 27 日凌晨

时窗外浓雾中咕咕的鸽声于耳

神奇的丝瓜

（这是一个沉默的奇迹。）

今年春天，孩子们在房前空地上，斩草挖土，开辟出来了一个一丈见方的小花园。周围用竹竿扎了一个篱笆，移来了一棵玉兰花树，栽上了几株月季花，又在竹篱下面随意种上了几棵扁豆和两棵丝瓜。土壤并不肥沃，虽然也铺上了一层河泥，但估计不会起很大的作用，大家不过是玩玩而已。

过了不久，丝瓜竟然长了出来，而且日益茁壮、长大。这当然增加了我们的兴趣。但是我们也并没有过高的期望。我自己每天早晨工作疲倦了，常到屋旁的小土山上走一走，站一站，看看墙外马路上的车水马龙和亚运会招展的彩旗，顾而乐之，只不过顺便看一看丝瓜罢了。

丝瓜是普通的植物，我也并没有想到会有什么神奇之处。可是忽然有一天，我发现丝瓜秧爬出了篱笆，爬上了楼墙。以后，每天看丝瓜，总比前一天向楼上爬了一大段；最后竟从一楼爬上了二楼，又从二楼爬上了三楼。说它每天长出半尺，决非夸大之词。丝瓜的秧不过像细绳一般粗，如不注意，连它的根在什么地方，都找不到。这样细的一根秧竟能在一夜之间输送这样多的水分和养料，供应前方，使得上面的叶子长得又肥又绿，爬在灰白色的墙上，一片浓绿，给土墙增添了无量活力与生机。

这当然让我感到很惊奇，我的兴趣随之大大地提高。每天早晨看丝瓜成了我的主要任务，爬小山反而成为次要的了。我往往注视着细细的瓜秧和浓绿的瓜叶，陷入沉思，想得很远，很远……

又过了几天，丝瓜开出了黄花。再过几天，有的黄花就变成了小小的绿色的瓜。瓜越长越长，越长越长，重量当然也越来越增加，最初长出的那一个小瓜竟把瓜秧坠下来了一点，直挺挺地悬垂在空中，随风摇摆。我真是替它担心，生怕它经不住这一份重量，会整个地从楼上坠了下来落到地上。

然而不久就证明了，我这种担心是多余的。最初长出来了的瓜不再长大，仿佛得到命令停止了生长。在上面，在三楼一位一百零二岁的老太太的窗外窗台上，却长出来两个瓜。这两个瓜后来居上，发疯似地猛长，不久就长成了小孩胳膊一般粗了。这两个瓜加起来恐怕有五六斤重，那一根细秧怎么能承担得住呢？我又担心起来。没过几天，事实又证明了我是杞人忧天。两个瓜不知从什么时候忽然弯了起来，把躯体放在老太太的窗台上，从下面看上去，活像两个粗大弯曲的绿色牛角。

不知道从哪一天起，我忽然又发现，在两个大瓜的下面，在二三楼之间，在一根细秧的顶端，又长出来了一个瓜，垂直地悬在那里。我又犯了担心病：这个瓜上面够不到窗台，下面也是空空的；总有一天，它越长越大，会把上面的两个大瓜也坠了下来，一起坠到地上，落叶归根，同它的根部聚合在一起。

然而今天早晨，我却看到了奇迹。同往日一样，我习惯地抬头看瓜：下面最小的那一个早已停止生长，孤零零地悬在空中，似乎一点分量都没有；上面老太太窗台上那两个大的，似乎长得更大了，威武雄壮地压在窗台上；中间的那一个却不见了。我看看地上，没有看到掉下来的瓜。等我倒退几步抬头再看时，却看到那一个我认为失踪了的瓜，平着身子躺在抗震加固时筑上的紧靠楼墙凸出的一个台子上。这真让我大吃一惊。这样一个原来垂直悬在空中的瓜怎么忽然平身躺在那里了呢？这个凸出的台子无论是从上面还是从下面都是无法上去的，决不会有人把丝瓜摆平的。

　　我百思不得其解，徘徊在丝瓜下面，像达摩老祖一样，面壁参禅。我仿佛觉得这棵丝瓜有了思想，它能考虑问题，而且还有行动，它能让无法承担重量的瓜停止生长；它能给处在有利地形的大瓜找到承担重量的地方，给这样的瓜特殊待遇，让它们疯狂地长；它能让悬垂的瓜平身躺下。如果不是这样的话，无论如何也无法解释我上面谈到的现象。但是，如果真是这样的话，又实在令人难以置信。丝瓜用什么来思想呢？丝瓜靠什么来指导自己的行动呢？上下数千年，纵横几万里，从来也没有人说过，丝瓜会有思想。我左考虑，右考虑；越考虑越糊涂。我无法同丝瓜对话，这是一个沉默的奇迹。瓜秧仿佛成了一根神秘的绳子，绿叶上照旧浓翠扑人眉宇。我站在丝瓜下面，陷入梦幻。而丝瓜则似乎心中有数，无言静观，它怡然泰然悠然坦然，仿佛含笑面对秋阳。

1990 年 10 月 9 日

一个抱小孩子的印度人

（我现在一看到印度火车，就痴心妄想地希望在熙攘往来的人流
中奇迹般地发现他。）

　　事情已经过去了二十多年，但是我常常会回忆起一个抱小
孩子的印度人。特别是当我第三次踏上印度国土的时候，我更加
强烈地想到了他。我现在一看到印度火车，就痴心妄想地希望
在熙攘往来的人流中奇迹般地发现他。他仿佛就站在我眼前，憨
厚的面孔上浮着淳朴的微笑，衣着也非常朴素。他怀里抱着的那
个三四岁小孩子正在对着我伸出了小手，红润的小脸笑成了一朵
花……

　　当时也正是冬天。当祖国的北方正是千里冰封、万里雪飘的
时候，我们却在繁花似锦四季皆夏的印度访问。我们乘坐的火车
奔驰在印度北方大平原上。到过印度又乘坐过印度火车的人都知
道，印度火车的车厢同中国是完全不一样的。我们的车厢每一节
前后都有门，即使在火车飞奔的时候，我们仍然可以从一个车厢
走到另一个车厢，来去自如，毫无阻碍。但是印度的车厢却完全
不同，它两端都没有门，只在旁边有门，上下车都得走这个门；
因此，只有当火车进站停驶时才能上下。火车一开，每一个车厢
就形成了一个小小的独立王国，想从一个车厢到另一个车厢去，

那就决无可能了。

我们乘的是一节专车，挂在一列火车的后面。车里面客厅、卧室、洗手间、餐厅，样样俱全。我们所需要的东西一概不缺。火车行驶时，我们就处在这个小天地里，与外界仿佛完全隔绝。当我们面对面坐着的时候，除了几个陪同我们的印度朋友以外，全是中国人，说的是中国话，谈的有时也是中国问题。只有凭窗外眺时，才能看到印度，看到铁路两旁高耸的山峰，蓊郁的树林，潺湲的小溪，汹涌的大河，青青的稻田，盛开的繁花，近处劳动的农民，远处乡村的炊烟。我们也能看到蹲在大树上的孔雀，蹦跳在田间林中的猴子。远处田地里看到似乎有人在耕耘，仔细一看，却全都是猴子。在这时候，只有在这时候，我们才感觉到我们是在印度，我们已经同祖国相隔千山万水了。

我们样样都满足，我们真心实意地感激我们的印度主人。但是我们心里却似乎缺少点什么：我们接触不到印度人民。当然，我们也知道，印度语言特别繁多。我们不可能会所有的语言，即使同印度人民接触，也不一定能够交谈。但是，只要我们看到印度人对我们一点头，一微笑，一握手，一示意，我们就仿佛能够了解彼此的心情，我们就感到无上的满足，简直可以说是赛过千言万语。在这样的时候，语言似乎反而成了累赘，一声不响反而能表达出语言无法表达的东西了。

因此，每到一个车站，不管停车多久，我们总争先恐后地走出车厢，到站台上拥拥挤挤的印度人群中去走上一走，看上一看。我们在这里看到的人当然很多：男的、女的、老的、少的、工人、农民、学生、士兵，还有政府官员模样的，大学教授模样的，面型各不相同，衣服也是五光十色，令人眼花缭乱，目不暇给。但他们看到中国朋友都流露出亲切和蔼的笑容，我们也报以会心的微笑，然后怀着满意的心情走回我们的车厢。有时候，也遇到热烈欢迎的场面。印度人民不知从哪里知道我们要来，他们扛着红旗，拿着鲜花，就在站台上举行起欢迎大会来。他们讲话，我们答谢，有时甚至迫使火车误点。在这样的欢迎会之后，我们走回自己的车厢，往往看到地毯上散乱地堆满了玫瑰花瓣，再加上我们脖子上戴的花环，整个车厢就充满了香气。佛教不是常讲"众香界"吗？这地方我没有去过，现在这个车厢大概也就是众香界了。

我们在车上几天的日子就是这样度过的，确实是非常振奋，非常动人。时间一长，好像也就有点司空见惯之感了。

但是，我逐渐发现了一件不寻常、不司空见惯的事。在过去的一两天中，我们每次到车站下车散步时总看到一个印度中年人，穿着一身印度人常穿的白布衣服，朴素大方。面貌也是一般印度人所具有的那种忠厚聪慧的面貌。看起来像一个工人或者小公务员，或者其他劳动人民。他怀里抱着一个三四岁的孩子，火车一停，就匆匆忙忙地不知道从哪一个车厢里走出来，走到我们车厢附近，杂在拥挤的人流中，对着我们微笑。当火车快开的时候，我们散步后回到自己的车厢，他又把孩子高高地举在手中，透过玻璃窗，向我们车厢内张望，向我们张望，小孩子对着我们伸出了小手，红润的小脸笑成了一朵花……

他第一次这样做的时候，我并没有注意，也不可能注意。因为类似这样的事情，我们在印度已经遇到多次；而且我们满眼都是印度人，他这个人的容貌和衣着丝毫也没有什么引人注目之处。但是，一次这样，两次这样，每到一站都是这样，这就不能不引起我的注意了：他是什么人呢？他要到哪里去呢？他为什么每一站都来看我们呢？他是不是对我们有什么要求呢？一连串的问号在我脑海里翻腾，我决意自己去解开这个谜。

不久，我们就来到一个车站上。现在我已经忘记了车站的名字，在记忆中反正是一个相当大的站，停车时间比较长。车一停，当那位印度朋友又抱着孩子来到我们车厢旁的时候，我立刻下了车，迎面走上前去，向他合十致敬。这一位憨厚的人有点出乎意外，脸上紧张了一刹那，但立刻又恢复了常态，满脸笑容，对我答礼。我先问他要到什么地方去，他腼腼腆腆地不肯直接答复。我又问他是不是对我们有什么要求，他又腼腆地一笑，不肯回答我的问题。经我再三询问，他才告诉我说："我实际上早已到了目的地，早就该下车了。但是我在德里上车以后，发现中国文化代表团就在这一列车上。我从小就听人说到中国，说到中国人，知道中国是印度的老朋友。前几年，又听说中国解放了，中华人民共和国成立了。我觉得很好奇，很想了解一下中国。但是连我自己都从来没有见过中国人，更不用说我的小孩子了。我自己是个小职员，怎么能了解中国和中国人呢？现在中国朋友就在眼前，这个机会无论如何不能放过呀！我的小孩子虽然还不懂事，我也要让他见一见中国人，让他在幼小的心灵里埋下印中友好的种子。我于是就补了车票。自己心里想：到下一站为止吧！但是到了下一站，你们好像吸铁石一样，吸引住了我，我又去买了车票。到下一站为止吧！我心里又这样想。就这样一站一站地补下来。自己家里本来不富，根本没有带多少钱出来，现在钱也快花光了。你们又同我谈了话，我的愿望就算是达到了。我现在就到车站上去买回头的票，回到一个车站去，看我的亲戚去。希望你们再到印度来，我也希望能到中国去。至少我的小孩子能到中国去。祝你幸福！我们暂时告别吧！"

这些话是非常简单朴素的，但是我听完了以后，心里却热乎乎的。我眼前的这个印度朋友形象忽然一下子高大起来，而且身上洋溢着光辉，我只觉得满眼金光闪闪。连车站附近那些高大的木棉树上碗口大的淡红的花朵都变得异样地大，异样地耀眼。他一下子好像变成了中印友谊的化身。我抓住了他的双手，一时说不出话来。他仍然牢牢地抱住自己的孩子。我用手摸了摸小孩子的脸蛋，他当然还不懂什么是中国人，但他却天真地笑了起来。我祝愿他幸福康宁，祝愿他的小孩子茁壮成长。我对他说，希望能在中国见到他。他似乎也有点激动起来，也祝愿我旅途万福，并再一次希望我再到印度来。开车的时间已到，他匆忙地握了握我的手，便向车站的售票处走去。在熙熙攘攘的人群中，他还不时回头看，他的小孩子又对着我伸出了一双小手，红润的脸笑成了一朵花……

到现在将近三十年过去了。我当然没能在中国看到他。今天我又来到了印度，仍然看不到他和他的孩子；不管我怎样望眼欲穿，也是徒劳。这个小孩子今年也超过三十岁了吧，是一个大人了。我不知道他们父子今天在什么地方，他们在干什么。这小孩子是否还能回忆起自己三四岁时碰到中国叔叔的情景呢？"明日隔山岳，世事两茫茫"，我们古代的诗人这样歌唱过了。我们现在相隔的岂止是山岳？简直是云山茫茫，云天渺渺。恐怕只有出现奇迹我才能再看到他们了。但是世界上能有这样的奇迹吗？

朗静山先生

（云天渺茫，人事无常，一面之缘，实已难忘。）

实在是万万没有想到的事情——

在郑午楼博士盛大的宴会上。

有人给我介绍一位老先生：

"这是台湾来的郎静山先生。"

"是谁？"

"郎静山。"

"郎静山！？"

我瞪大了眼睛，舌挢不能下，我一时说不出话来。

"郎静山"，这个名字我是熟悉的，甚至是崇敬的。但这已经是六十多年前的事情了。我在清华大学念书的时候，有时候到图书馆去翻看新出版的杂志，特别是画报，常常在里面看到一些摄影的杰作，署名就是郎静山。久而久之，渐渐知道了他是赫赫有名的摄影大师，是上海滩上的红得发紫的活跃人物。崇拜名人，人之常情，渺予小子，焉敢例外。郎静山于是就成了我的崇拜对象之一。

从那时到现在，在六十多年的漫长的时期内，时移世迁，沧海桑田，各方面都有了天翻地覆的巨变。我在国外待了将近十一年，回国后，在北京待了也有五十多年了。中国已非复昔日之中国，上海亦非复昔日之上海。当年的画报早已销声匿迹，郎静山这个名字也消逝得无影无踪了。我原以为他早已成为古人——不，我连"以为"也没有"以为"，我压根儿就没有想到郎静山。对我来说，他早已成为博物馆中的人物，早已不存在了。

　　然而，正像《天方夜谭》中那个渔父从海中捞出来了一个瓶子那样，瓶口一打开，里面蓦地钻出来了一个神怪。我现在见到的不是一个神怪，而是一个活人：郎静山蓦地就站在我的面前。我用惊奇的眼光打量了一下这一位一百零四岁的老人：他慈眉善目，面色红润；头发花白，没有掉多少；腰板挺直，步履稳健；没有助听器，说明他耳聪；双目炯炯有神，说明他目明。有一个女士陪着他——是他的曾孙女吧——，他起坐走路，极其麻利，她好像成了沈有鼎教授的双拐，总是被提着走，不是教授挂它，而是它挂教授。最引起我的兴趣的是他的衣着，他仍然穿着长衫。那天晚上穿的是黑色的，不知道是什么料子的，黑色上面闪着小小的金星。在解放前，长衫是流行的，它几乎成了知识分子的象征，孔乙己先生身上穿的就是代表他的身份的长衫。我看了长衫，心中大感欣慰。我身上这一套中山装，久为风华正茂的青年男女们所讽刺。我表面上置若罔闻，由于某种心理作用，我死不改悔，但心中未免也有点嘀咕。中山装同长衫比起来，还是超前一代的，如果真进博物馆的话，它还要排在长衫的后面。然而久已绝迹于大陆的长衫，不意竟在曼谷见到。我身上这一套老古董似乎也并不那么陈腐落后了。这一种意外的简直像天外飞来的支援，使我衷心狂喜。

第二次同郎静山先生见面是在第二天华侨崇圣大学的开学典礼上。因为国王御驾莅临，所以仪式特别庄严隆重。从下午两点钟起，校园里就挤满了市民和军警。成千的小学生坐在绿草地上。能容千人的大礼堂也坐满了泰、外绅士和淑女，驻泰外交使节全部被邀观礼。当然是由于年纪大，我同郎静山先生被安排在第一排就座，他坐的位子是第一号，我是第二号。我们俩紧挨着，坐在那里，从两点一直坐到四点半。要想谈话，是有充分的时间的，然而却无从谈起。我们来自两个世界，出自两个世纪。在一般情况下，我本来已经有资格来倚老卖老了。然而在郎老面前，他大我二十一岁，是我的父辈，我怎么还敢倚敢卖呢？他坐在那里，精神矍铄，却是一言不发。我感到尴尬，想搭讪着说两句话，然而又没有词儿。"今天天气哈哈哈"，这里完全用不上。没有法子，只好呆坐在那里。幸亏陈贞煜博士给我介绍了德国驻泰国大使，用茄门话寒暄了一番。他又介绍了印度驻泰国大使，用英文聊了一阵。两位大使归座以后，我仍然枯坐在那里。郎老今天换了一身灰色的衣服，仍然是长衫。他神清气爽，陪我——或者我陪他呆坐那里。最后，我们俩被请到了一座大厅门口，排队站在那里，等候郑午楼博士把我们俩介绍给国王陛下。此时，陪他的那一位女士早已不见。郎老一个人，没有手杖，没有人搀扶，直挺挺地站在那里，恭候圣驾。站的时间并不太短。只见他安然，怡然，泰然，坦然，没有一点疲倦的神色。

我最后一次见到郎静山先生，是在郑午楼博士创办的国际贸易中心中。这里同时举办了四五个展览会。我到每一个展览厅都浏览了一遍，给我留下了十分深刻的印象。文物展览厅中的中国古代绘画和瓷器中，都有精品，在中国国内也是拔尖的。我最后到了摄影展览厅，规模不大，但极精彩。有几幅作品十分突出，看了让人惊心动魄。我对这些摄影艺术家着实羡慕了一番。旁边站着一位香港的摄影家，我对他表白了我的赞叹的心情。我在这里又遇到了郎老。他来这里是必然的。一个老一代蜚声海内外的摄影大家，焉能不到摄影展览厅里来呢？郎老年轻的时候，还没有彩色摄影，郎老的杰作都是黑白的。这次他带来了自己当年的杰作"百鹤图"的翻印本，令我回忆起当年欣赏这一幅杰作的情景。应该感谢老人的细心安排。

　　他一个人孑然站在那里，没有手杖，没有人陪伴，脸上的神情仍然是安然，怡然，泰然，坦然，仿佛是遗世而独立。这一次，我们除了打个招呼以外，更没有什么话可说了。我默默地站了一会，就同他告别。从此再没有在曼谷见到他。

　　杜甫的诗说："明日隔山岳，世事两茫茫。"我们现在是："今日隔山岳，世事两茫茫。"像在曼谷这一次会面这样的奇迹，一个人一生中只能遇到一次。这样的奇迹再也不会出现了。云天渺茫，人事无常，一面之缘，实已难忘。我祝他健康长寿，再活上十年，二十年，或者更多的年。

1994 年 5 月 3 日

雾

（月下观景，雾中看花，不是别有一番情趣在心头吗？）

浓雾又升起来了。

近几天以来，我早晨起床后第一件事就是推开窗子，欣赏外面的大雾。

我从来没有喜欢过雾。为什么现在忽然喜欢起来了呢？这其中有一点因缘。前天在飞机上，当飞临西藏上空时，机组人员说，加德满都现在正弥漫着浓雾，能见度只有一百米，飞机降落怕有困难，加德满都方面让我们飞得慢一点。我当时一方面有点担心，害怕如果浓雾不消，我们将降落何方？另一方面，我还有点好奇：加德满都也会有浓雾吗？但是，浓雾还是消了，我们的飞机按时降落在尼泊尔首都机场，场上阳光普照。

因此，我就对雾产生了好奇心和兴趣。

抵达加德满都的第二天凌晨，我一起床，推开窗子：外面是大雾弥天。昨天下午我们从加德满都的大街上看到城北面崇山峻岭，层峦叠嶂，个个都戴着一顶顶的白帽子，这些都是万古雪峰，在阳光下闪出了耀眼的银光。这是我生平第一次看到这种景象，我简直像小孩子一般地喜悦。现在大雾遮蔽了一切，连那些万古雪峰也隐没不见，一点影子也不给留下。旅馆后面的那几棵参天古树，在平常时候，高枝直刺入晴空，现在只留下淡淡的黑影，衬着白色的大雾，宛如一张中国古代的画。昨天抵达旅馆下车时，我看到一个尼泊尔妇女背着一筐红砖，倒在一大堆砖上。现在我看到一个男子，手里拿着一堆红红的东西。我以为他拿的也是红砖，但是当他走得近了一点时，我才发现那一堆红红的东西簌簌抖动，原来是一束束红色的鲜花。我不禁自己笑了起来。

正当我失神落魄地自己暗笑的时候，忽然听到不知从哪里传来了咕咕的叫声。浓雾虽然遮蔽了形象，但是却遮蔽不住声音。我知道，这是鸽子的声音。当我倾耳细听时，又不知从哪里传来了阵阵的犬吠声。这都是我意想不到的情景。我万万没有想到，我在加德满都学会了喜欢的两种动物：鸽子和狗，竟同时都在浓雾中出现了。难道浓雾竟成了我在这个美丽的山城里学会欣赏的第三件东西吗？

世界上，喜欢雾的人似乎是并不多的。英国伦敦的大雾是颇有一点名气的。有一些作家写散文，写小说来描绘伦敦的雾，我们读起来觉得韵味无穷。对于尼泊尔文学我所知甚少，我不知道，是否也有尼泊尔作家专门写加德满都的雾。但是，不管是在伦敦，还是在加德满都，明目张胆大声赞美浓雾的人，恐怕是不会多的，其中原因我不甚了了，我也没有那种闲情逸致去钻研探讨。我现在在这高山王国的首都来对浓雾大唱赞歌，也颇出自己的意料。过去我不但没有赞美过雾，而且也没有认真去观察过雾。我眼前是由赞美而达到观察，由观察而加深了赞美。雾能把一切东西：

美的、丑的、可爱的、不可爱的，一塌括子都给罩上一层或厚或薄的轻纱，让清楚的东西模糊起来，从而带来了另外一种美，一种在光天化日之下看不到的美，一种朦胧的美，一种模糊的美。

一些时候以前，当我第一次听到模糊数学这个名词的时候，我曾说过几句怪话：数学比任何科学都更要求清晰，要求准确，怎么还能有什么模糊数学呢？后来我读了一些介绍文章，逐渐了解了模糊数学的内容。我一反从前的想法，觉得模糊数学真是一个了不起的发现。在人类社会中，在日常生活中，在社会科学和自然科学中，有着大量模糊的东西。无论如何也无法否认这些东西的模糊性。承认这个事实，对研究学术和制订政策等等都是有好处的。

在大自然中怎样呢？在大自然中模糊不清的东西更多。连审美观念也不例外。有很多东西，在很多时候，朦胧模糊的东西反而更显得美。月下观景，雾中看花，不是别有一番情趣在心头吗？在这里，观赏者有更多的自由，自己让自己的幻想插上翅膀，上天下地，纵横六合，神驰于无何有之乡，情注于自己制造的幻象之中；你想它是什么样子，它立刻就成了什么样子，比那些一清见底、纤毫不遗的东西要好得多。而且绝对一清见底、纤毫不遗的东西，在大自然中是根本不存在的。

我的幻想飞腾，忽然想到了这一切。我自诧是神来之笔，我简直陶醉在这些幻象中了。这时窗外的雾仍然稠密厚重，它似乎了解了我的心情，感激我对它的赞扬。它无法说话，只是呈现出更加美妙更加神秘的面貌，弥漫于天地之间。

1986 年 11 月 26 日

喜　雨

（我的精神一瞬间立即抖擞起来，"漫卷诗书喜欲狂"，立即推开手边的稿纸，静坐谛听起来。）

　　我是农民的儿子。在过去，农民是靠天吃饭的，雨是绝对不能缺少的。因此，我从识之无的时候起，就同雨结下了剪不断理还乱的深厚的感情。

　　今年，北京缺雨，华北也普遍缺雨，我心急如焚。我窗外自己种的那一棵玉兰花开花的时候，甚至于到大觉寺去欣赏那几棵声明传遍京华的二三百年的老玉兰树开花的时候，我的心情都有点矛盾。我实在喜欢眼前的繁花，大觉寺我来过几次，但是玉兰花开得像今天这样，还从来没有见过，借用张锲同志一句话："一看到这开成一团的玉兰花，眼前立刻亮了起来。"好一个"亮"字，亏他说得出来。但是，我忽然想到，春天里的一些花最怕雨打。我爱花，又盼雨，二者是鱼与熊掌的关系，不可得而兼也。我究竟何从呢？我之进退，实为狼狈。经过艰苦的"思想斗争"，我毅然决然下了结论：我宁肯要雨。

　　在多日没有下过滴雨之后，我今天早晨刚在上面搭上铁板的阳台上坐定，头顶上铁板忽然清脆地响了一声：是雨滴的声音。我的精神一瞬间立即抖擞起来，"漫卷诗书喜欲狂"，立即推开手边的稿纸，静坐谛听起来。铁板上，从一滴雨声起，清脆的响声渐渐多了起来，后来混成一团，连"大珠小珠落玉盘"也无法描绘了。此时我心旷神怡，浮想联翩。

我抬头看窗外，首先看到的就是那一棵玉兰花树，此时繁花久落，绿叶满枝。我仿佛听到在雨滴敲击下左右翻动的叶子正在那里悄声互相交谈："伙计们！尽量张开嘴巴吸吮这贵如油的春雨吧！"我甚至看到这些绿叶在雨中跳起了华尔兹舞，舞姿优美整齐，我头顶上铁板的敲击声仿佛为它们的舞步伴奏。可惜我是一个舞盲，否则我也会破窗而出，同这些可爱的玉兰树叶共同蹁跹起舞。

眼光再往前挪动一下，就看到了那一片荷塘。此时冬天的坚冰虽然久已融化，垂柳鹅黄，碧水满塘，连"小荷才露尖尖角"的时候还没有到。但是，我仿佛有了"天眼通"，看到水面下淤泥中嫩莲已经长出了小芽。这些小芽眼前还浸在水中。但是，它们也感觉到了上面水面上正在落着雨滴，打在水面上，形成了一个个的小而圆的漩涡，如果有摄影家把这些小漩涡摄下，这也不失为宇宙中的一种美，值得美学家们用一些只有他们才能懂的恍兮惚兮的名词来探讨甚至争论一番的。小荷花水底下的嫩芽我相信是不懂美学的，但是，它们懂得要生存，要成长。水面上雨滴一敲成小漩涡，它们立即感觉到了，它们也精神抖擞起来，互相鼓励督促起来："伙伴们！拿出自己的劲头来，快快长呀！长呀！赶快长出水面，用我们自己的嘴吮吸雨滴。我们去年开花一千多朵，引了燕园内外一片普遍热烈的赞扬声。今年我们也学一下时髦的说法，来它一个可持续发展，开上它两三千朵，给燕园内外的人士一个更大的惊异！合着头顶上的敲击声，小荷的声音仿佛清晰可闻，给我喜雨的心情增添了新鲜的活力。

我浮想联翩，幻想一下飞出了燕园，飞到了我的故乡，我的故乡现在也是缺雨的地方。一年前，我曾回过一次故乡，给母亲扫墓。我六岁离开母亲，一别就是八年。母亲倚闾之情我是能够理解一点的；但是我幻想，在我大学毕业以后，经济能独立了，然后迎养母亲。然而正如古人所说的："木欲静而风不止，子欲养而亲不俟。"大学二年级时，母亲永远离开了我，只留得面影迷离，入梦难辨，风木之悲伴随了我一生。我漫游世界，母亲迷离的面影始终没有离开过我。我今天已至望九之年，依然常梦见母亲，痛哭醒来，泪湿枕巾。

我离家的时候，家里已穷得揭不开锅。但不知为什么，母亲偏有二三分田地。庄稼当然种不上，只能种点绿豆之类的东西。我三四岁的时候曾跟母亲去摘过豆角。不管怎样，总是有了点土地。有了土地就同雨结了缘，每到天旱，我也学大人的样子，盼望下雨，翘首望天空的云霓。去年和今年，偏又天旱。在扫墓之后，在泪眼迷离中，我抬头瞥见坟头几颗干瘪枯黄的杂草，在风中摆动。我蓦地想到躺在下面的母亲，她如有灵，难道不会为她生前的那二三分地担忧吗？我痛哭欲绝，很想追母亲于地下。现在又凭空使我忧心忡忡。我真想学习一下宋代大诗人陆游："碧章夜奏通明殿，乞借春阴护海棠。"我是乞借春雨护禾苗。

幻想一旦插上了翅膀，就绝不会停止飞翔。我的幻想，从燕园飞到了故乡，又从故乡飞越了千山万水，飞到了非洲。我曾到过非洲许多国家，我爱那里的人民，我爱那里的动物和植物。我从电视中看到，非洲的广大地区也在大旱，土地龟裂，寸草不生。狮子、老虎、大象、斑马等等一大群野兽，在干旱的大地上，到处奔走，寻找一点水喝，一丛草吃，但都枉然，它们什么也找不到，有的就倒毙在地上。看到这情景，我心里急得冒烟，但却束手无策。中国的天老爷姓张，非洲的天老爷却不知姓字名谁，他大概也不住在什么通明殿上。即使我写了碧章，也不知向哪里投递。我苦思苦想，只有再来一次"碧章夜奏通明殿"，请我们的天老爷把现在下着的春雨，分出一部分，带着全体中国人民的深厚情谊，分到非洲去降，救活那里的人民、禽、兽，还有植物，使普天之下共此甘霖。

我的幻想终于又收了回来，我兀坐在阳台上，谛听着头顶上的铁板被春雨敲得叮当作响，宛如天上宫阙的乐声。

1998 年 4 月 23 日

两行写在泥土地上的字

（素昧平生的男女大孩子的信，却给我重新注入了生命的活力。）

夜里有雷阵雨，转瞬即停。"薄云疏雨不成泥"，门外荷塘岸边，绿草坪畔，没有积水，也没有成泥，土地只是湿漉漉的。一切同平常一样，没有什么特异之处。

我早晨出门，想到外面呼吸点新鲜空气，这也同平常一样，并没有什么特异之处。

然而，我的眼睛一亮，蓦地瞥见塘边泥土地上有一行用树枝写成的字：

　　季老好　98级日语

回头在临窗玉兰花前的泥土地上也有一行字：

　　来访　98级日语

我一时懵然，莫名其妙。还不到一瞬间，我恍然大悟：98级是今年的新生。今天上午，全校召开迎新大会；下午，东方学系召开迎新大会。在两大盛会之前，这一群（我不知道准确数目）从未谋面的十七八九岁的男女大孩子们，先到我家来，带给我无法用言语形容的这一番深情厚谊。但他们恐怕是怕打扰我，便想出了这一个惊人的匪夷所思的办法，用树枝把他们的深情写在了泥土地上。他们估计我会看到的，便悄然离开了我的家门。

我果然看到他们留下的字了。我现在已经望九之年，我走过的桥比这一帮大孩子走过的路还要长，我吃过的盐比他们吃过的面还要多，自谓已经达到了"悲欢离合总无情"的境界。然而，今天，我一看到这两行写在泥土地上的字，我却真正动了感情，眼泪一下子涌出了眼眶，双双落到了泥土地上。

我是一个平凡的人，生平靠自己那一点勤奋，做出了一点微不足道的成绩。对此我并没有多大信心。独独对于青年，我却有自己一套看法。我认为，我们中年人或老年人，不应当一过了青年阶段，就忘记了自己当年穿开裆裤的样子，好像自己一下生就老成持重，对青年总是横挑鼻子竖挑眼。我们应当努力理解青年，同情青年，帮助青年，爱护青年。不能要求他们总是四平八稳，总是温良恭俭让。我相信，中国青年都是爱国的，爱真理的。即使有什么"逾矩"的地方，也只能耐心加以劝说，惩罚是万不得已而为之的。一个国家，一个民族，如果对自己的青年失掉了信心，那它就失掉了希望，失掉了前途。我常常这样想，也努力这样做。在风和日丽时是这样，在阴霾蔽天时也是这样。这要不要冒一点风险呢？要的。但我人微言轻，人小力薄，除了手中的一支圆珠笔以外，就只有嘴里那三寸不烂之舌，除了这样做以外，也没有别的办法。

大概就由于这些情况，再加上我的一些所谓文章，时常出现在报刊杂志上，有的甚至被选入中学教科书，于是普天下青年男女颇有知道我的姓名的。青年们容易轻信，他们认为报纸杂志上所说的都是真实的，就轻易对我产生了一种好感，一种情意。我现在几乎每天都能收到全国各地，甚至穷乡僻壤、边远地区青年们的来信。大中小学生都有。他们大概认为我无所不能，无所不通，而又颇为值得信赖，向我提出各种各样的问题，有的简直石破天惊，有的向我倾诉衷情。我想，有的事情他们对自己的父母也未必肯讲的，比如想轻生自杀之类，他们却肯对我讲。我读到这些书信，感动不已。我已经到了风烛残年，对人生看得透而又透，只等造化小儿给我的生命画上句号。然而这些素昧平生的男女大孩子的信，却给我重新注入了生命的活力。苏东坡的词说："谁道人生无再少？门前流水尚能西。休将白发唱黄鸡。"我确实有"再少"之感了。这一切我都要感谢这些男女大孩子们。

东方学系98级日语专业的新生，一定就属于我在这里所说的男女大孩子们。他（她）们在五湖四海的什么中学里，读过我写的什么文章，听到过关于我的一些传闻，脑海里留下了我的影子。所以，一进燕园，赶在开学之前，就迫不及待地把自己那一份情意，用他们自己发明出来的也许从来还没有被别人使用过的方式，送到了我的家门口来，惊出了我的两行老泪。我连他们的身影都没有看到，我看到的只是池塘里面的荷叶。此时虽已是初秋，却依然绿叶擎天，水影映日，满塘一片浓绿，回头看到窗前那一棵玉兰，也是翠叶满枝，一片浓绿。绿是生命的颜色，绿是青春的颜色，绿是希望的颜色，绿是活力的颜色。这一群男女大孩子正处在平常人们所说的绿色年华中，荷叶和玉兰所象征的正是他们。我想，他们一定已经看到了绿色的荷叶和绿色的玉兰。他们的影子一定已经倒映在荷塘的清水中。虽然是转瞬即逝，连他们自己也未必注意到。可他们与这一片浓绿真可以说是相得益彰，溢满了活力，充满了希望，将来左右这个世界的，决定人类前途的正是这一群年轻的男女大孩子们。他们真正让我"再少"，他们在这方面的力量决不亚于我在上面提到的那些全国各地青年的来信。我虔心默祷——虽然我并不相信——造物主能从我眼前的八十七岁中抹掉七十年，把我变成一个十七岁的少年，使我同他们一起学习，一起娱乐，共同分享普天下的凉热。

1998 年 9 月 25 日

大觉寺

（这是一块人间净土，世外桃源。）

　　我为什么对大觉寺情有独钟呢？这问题提得很自然；但又显得颇为突兀。我似乎能答复，又似乎还不能。

　　将近七十年前，当我在清华园读书的时候，北京的古寺名刹，我都是知道的，什么潭柘寺、戒台寺、碧云寺、卧佛寺等等，我都清楚，当时既无公共汽车，连自行车都极少见。我曾同一些伙伴"细雨骑驴登香山"。雨中山青水秀，除了密林深处间或有小鸟的啁啾声外，几乎是万籁俱寂。我决非像陆放翁那样的诗人，但是，此时此地心中却溢满了诗意。"此中有真意，欲辨已忘言"，实不足为外人道也。

　　可是，大觉寺这个古刹，我却是没有听说过的。它对我完全是陌生的。原因大概是，这一座千年古刹在当时已经凋零颓败，再没有参观旅游的价值，被人们弃若敝屣了。

　　时间一下子跳过了五十年，我已届古稀之年，可以说是一个地地道道的老人了，可是我偏一点老的感觉都没有，有时候还会忽发少年狂。此时，大觉寺已经名传遐迩，那一棵有三百年树龄的"玉兰之王"就生长在大觉寺中，每年春天花发时总会吸引众多的游人前去观赏。八十年代初的一个春天，听说玉兰之王正在繁花怒放，我于是同大泓和二泓骑自行车，长驱三四十公里，到大觉寺去随喜。走在半路上，想停车休息一会儿，我的双腿已经麻木，几乎下不了车。幸亏了有两个孩子的扶掖，才勉强再登上了车，鼓起余勇，一鼓作气，终于达到了大觉寺。

人们，其中包括一些学者们，常说：第一个印象是最准确、最清晰，因而也就是最符合实际情况、最可靠的印象。我对大觉寺的第一个印象怎样呢？山门虽不新，但也没有给人以寥落颓败之感，想必是在过去五十年中修缮过一次，所以才有现在这个情况。这一天来的人多如过江之鲫，到处人声喧阗，古寺的沉寂完全被打破。好不容易挤进了寺门，只见殿阁庄严，花木葳蕤。丁香、藤萝已经开过，只剩下绿叶肥大。最引人注目的是那几棵千年古松柏，树身如苍龙盘曲，尖顶直刺入蔚蓝的晴空，使人看了，精神立刻为之一振。我们先看了北玉兰院的几棵玉兰，花开得正茂密。最后转到南玉兰院，看那一棵玉兰之王。躯干极粗，但是主干已锯掉，只剩下旁枝，至少已有上百年的历史；但是比起三百余年的主干，仍然如小巫见大巫。此时玉兰花正在怒放，花开得茂密压枝。与之相对的是一棵树龄比较小一点的紫玉兰。两棵树一白一紫，相映成趣。大地的无限活力仿佛都随着花朵喷涌出来。无论谁看了，都会感到生命力的无穷无尽；都会感到人间的可爱，人间净土就在眼前；都会油然产生凌云的壮志。我们也都兴会淋漓，又走上后山，看了水泉。然后出寺野餐，又骑上自行车，回到了燕园，留下了终生难忘的记忆。

时间又一下子跳了将近二十年。我已经到了望九之年，垂垂老矣。两年前，我忽然接到一份请柬，要我到大觉寺去为明慧茶院开院典礼上去剪彩。这使我有点惊愕：大觉寺怎么会同什么明慧茶院联系到一起呢？我准时去了，这是我第三次进大觉寺。此时此地，如果在江南正是"杂花生树，群莺乱飞"的季节，现在这里却只有杂花，而无群莺。寺内外已加修缮，特别是从南玉兰院一直到后面上面水泉楼一路几层院落，修饰得美轮美奂，金碧辉煌，雕梁画柱，熠熠闪光。简直是换了人间，大非昔比了。可惜丁香、玉兰已经开过花，只有那一架古藤萝仍然是繁花满枝，引得蜜蜂团团飞舞。

明慧茶院是怎么一回事呢？原来是北大中文系毕业生欧阳旭先生弃学从商，用现在的话来说就是"下了海"。欧阳英年岐嶷，经营有方，过了没有多久，经营就有可观的规模。但他毕竟是文化人，发财不忘文化。在众多经营之余，在海淀创办了国林风书店，其规模之大，可与风入松书店并驾齐驱。其藏书之精，又与万圣、风入松鼎足而三，为首都文化中心海淀增一异彩。据欧阳旭亲口告诉我，几年前，他同几个伙伴秋游，到了傍晚，在西山乱山丛中迷了路。"黄昏到寺蝙蝠飞"，他们碰巧走进了一座古寺，回不了城，就借住在那里。这就是大觉寺。夜里，他同管理寺庙的人剪烛夜话，偶然心血来潮，想在这座幽静僻远的古刹中创办点什么。三谈两谈，竟然谈妥，于是就出现了明慧茶院。难道这不就是佛家所说的因缘，俗语所说的机遇，哲学家所说的偶然性吗？

可是我心中有一个谜，至今仍处在解决与未解决之间。在宝刹大觉寺中可以兴办的事业是很多很多的，为什么欧阳旭独独钟情于茶呢？中国是茶的原产地，茶文化是中华文化不可分割的一个组成部分，中国饮茶的历史至少已有一两千年，而且茶文化传遍了世界，在日本独为繁荣，形成了闻名世界的日本茶道，也是日本文化不可分割的一部分。在欧洲，最著名的饮茶国家，喝的是红茶，在北非和中东，阿拉伯国家也喜欢饮茶，喝的是龙井，是绿茶。根据最近的世界饮料新动向，茶叶大有取代咖啡和可可之势，行将见中国的茶文化传遍世界，为人类造福，为中华添彩，发扬光大之日，就在眼前了。

　　谈到饮茶，必须有两个绝不可缺少的条件：一个是茶，一个是水。北方不产茶，至少是北京不能产茶，这是天意，谁也无力回天。至于水，北京是有的。但是山中有水，在北方实如凤毛麟角。有水斯有寺，有寺斯有名，这是北京独特规律。山泉与普通河水迥乎不同，它来自高山深处，毫无污染，而且还含有许多对人体有益的微量元素，入口甘甜，如饮醍醐。再加上名茶一泡，天造地设，相得益彰。大觉寺就以泉水著称，一千余年前的辽代之所以在这里建寺，主要就是这里有甘泉。不管天多么旱，泉水总是从寺后最高处潺湲流出，永不衰竭。这是一个极为难得的条件。甘泉再佐以佳茗，则二美俱矣。这个好像摆在眼前现成的想法，为什么别人就从未想到过，只有等到 20 世纪末来了一个年轻小伙子欧阳旭才想到了而且立即付诸实施建立了明慧茶院呢？这里面难道还有什么十分深奥难测的奥义吗？

　　不管怎样，明慧茶院建立起来了。开幕的那一天，虽然没有能看到玉兰开花，但是，到的名人颇为不少，学术界和艺术界的一些著名人物，如欧阳中石、范曾等等，都光临了。大家在憩云轩观赏禅茶表演。几个被派到南方专门学习禅茶表演的年轻的女孩子，在挂在门上的绣有一个大大的"禅"字的帷幕前，在一张精心布置的桌子上，认真表演茶艺，伴奏的是佛乐，庄严肃穆，乐声低沉而清越。唐明皇当年听到了仙乐，"骊宫高处入青云，仙乐轻飘处处闻"。此时我们听到的是佛乐，乐声回荡在憩云轩前苍松翠柏之间，回荡到下面玉兰之王所住的明德轩小院中，回荡到上面山泉流出处的楼阁间，佛乐弥漫了整个大觉寺，仿佛这里就是人间净土，地上桃源。我因为坐在第一张桌子旁，得天独厚，得以喝到第一杯禅茶，味道确同平常的不同，其余的嘉宾也都听了佛乐，喝了名茶，大家颇有点留连忘返之意。

从此北京西山增添了一个景点。

而我心中则增添了一个亮点。

我有时候无缘无故地就想到大觉寺，神驰那里的苍松翠柏、玉兰、藤萝。第二年，正当玉兰花开花的时候，我急不可待地第四次到了大觉寺。那时许多棵玉兰都在奋勇怒放。那一棵玉兰之王开得更是邪乎，满树繁花，累累垂垂，把树干树枝完全盖满，只见白花，不见青枝，全树几千朵花仿佛开成了一朵硕大无朋的白色大花，照亮了明德轩小院，照亮了整个大觉寺，照亮了宇宙。逼得旁边那一棵有名的鼠李寄柏干瘪无光。连同玉兰之王对生的那一棵紫玉兰也失去了光彩。我失去了描绘的能力，思想和语言都一样，嘴里只能连声赞叹：奈何！奈何！

过了不过个把月，我又一次来到了大觉寺，这次同来的有侯仁之、汤一介、乐黛云、李玉洁等人，我们第一次在这里过夜。侯仁之和我两个老头儿，被欧阳旭安排在明德轩所谓"总统套房"中。既曰"总统"，必然华贵。我是个上不得台盘的人。平生不想追求华贵。我曾在印度总统府里住过。在一间像篮球场那样大的房间里，一个卧榻端端正正摆在正中央。我躺在上面，四顾茫然，宛如孤舟大洋，海天渺茫，我一夜没有睡着。今天又要住总统套房，心里真有点嘀咕。此时玉兰已经绿叶满枝，不见花影，而对面的一棵太平花则正在疯狂怒放，照得满院生辉。晚饭后，我们几个人围坐在太平花下，上天下地，闲聊一番。寂静的古寺更加寂静，仿佛宇宙间只有我们几个人遗世而独立，身心愉快，毕生所无。走进总统套房，居然一夜酣睡，真如羲皇上人矣。

　　第二天，我照例四点起床，走出明德轩。此时晨曦未露，夜气犹存，微风不起，松涛无声。太平花似乎还没有睡醒，玉兰之王的绿叶也在凝定不动。古寺中一片寂静。只有屋脊上狂窜乱跳的小松鼠，跑来跑去，络绎不绝，令人感到宇宙还在活着，并未寂灭。我一个人独立中庭，享受了生平第一个恬谧甜蜜的早晨，让我永世难忘。

　　从此以后，我心中的那个亮点更加明亮了。我常常想到大觉寺，只要有机会，我就到大觉寺来。能够谈得来的一些朋友，我也想方设法请他们到大觉寺来品茗，最好是能住上一夜，领略一下这一座古寺的静夜幽趣。连从台湾不远千里而来的台湾大学图书馆馆长林光美女士，尽管是戎马倥偬，南北奔波，我也请她到大觉寺来住了一夜。她是品茗专家，是内行，她对大觉寺泉水和名茶的赞扬，其意义应该说是与众不同的，现在她已经回到了台北，我相信，她带回去的一定是对大觉寺美好的回忆。

至于我自己为什么这样向往大觉寺呢？这要同我目前的生活情况谈起。近几年来，不知道是从哪里来的一片虚名，套在了我的头上，成了一圈光环，给我招惹来了剪不断理还乱的麻烦。这个会长，那个主编，这个顾问，那个理事，纷至沓来，究竟有多少这样的纸冠，我自己实在无法弄清，恐怕只有上帝知道了。我成了采访的对象，这个电台，那个电视台，这家报纸，那家杂志，又是采访录相，又是电话采访。一遇到什么庆典或什么纪念，我就成了药方中的甘草，万不能缺。还有无穷无尽的会议，个个都自称意义重大，非参加不行。每天下午，我就成了专家门诊的专家，客厅里招待一拨客人，另外一拨或多拨候诊者只好在别的屋里等候。采访者照相成了应有之义。做道具照相，我已习惯；但是，照相者几乎每次必高呼："笑一笑！"试问我一肚乱絮般的思绪，我能笑得起来吗？即使勉强一笑，脸上成什么模样，我自己是连想都不敢想的。校系两级领导，关心我的健康，在我门上贴上了谢绝会客的通知。然而知书识字的来访者却熟视无睹，依然想方设法闯进门来。听说北京某大学某一位名人，大概遇到了同我一样的遭遇，自己在门上大书：某某死了！但是，死了也不行，他们仍然闯进门来，要向遗体告别。

"十年浩劫"期间，我忽发牛劲，以卵击石，要同北大那位"老佛爷"决斗，结果全军覆没，被抄家，被批斗，被关进牛棚，好不容易捡回来了一条小命，却成了"不可接触者"。几年之内，我没接到一封来信，没有一个客人。走在校内，没有哪个人敢同我说上一句话。我自己知趣，凡上路，必茫然向前看，决不左顾右盼，也决不敢踩别人的影子，以免把灾秧传给别人。你说，这样心里能痛快吗？当然不能。有时候我一个人困居斗室，感前途之无望，悲未来之渺茫，只觉得凄凉，孤独，寂寞，无助，此中滋味，非同病者实难相怜也。

然而，物换斗移，时异世迁，我从一个不可接触者一变而为极可接触者，宛如从十八层地狱一下子跃上三十三天。最初有一阵喜悦，自是人之常情。然而，时隔不久，这喜悦就逐渐淡漠下来，代之而起的是无名的苦恼。"千秋万岁名，寂寞身后事"，我不想争名。我的收入足以维持我那水平不高的生活，我不想夺秋。我现在要求最迫切的是还我清静。"不可接触者"是最容易得到清静的。然而如今谁有这个本领能发动亿万群众，共同上演一出空前残暴的悲剧呢？他年于无意中得之的"不可接触者"的地位，如今却是可望而不可即了。

我现在希望得到的是一片人间净土，一个世外桃源。万没想到，我又于无意中得到了净土和桃源，这就是欧阳旭在大觉寺创办的明慧茶院。我每次从燕园驱车往大觉寺来，胸中的烦躁都与车行的距离适成反比，距离愈拉长，我的烦躁愈减少，等到一进大觉寺的山门，我的烦躁情绪一扫而光，四大皆空了。在这里，我看到了我的苍松、翠柏、丁香、藤萝、梨花、紫荆，特别是我的玉兰和太平花，它们都好像是对我合十致敬。还有屋脊上窜跳的小松鼠，也好像对我微笑。我想到我前不久写的那一副对联：

屋脊狂窜小松鼠
满院开满太平花

不禁心旷神逸，虽古代桃花源中人，也不得不羡慕我了。

大概从人类有了较大的城市之日起，城市就与大自然形成了对立面，形成了鲜明的对照。连一千多年前的陶渊明都曾高唱："久在樊笼里，复得反自然"，欢悦之情，跃然纸上。清代末年，德国汉学家福兰阁任德国驻清朝的外交官，经常"上山"。我从他儿子傅吾康嘴里经常听到"上山"这个词儿。上哪个山呢？我从来没有问过，反正他每次来北京，总有一半时间"上山"。最近我才知道，他们父子俩上的山就是大觉寺，德国人毕竟是热爱自然的民族。到了今天，城市越来越大，越来越热闹，红尘万丈，喧嚣无度，虽然不能每个人都有像我那样的烦躁，但烦躁总会有的，只不过程度高低不同而已。大家都会渴望拥抱大自然，都在不同程度上想找一个人间净土，世外桃源。

可每一个并不能都找得到，这不能不说是一件憾事。

我是有福的，我找到了大觉明慧茶院，而且帮助我的朋友们认识这是一块人间净土，世外桃源，我的朋友们也都有福了。

我心中的那一个亮点将会愈来愈亮，愈亮。

1999 年 5 月 22 日写毕

第 二 章

随遇而安

就是在那种极其困难的环境中，人生乐趣仍然是有的。在任何情况下，人生也决不会只有痛苦，这就是我悟出的禅机。

高中国文教员一年

（我从这一幕闹剧中学到了很多处世做人的道理。）

1934 年夏季，我毕业于清华大学西洋文学系（后改名外国语文系）。当时社会上流行着一句话："毕业即失业"。可见毕业后找工作——当时叫抢一只饭碗——之难。对我来说，这个问题尤其严重。家庭经济已濒临破产，盼望我挣钱，如大旱之望云霓。而我却一无奥援，二不会拍马。我好像是孤身一人在荒原上苦斗，后顾无人，前路茫茫。心中郁闷，概可想见。这种心情，从前一年就有了。一句常用的话"未雨绸缪"或可形容这种心情于万一。

但是，这种"未雨绸缪"毫无结果。时间越接近毕业，我的心情越沉重，简直到了食不甘味的程度。如果真正应了"毕业即失业"那一句话，我恐怕连回山东的勇气都没有，我有何面目见山东父老！我上有老人，下有子女，一家五口，嗷嗷待哺。如果找不到工作，我自己吃饭都成问题，遑论他人！我真正陷入走投无路的绝境。

然而，正如常言所说的那样："天无绝人之路"，在这危机存亡的时刻，好机遇似乎是从天而降。北大历史系毕业生梁竹航先生，有一天忽然来到清华，告诉我，我的母校山东济南高中校长宋还吾先生托他来问我，是否愿意回母校任国文教员。这真是我做梦也想不到的喜讯，我大喜若狂。但立刻又省悟到，自己学的是西洋文学，教高中国文能行吗？当时确有一种颇为流行的看法和做法，认为只要是作家就能教国文。这个看法本身就是不科学的，能写的人不一定能教。何况我只不过是出于个人爱好，在高中时又受到了董秋芳先生的影响，在大报上和高级刊物上发表过一些篇散文，那些都是"只堪自怡悦"的东西，离一个真正的作家还有一段颇长的距离。像我这样的人怎么能到高中去担任国文教员呢？而且我还听说，我的前任是让学生"架"走的，足见这些学生极难对付，我贸然去了，一无信心，二无本钱，岂非自己去到太岁头上动土吗？想来想去，忐忑不安。虽然狂喜，未敢遽应。梁君大我几岁，稳健持重，有行政才能。看到了我的情况，让我再考虑一下。这个考虑实际上是一场思想斗争。最后下定决心，接受济南高中之聘，我心里想："你敢请我，我就敢去！"实际上，除了这条路以外，我已无路可走。于是我就于1934年秋天，到了济南高中。

校　长

校长宋还吾先生是北大毕业生，为人豁达大度，好交朋友，因为姓宋，大家送上绰号曰"宋江"。既然有了宋江，必有阎婆惜，逢巧宋夫人就姓阎，于是大家就称她为"阎婆惜"。宋先生在山东，甚至全国教育界广有名声。因为他在孔子故乡曲阜当校长时演出了林语堂写的剧本《子见南山》，剧本对孔子颇有失敬之处，因此受到孔子族人的攻击。此事引起了鲁迅先生的注意与愤慨，在《鲁迅全集》中对此事有详细的叙述。请有兴趣者自行参阅。

我一进学校就受到了宋校长的热烈欢迎。他特在济南著名的铁路宾馆设西餐宴为我接风，热情可感。

教　员

我离开高中四年了。四年的时间，应该说并不算太长。但是，在我的感觉上却仿佛是换了人间。虽然校舍依旧巍峨雄伟，树木花丛、一草、一木依旧翁郁葳蕤；但在人事方面却看不到几张旧面孔了。校长换了人，一套行政领导班子统统换掉。在教员中，我当学生时期的老教员没有留下几个。当年的国文教员董秋芳、董每戡、夏莱蒂诸先生都已杳如黄鹤，不知所往。此时，我的心情十分复杂，在兴奋欣慰之中又杂有凄凉寂寞之感。

在国文教员方面，全校共有三个年级，每个年级四个班，共有十二个班，每一位国文教员教三个班，共有国文教员四名。除我以外应该还有三名。但是，我现在能回忆起来的却只有两名。一位是冉性伯先生，是山东人，是一位资深的国文教员。另一位是童经立先生，是江西人，什么时候到高中来的，我完全不知道。他们两位都不是作家，都是地地道道大学国文系的毕业生，教国文是内行里手。这同四年前完全不一样了。

英文教员我只能记起两位，都不是山东人。一位是张友松，一位是顾绥昌。前者后来到北京来，好像是在人民文学出版社当编审。后者则在广东中山大学做了教授。有一年，我到广州中大时，到他家去拜望过他，相见极欢，留下吃了一顿非常丰富的晚餐。从这两位先生身上可以看到，当时济南高中的英文教员的水平是相当高的。

至于其他课程的教员，我回忆不起来多少。和我同时进校的梁竹航先生是历史教员，他大概是宋校长的嫡系，关系异常密切。一位姓周的，名字忘记了，是物理教员，我们之间的关系颇好。1934年秋天，我曾同周和另外一位教员共同游览泰山，一口气登上了南天门，在一个鸡毛小店里住了一夜，第二天凌晨登上玉皇顶，可惜没能看到日出。我离开高中以后，不知道周的情况如何，从此杳如黄鹤了。最让我觉得有趣的是，我八九岁入济南一师附小，当时的校长是一师校长王祝晨（士栋，绰号王大牛）先生兼任，我一个乳臭未干的顽童与校长之间宛如天地悬隔，我从来没有见过他的面，曾几何时，我们今天竟成了同事。他是山东教育界的元老之一，热情地支持"五四"运动，脾气倔犟耿直，不讲假话，后来在五七年反右时，被划为右派。他对我怎么看，我不知道。我对他则是执弟子礼甚恭，我尊敬他的为人，至于他的学问怎么样，我就不敢妄加评论了。

同我往来最密切的是张叙青先生，他是训育主任，主管学生的思想工作，讲党义一课。他大概是何思源（山东教育厅长）、宋还吾的嫡系部队的成员。我1946年在去国十一年之后回到北平的时候，何思源是北平市长，张叙青是秘书长。在高中时，他虽然主管国民党的工作；但是脸上没有党气，为人极为洒脱随和，因此，同教员和学生关系都很好。他常到我屋里来闲聊。我们同另外几个教员经常出去下馆子。济南一些只有本地人才知道的小馆子，由于我是本地人，我们都去过。那时高中教员工资相当高，我的工资是每月一百六十元，是大学助教的一倍。每人请客一次不过二三元，谁也不在乎。我虽然同张叙青先生等志趣不同，背景不同；但是，做为朋友，我们是能谈得来的。有一次，我们几个人骑自行车到济南南面众山丛中去游玩，骑了四五十里路，一路爬高，极为吃力，经过八里洼、土屋，最终到了终军镇（在济南人口中读若仲宫）。终军是汉代人，这是他降生的地方，可见此镇之古老。镇上中学里的一位教员热情地接待了我们，设盛宴表示欢迎之意。晚饭之后，早已过了黄昏时分。我们走出校门，走到唯一的一条横贯全镇的由南向北的大路上，想领略一下古镇傍晚的韵味。此时，全镇一片黢黑，不见一个人影，没有一丝光亮。黑暗仿佛凝结成了固体，伸手可摸。仰望天空，没有月亮，群星似更光明。身旁大树的枝影撑入天空，巍然，森然。万籁俱寂，耳中只能听到远处泉声潺湲。我想套用一句唐诗："泉响山逾静。"在这样的情况下，我真仿佛远离尘境，遗世而独立了。我们在学校的一座小楼上住了一夜。这是我一生最难忘记的一夜。第二天早晨，我们又骑上自行车向南行去，走了二三十里路，到了柳堡，已经是泰山背后了。抬头仰望，泰山就在眼前。"岱宗夫如何？齐鲁青未了。"泰山的青仿佛就扑在我们背上。我们都不敢再前进了。拨转车头，向北骑去，骑了将近百里，回到了学校。这次出游，终生难忘。过了不久，我们又联袂游览了济南与泰山之间的灵岩古寺，也是我多年向往而未能到过的地方。从上面的叙述可以看到，我同高中的教员之间的关系是十分融洽的。

上　课

我在上面已经提到过，高中共有三个年级，十二个班；包括我在内，有国文教员四人，每人教三个班。原有的三个教员每人包一个年级的三个班，换句话说，就是每一个年级剩下一个班，三个年级共三个班，划归我的名下。有点教书经验的人都知道，这给我造成了颇大的困难，他们三位每位都只有一个头，而我则须起三个头。这算不算"欺生"的一种表现呢？我不敢说，但这个感觉我是有的。可也只能哑子吃黄连了。

好在我选教材有我自己的标准。我在清华时，已经读了不少中国古典文学作品。我最欣赏我称之为唯美派的诗歌，以唐代李义山为代表，西方则以英国的Swinburne、法国的象征派为代表。此外，我还非常喜欢明末的小品文。我选教材，除了普遍地各方面都要照顾到以外，重点就是选这些文章。我相信，在这一点上，我同其他几位国文教员是不会相同的。

我没有教国文的经验，但是学国文的经验却是颇为丰富的。正谊中学杜老师选了些什么教材，我已经完全记不清了。北园高中王崑玉老师教材皆选自《古文观止》。济南高中胡也频老师没有教材，堂上只讲普罗文学。董秋芳老师以《苦闷的象征》为教材。清华大学刘文典老师一学年只讲了江淹的《恨赋》和《别赋》以及陶渊明的《闲情赋》。课堂上常常骂蒋介石。我这些学国文的经验对我有点借鉴的作用，但是用处不大。按道理，教育当局和学校当局都应该为国文这一门课提出具体的要求，但是都没有。教员成了独裁者，愿意怎么教就怎么教，天马行空，一无阻碍。我当然也想不到这些问题。我根据自己的兴趣，选了一些中国古典诗文。我的任务就是解释文中的典故和难解的词句。我虽读过不少古典诗文，但腹笥并不充盈。我备课时主要靠《辞源》和其他几部类书。有些典故自己是理解的，但是颇为"数典忘祖"，说不出来源。于是《辞源》和几部类书就成了我不可须臾离开的宝贝。我查《辞源》速度之快达到了出神入化的境界。为了应付学生毕业后考大学的需要，我还自作主张，在课堂上讲了一点西方文学的概况。

我在清华大学最后两年写了十几篇散文，都是惨淡经营的结果，都发表在全国一流的报刊和文学杂志上，因此，即使是名不见经传，也被认为是一个"作家"。到了济南，就有报纸的主编来找我，约我编一个文学副刊。我愉快地答应了，就在当时一个最著名的报纸上办了一个文学副刊，取名《留夷》，这是楚辞上一个香花的名字，意在表明，我们的副刊将会香气四溢。作者主要是我的学生。文章刊出后有稿酬，每千字一元。当时的一元可以买到很多东西，穷学生拿到后，不无小补。我的文章也发表在上面，有一篇《游灵岩》，是精心之作，可惜今天遍寻不得了。

我同学生的关系

总起来说，我同学生的关系是相当融洽的。我那年是二十三岁，也还是一个大孩子。同学生的年龄相差不了几岁。有的从农村来的学生比我年龄还大。所以我在潜意识中觉得同学生们是同伴，不懂怎样去摆教员的谱儿。我常同他们闲聊，上天下地，无所不侃。也常同他们打乒乓球。有一位年龄不大而聪明可爱的叫吴传文的学生经常来找我去打乒乓球。有时候我正忙着备课或写文章，只要他一来，我必然立即放下手中的活，陪他一同到游艺室去打球，一打就是半天。

我在上面已经提到过，我的前任一位姓王的国文教员是被学生"架"走的。我知道这几班的学生是极难对付的，因此，我一上任，就有戒心，战战兢兢，如履薄冰，避免蹈我的前任的覆辙。但我清醒地意识到，处理好同学生的关系，首先必须把书教好，这是重中之重。有一次，我把一个典故解释错了，第二天上课堂，我立即加以改正。这也许能给学生留下一点印象：季教师不是一个骗子。我对学生决不阿谀奉承，讲解课文，批改作业，我总是实事求是，决不讲溢美之词。

我同校长的关系

宋还吾校长是我的师辈，他聘我到高中来，又可以说是有恩于我，所以我对他非常尊敬。他为人宽宏豁达，颇有豪气，真有与宋江相似之处，接近他并不难。他是山东教育厅长何思源的亲信，曾在山东许多地方，比如青岛、曲阜、济南等地做过中学校长。他当然有一个自己的班底，走到哪里，带到哪里。其中除庶务人员外，也有几个教员。我大概也被看做是宋家军的，但只是一个初出茅庐的杂牌。到了学校以后，我隐隐约约地听人说，宋校长的想法是想让我出面组织一个济南高中校友会，以壮大宋家军的军威。但是，可惜的是，我是一个上不得台盘的人，不善活动，高中校友会终于没有组织成。实在辜负了宋校长的期望。

听说，宋夫人"阎婆惜"酷爱打麻将，大概是每一个星期日都必须打的。当时济南中学教员打麻将之风颇烈。原因大概是，当过几年中学教员之后，业务比较纯熟了，瞻望前途，不过是一辈子中学教员。常言道："水往低处流，人往高处走。"他们的"高处"在什么地方呢？渺茫到几乎没有。"不为无益之事，何以遣有涯之生！"于是打麻将之风尚矣。据说，有一位中学教员打了一夜麻将，第二天上午有课。他慒慒懂懂地走上讲台。学生问了一个问题："X是什么？"他脱口而出回答说："二饼。"他的灵魂还没有离开牌桌哩。在高中，特别是在发工资的那一个星期，必须进行"原包大战"，"包"者，工资包也。意思就是，带着原工资包，里面至少有一百六十元，走上牌桌。这个钱数在当时是颇高的，每个人的生活费每月也不过五六元。鏖战必定通宵，这不成问题。幸而还没有出现"二饼"的笑话。我们国文教员中有一位我的师辈的老教员也是牌桌上的嫡系部队。我不是不会打麻将，但是让我去参加这一支麻将大军，陪校长夫人戏耍，我却是做不到的。

根据上述种种情况，宋校长对我的评价是："羡林很安静。""安静"二字实在是绝妙好词，含义很深远。这一点请读者去琢磨吧。

我的苦闷

我在清华毕业后，不但没有毕业即失业，而且抢到了一只比大学助教的饭碗还要大一倍的饭碗。我应该满意了。在家庭里，我现在成了经济方面的顶梁柱，看不见婶母脸上多少年来那种难以形容的脸色。按理说，我应该十分满意了。

然而，事实却不是这样。我有我的苦闷。

首先，我认为，一个人不管闯荡江湖有多少危险和困难，只要他有一个类似避风港样的安身立命之地，他就不会失掉前进的勇气，他就会得到安慰。按一般的情况来说，家庭应该起这个作用。然而我的家庭却不行。虽然同在一个城内，我却搬到学校里来住，只在星期日回家一次。我并不觉得，家庭是我的安身立命之地。

其次是前途问题。我虽然抢到了一只十分优越的饭碗，但是，我能当一辈子国文教员吗？当时，我只有二十三岁，并没有什么远大的理想，也没有梦想当什么学者；可是看到我的国文老师那样，一辈子庸庸碌碌，有的除了陪校长夫人打麻将之外，一事无成，我确实不甘心过那样的生活。那么，我究竟想干什么呢？说渺茫，确实很渺茫；但是，说具体，其实也很具体。我希望出国留学。

留学的梦想，我早就有的。当年我舍北大而取清华，动机也就在入清华留学的梦容易圆一些。现在回想起来，我之所以痴心妄想想留学，与其说是为了自己，还不如说是为了别人。原因是，我看到那些主要是到美国留学的人，拿了博士学位，或者连博士学位也没有拿到的，回国以后，立即当上了教授，月薪三四百元大洋，手挎美妇，在清华园内昂首阔步，旁若无人，实在会让人羡煞。至于学问怎样呢？据过去的老学生说，也并不怎么样。我觉得不平，想写文章刺他们一下。但是，如果自己不是留学生，别人会认为你说葡萄是酸的，贻笑大方。所以我就梦寐以求想去留学。然而留学岂易言哉！我的处境是，留学之路渺茫，而现实之境难忍，我焉得而不苦闷呢？

我亲眼看到的一幕滑稽剧

在苦闷中，我亲眼看到了一幕滑稽剧。

当时的做法是，中学教员一年发一次聘书（后来我到了北大，也是一年一聘）。到了暑假，如果你还没有接到聘书，那就表示，下学期不再聘你了，自己卷铺盖走路。那时候的人大概都很识相，从来没有听说，有什么人赖着不走，或者到处告状的。被解聘而又不撕破脸皮，实在是个好办法。

有一位同事，名叫刘一山，河南人，教物理。家不在济南，住在校内，与我是邻居，平时常相过从。人很憨厚，不善钻营。大概同宋校长没有什么关系。1935 年秋季开始，校长已决定把他解聘。因此，当年春天，我们都已经接到聘书，独刘一山没有。他向我探询过几次，我告诉他，我已经接到了。他是个老行家，听了静默不语；但他知道，自己被解聘了。他精于此道，于是主动向宋校长提出辞职。宋校长是一个高明的演员。听了刘的话以后，大为惊诧，立即"诚恳"挽留，又亲率教务主任和训育主任，三驾马车到刘住的房间里去挽留，义形于色，正气凛然。我是个新手，如果我不了解内幕，我必信以为真。但刘一山深知其中奥妙，当然不为所动。我真担心，如果刘当时竟答应留下，我们的宋校长下一步棋会怎么下呢？

我从这一幕闹剧中学到了很多处世做人的道理。

天赐良机

常言道："天无绝人之路。"在我无法忍耐的苦闷中，前途忽然闪出了一线光明。在 1935 年暑假还没有到的时候，我忽然接到我的母校北京清华大学的通知，我已经被录取为赴德国的交换研究生。我可以到德国去念两年书。能够留学，吾愿已定，何况又是德国，还能有比这更令我兴奋的事情吗？我生为山东一个穷乡僻壤的贫苦农民的孩子，能够获得一点成功，全靠偶然的机会。倘若叔父有儿子，我决不会到了济南。如果清华不同德国签定交换留学生协定，我决不会到了德国。这些都是极其偶然的事件。"世间多少偶然事？不料偶然又偶然。"

我在山东济南省立高中一年国文教员的生活，就这样结束了。

2002 年 5 月 14 日写完

满洲车上

（回忆夜里车厢里的那一幕，我真不寒而栗，心头充满了后怕。）

当年想从中国到欧洲去，飞机没有，海路太遥远又麻烦，最简便的路程就是苏联西伯利亚大铁路。其中一段通过中国东三省。这几乎是唯一的可行的路；但是有麻烦，有困难，有疑问，有危险。日本军国主义分子在东三省建立了所谓"满洲国"，这里有危险。过了"满洲国"，就是苏联，这里有疑问。我们一心想出国，必须面对这些危险和疑问，义无反顾。明知山有虎，偏向虎山行，我们仿佛成了那样的英雄了。

车到了山海关，要进入"满洲国"了。车停了下来，我们都下车办理入"国"的手续。无非是填几张表格，这对我们并无困难。但是每人必须交手续费三块大洋。这三块大洋是一个人半月的饭费，我们真有点舍不得。既要入境，就必须缴纳，这个"买路钱"是省不得的。我们万般无奈，掏出三块大洋，递了上去，脸上尽量不流露出任何不满的表情，说话更是特别小心谨慎，前去是一个布满了荆棘的火坑，这一点我们比谁都清楚。

幸而没有出麻烦，我们顺利过了"关"，又登上车。我们意识到自己所在的是一个什么地方，个个谨慎小心，说话细声细气。到了夜里，我们没有注意，有一个年轻人进入我们每四个人一间的车厢，穿着长筒马靴，英俊精神，给人一个颇为善良的印象，年纪约摸二十五六岁，比我们略大一点。他向我们点头微笑，我们也报以微笑，以示友好。逢巧他就睡在我的上铺上。我们并没有对他有特别的警惕，觉得他不过是一个平平常常的旅客而已。

我们睡下以后，车厢里寂静下来，只听到火车奔驰的声音。车外是满洲大平原，我们什么也看不到，什么也不想去看，一任"火车擒住轨，在黑夜里直奔，过山，过水，过陈死人的坟"。我正朦胧欲睡，忽然上铺发出了声音：

"你是干什么的？"

"学生。"

"你从什么地方来的？"

"北平。"

"现在到哪里去？"

"德国。"

"去干吗？"

"留学。"

一阵沉默。我以为天下大定了。头顶上忽然又响起了声音，而且一个满头黑发的年轻的头从上铺垂了下来。

"你觉得满洲国怎么样？"

"我初来乍到，说不出什么意见。"

又一阵沉默。

"你看我是哪一国人？"

"看不出来。"

"你听我说话像哪一国人？"

"你中国话说得蛮好，只能是中国人。"

"你没听出我说话中有什么口音吗？"

"听不出来。"

"是否有点朝鲜味？"

"不知道。"

"我的国籍在今天这个地方无法告诉。"

"那没有关系。"

"你大概已经知道我的国籍了，同时也就知道了我同日本人和满洲国的关系了。"

我立刻警惕起来："我不知道。"

"你谈谈对满洲国的印象，好吗？"

"我初来乍到，实在说不出来。"

又是一阵沉默。只听到车下轮声震耳。我听到头顶上一阵窸窣声，年轻的头缩回去了，微微地叹息了一声，然后真正天下太平，我也真正进入了睡乡。

第二天（9月2日）早晨到了哈尔滨，我们都下了车。那个年轻人也下了车，临行时还对我点头微笑。但是，等我们办完了手续，要离开车站时，我抬头瞥见他穿着笔挺的警服，从警察局里走了出来，仍然是那一双长筒马靴。我不由得一下子出了一身冷汗。回忆夜里车厢里的那一幕，我真不寒而栗，心头充满了后怕。如果我不够警惕顺嘴发表了什么意见，其结果将会是怎样？我不敢想下去了。

啊，"满洲国"！这就是"满洲国"！

本文节选自《留德十年》，1991 年 5 月 11 日写毕

山雨欲来风满楼

（惊天动地的第二次世界大战，就这样看来不平淡而实则很平淡地开始了。）

　　我于1935年夏抵柏林，深秋赴哥廷根，此时纳粹上台才两年。焚书坑犹的暴行高潮已过，除了街上有穿黑制服的SS（党卫军，我们称之为"黑狗"）和SA（冲锋队，穿黄衣，我们称之为"黄狗"）外，其余则一片祥和。供应极端丰盛，人民安居乐业。我们谨遵出国时清华冯友兰老师和蒋廷黻老师的教导，闭口不谈政治，彼此相安无事。纳粹党员胸前都戴卐字胸章，一望而知谁是党员。他们的党似乎颇为松散，没有什么省委、市委等等的组织，也没说过什么组织生活，也没有什么"光荣地加入卐党"之类的说法。老百姓对希特勒是崇拜的，在社会生活中取消了"早安"、"晚安"等等的问候语，而代之以"希特勒万岁"。我厌恶这一套，在学校和室内，仍然说我的"早安"和"晚安"。到商店亦然。店员看我们是"老外"，有时候也答以相同的问候，如果我说"早安"、"晚安"，而对方答以"希特勒万岁"，则我就不想再进这个商店。

　　一转瞬间，几年快乐的日子逝去了。大概从日本军国主义者大规模侵华时开始，德国的食品供应逐渐紧张起来了。最初是肉类限量供应。这对我影响不大，中国人本来吃肉就不多。不久，奶油也限量。我感到螺丝渐渐地拧紧了。到了 1939 年 8 月 13 日，我在日记中写道"心绪仍然乱得很。欧洲局面又紧张起来。德国非把但泽（Danzig）拿回来不行。英、法、波兰等国又难让步，结果恐怕难免一战。又要不知道有多少人牺牲了。乱世为人，真不容易。自己的命运，不也正像秋风中的落叶吗？"

第二天的日记中又写道："向晚，又天阴了起来。空中飘着飞机声。天知道，这象征什么。"隔了几天，8 月 18 日的日记中有："欧洲局面愈来愈紧张，战争爆发大概就在 9 月里。我固然沉不住气，Müller 也同我一样，念不下书。于是我们就随便闲谈。"Müller 是我的德国同学。一滴水中可以见宇宙，从他这个普通的德国人身上，大概也可以看到对战争的态度吧。又隔了几天，在 8 月 25 日的日记中，我写道："12 点出来，一看报，情势又不像我想的那样和缓了。看来战争爆发就在今天明天。"

第二天的日记中写道："昨晚一躺下，就听到街上汽车声、人声不断。一会儿就听到马蹄声。德国恐怕已经下了总动员令。"根据我上面的日记，山雨欲来前的大风已经吹得够紧的了。

我想在这里加一段不无关系的插曲，仍然是根据日记。几天以后在 8 月 29 日我写道："12 点出去，想到街上去看一看报，也没看到什么，就绕路回来。我现在走在街上，觉得每个人都注视我。他们似乎在说：'你们自己国家在打仗，已经打了两年，你不回去。现在我们这里又要打仗，你仍然不回去，你究竟想干什么！'"这种心态十分微妙，含义也十分深刻。现在连我自己也都忘记了，今天看到它，难道不能从中学习很多有益的东西吗？

　　言归正传，我现在继续读下去。到了9月1日，不过是两天以后，我在日记里写道："昨晚刚睡下，对门就来按铃，知道又出事了。早晨还没起来，就听到无线电里大吵大嚷。听房东说：德波已经开了火。"山雨果然来了，惊天动地的第二次世界大战，就这样看来不平淡而实则很平淡地开始了。它比我预言的还要早，还要快。哥廷根是一个仅有十万人口的小城，Müller不过是一个平平常常的德国大学生，我更不过是一个平平常常的"老外"。我们仅仅能从一个非常渺小的角度上来看这一件大事。但是，小中可以见大，外面广大的世界，仿佛也能包括在这个"小"中。可是我万万没有想到，这一阵满楼大风后的山雨竟一下下了六年。

本文节选自《留德十年》，1991年5月11日写毕

大轰炸
（我吃完早点，就带着一个装满稿子的皮包，走上山去，躲避空袭。）

战争已经持续了三四年。最初一二年，英美苏的飞机也曾飞临柏林上空，投掷炸弹。但那时技术水平还相当低，炸弹只能炸坏高层楼房的最上一二层，下面炸不透。因此每一座高楼都有的地下室就成了全楼的防空洞，固若金汤，人们待在里面，不必担忧。即使上面中了弹，地下室也只是摇晃一下而已。德国法西斯头子都是说谎专家、牛皮大王。这一件事他们也不放过。他们在广播里报纸上，嘲弄加吹嘘，说盟军的飞机是纸糊的，炸弹是木制的，德国的空防系统则是铜墙铁壁。政治上比较天真的德国人民，哗然和唱，全国一片欢腾。

然而曾几何时，盟军的轰炸能力陡然增强。飞来的次数越来越多，每一次飞机的数目也越增越多。不但白天来，夜里也能来。炸弹穿透力量日益提高，由穿透一两层提高到穿透七八层，最后十几层楼也抵挡不住。炸弹由楼顶穿透到地下室，然后爆炸。此时的地下室就再无安全可言了。我离开柏林不久，英国飞机白天从西向东飞，美国飞机晚上从东向西飞，在柏林"铺起了地毯"。所谓"铺地毯"是当时新兴的一个名词，意思是，飞机排成了行列，每隔若干米丢一颗炸弹，前后左右，不留空隙，就像客厅里铺地毯一样。到了此时，法西斯头子王顾左右而言他，以前的牛皮仿佛根本没有吹过，而老实的德国人民也奉陪健忘，再也不提什么"纸糊木制"了。

哥廷根是个小城，最初盟国飞机没有光临。到了后来，大城市已经炸遍，有的是接二连三地炸，小城市于是也蒙垂青。哥廷根总共被炸过两次，都是极小规模的，铺地毯的光荣没有享受到。这里的人民普遍大意，全城没有修筑一个像样的防空洞。一有警报，就往地下室里钻。灯光管制还是相当严的。每天晚上，在全城一片黑暗中，不时有"Licht aus！"（灭灯！）的呼声喊起，回荡在夜空中，还颇有点诗意哩。有一夜，英国飞机光临了，我根本无动于衷，拥被高卧。后来听到炸弹声就在不远处，楼顶上的窗子已被震碎。我一看不妙，连忙狼狈下楼，钻入地下室里。心里自己念叨着：以后要多加小心了。

第二天早起进城，听到大街小巷都是清扫碎玻璃的哗啦哗啦声。原来是英国飞机开了一个不大不小的玩笑：他们投下的是气爆弹，目的不在伤人，而在震碎全城的玻璃。他们只在东西城门处各投一颗这样的炸弹，全城的玻璃大部分都被气流摧毁了。

万没有想到，我在此时竟碰到一件怪事。我正在哗啦声中，沿街前进，走到兵营操场附近，从远处看到一个老头，弯腰屈背，仔细看什么。他手里没有拿着笤帚之类的东西，不像是扫玻璃的。走到跟前，我才认清，原来是德国飞机制造之父、蜚声世界的流体力学权威普兰特尔（Prandtl）教授。我赶忙喊一声："早安，教授先生！"他抬头看到我，也说了声："早安！"他告诉我，他正在看操场周围的一段短墙，看炸弹爆炸引起的气流是怎样摧毁这一段短墙的。他嘴里自言自语："这真是难得的机会！我在流体力学试验里是无论如何也装配不起来的。"我陡然一惊，立刻又肃然起敬。面对这样一位抵死忠于科学研究的老教授，我还能说些什么呢？

无独有偶。我听说，在南德慕尼黑城，在一天夜里，盟军大批飞机，飞临城市上空来"铺地毯"。正在轰炸高峰时，全城到处起火。人们都纷纷从楼上往楼下地下室或防空洞里逃窜，急急如漏网之鱼。然而独有一个老头却反其道而行之，他是从楼下往楼顶上跑，也是健步如飞，急不可待。他是一位地球物理学教授。他认为，这是极其难得的做实验的机会，在实验室里无论如何也不会有这样的现场：全城震声冲天，地动山摇。头上飞机仍在盘旋，随时可能有炸弹掉在他的头上。然而他全然不顾，宁愿为科学而舍命。对于这样的学者，我又有什么话好说呢？

大轰炸就这样在全国展开。德国人民怎样反应呢？法西斯头子又怎样办呢？每次大轰炸之后，德国人在地下室或防空洞里蹲上半夜，饥寒交迫，担惊受怕，情绪当然不会高。他们天性不会说怪话，至于有否腹诽，我不敢说。此时，法西斯头子立即宣布，被炸城市的居民每人增加"特别分配"一份，咖啡豆若干粒，还有一点儿别的什么。外国人不在此列。不了解当时德国情况的人，无法想象德国人对咖啡偏爱之深。有一本杂志上有一幅漫画：一只白金戒指，上面镶的不是宝石，不是金刚钻，而是一颗咖啡豆。可见咖啡身价之高。德国人挨过一次炸，正当接近闹情绪的节骨眼儿上，忽然"皇恩浩荡"，几粒咖啡豆从天而降，一杯下肚，精神焕发，又大唱德国必胜的滥调了。

在哥廷根第一次被轰炸之后，我再也不敢麻痹大意了。只要警笛一响，我立即躲避。到了后来，英国飞机几乎天天来。用不着再在家里恭候防空警报了。我吃完早点，就带着一个装满稿子的皮包，走上山去，躲避空袭。另外还有几个中国留学生加入了这个队伍，各自携带着认为有价值的东西，走向山中。最奇特的是刘先志和滕菀君两夫妇携带的东西，他们只提着一只篮子，里面装的一非稿子，二非食品，而是一只乌龟。提起此龟，大有来历，还必须解释几句。原来德国由于粮食奇缺，不知道从哪一个被占领的国家运来了一大批乌龟，供人食用。但是德国人吃东西是颇为保守的，对于这一批敢同兔子赛跑的勇士，有点儿见而生畏，哪里还敢往肚子里填！于是德国政府又大肆宣扬乌龟营养价值之高，引经据典，还不缺少统计图表，证明乌龟肉简直赛过仙丹醍醐。刘氏夫妇在柏林时买了这只乌龟。但看到它笨拙的躯体，灵活的小眼睛，一时慈上心头，不忍下刀，便把它养了起来，又从柏林带到哥廷根，陪我们天天上山，躲避炸弹。我们仰卧在绿草上，看空中英国飞机编队飞过哥廷根上空，一躺往往就是几个小时。在我们身旁绿草丛中，这一只乌龟瞪着小眼睛，迈着缓慢的步子，仿佛想同天空中飞驰的大东西，赛一个你输我赢一般。我们此时顾而乐之，仿佛现在不是乱世，而是乐园净土，天空中带着死亡威胁的飞机的嗡嗡声，霎时间变成了阆苑仙宫的音乐，我们忘掉了周围的一切，有点儿忘乎所以了。

本文节选自《留德十年》，1991 年 5 月 11 日写毕

山中逸趣

（在任何情况下，人生也决不会只有痛苦。）

置身饥饿地狱中，上面又有建造地狱时还不可能有的飞机轰炸，我的日子比地狱中的饿鬼还要苦上十倍。

然而，打一个比喻说，在英雄交响乐的激昂慷慨的乐声中，也不缺少像莫扎特的小夜曲似的情景。

哥廷根的山林就是小夜曲。

哥廷根的山不是怪石嶙峋的高山，这里土多于石；但是却又有山的气势。山顶上的俾斯麦塔高踞群山之巅，在云雾升腾时，在乱云中露出的塔顶，望之也颇有蓬莱仙山之概。

最引人入胜的不是山，而是林。这一片丛林究竟有多大，我住了十年也没能弄清楚，反正走几个小时也走不到尽头。林中主要是白杨和橡树，在中国常见的柳树、榆树、槐树等，似乎没有见过。更引人入胜的是林中的草地。德国冬天不冷，草几乎是全年碧绿。冬天雪很多，在白雪覆盖下，青草也没有睡觉，只要把上面的雪一扒拉，青翠欲滴的草立即显露出来。每到冬春之交时，有白色的小花，德国人管它叫"雪钟儿"，破雪而出，成为报春的象征。再过不久，春天就真的来到了大地上，林中到处开满了繁花，一片锦绣世界了。

　　到了夏天，雨季来临。哥廷根的雨非常多，从来没听说有什么旱情。本来已经碧绿的草和树木，现在被雨水一浇，更显得浓翠逼人。整个山林，连同其中的草地，都绿成一片，绿色仿佛塞满了寰中，涂满了天地，到处是绿，绿，绿，其他的颜色仿佛一下子都消逝了。雨中的山林，更别有一番风味。连绵不断的雨丝，同浓绿织在一起，形成一张神奇、迷茫的大网。我就常常孤身一人，不带什么伞，也不穿什么雨衣，在这一张覆盖天地的大网中，踽踽独行。除了周围的树木和脚底下的青草以外，仿佛什么东西都没有，我颇有佛祖释迦牟尼的感觉，"天上天下，唯我独尊"了。

　　一转入秋天，就到了哥廷根山林最美的季节。我曾在《忆章用》一文中描绘过哥城的秋色，受到了朋友的称赞，我索性抄在这里：

　　　　哥廷根的秋天是美的，美到神秘的境地，令人说不出，也根本想不到去说。有谁见过未来派的画没有？这小城东面的一片山林在秋天就是一幅未来派的画。你抬眼就看到一片耀眼的绚烂。只说黄色，就数不清有多少等级，从淡黄一直到接近棕色的深黄，参差地抹在一片秋林的梢上，里面杂了冬青树的浓绿，这里那里还点缀上一星星鲜红，给这惨淡的秋色涂上一片凄艳。

　　我想，看到上面这一段描绘，哥城的秋山景色就历历如在目前了。

一到冬天，山林经常为大雪所覆盖。由于温度不低，所以覆盖不会太久就融化了；又由于经常下雪，所以总是有雪覆盖着。上面的山林，一部分依然是绿的；雪下面的小草也仍旧碧绿。上下都有生命在运行着。哥廷根城的生命活力似乎从来没有停息过，即使是在冬天，情况也依然如此。等到冬天一转入春天，生命活力没有什么覆盖了，于是就彰明较著地腾跃于天地之间了。

哥廷根四时的情景就是这个样子。

从我来到哥城的第一天起，我就爱上了这山林。等到我堕入饥饿地狱，等到天上的飞机时时刻刻在散布死亡时，只要我一进入这山林，立刻在心中涌起一种安全感。山林确实不能把我的肚皮填饱，但是在饥饿时安全感又特别可贵。山林本身不懂什么饥饿，更用不着什么安全感。当全城人民饥肠辘辘，在英国飞机下心里忐忑不安的时候，山林却依旧郁郁葱葱，"依旧烟笼十里堤"。我真爱这样的山林，这里真成了我的世外桃源了。

我不知道有多少次，一个人到山林里来；也不知道有多少次，同中国留学生或德国朋友一起到山林里来。在我记忆中最难忘记的一次畅游，是同张维和陆士嘉在一起的。这一天，我们的兴致都特别高。我们边走，边谈，边玩，真正是忘路之远近。我们走呀，走呀，已经走到了我们往常走到的最远的界限；但在不知不觉之间就走了过去，仍然一往直前。越走林越深，根本不见任何游人。路上的青苔越来越厚，是人迹少到的地方。周围一片寂静，只有我们的谈笑声在林中回荡，悠扬，遥远。远处在林深处听到柏叶上有窸窣的声音，抬眼一看，是几只受了惊的梅花鹿，瞪大了两只眼睛，看了我们一会儿，立即一溜烟似的逃到林子的更深处去了。我们最后走到了一个悬崖上，下临深谷，深谷的那一边仍然是无边无际的树林。我们无法走下去，也不想走下去，这里就是我们的天涯海角了。回头走的路上，遇到了雨。躲在大树下，避了一会儿雨。然而雨越下越大，我们只好再往前跑。出我们意料之外，竟然找到了一座木头凉亭，真是避雨的好地方。里面已经先坐着一个德国人。打了一声招呼，我们也就坐下，同是深林躲雨人，相逢何必曾相识。我们没有通名报姓，就上天下地胡谈一通，宛如故友相逢了。

这一次畅游始终留在我的记忆里，至今难忘。山中逸趣，当然不止这一桩。大大小小，琐琐碎碎的事情，还可以写出一大堆来。我现在一律免掉。我写这些东西的目的，是想说明，就是在那种极其困难的环境中，人生乐趣仍然是有的。在任何情况下，人生也决不会只有痛苦，这就是我悟出的禅机。

本文节选自《留德十年》，1991 年 5 月 11 日写毕

梦萦红楼

（我们真正怕的不是鬼，而是人。）

沙滩的红楼时来入梦，我同它有一段颇不寻常的因缘。

1946年深秋，我从上海乘船到了秦皇岛，又从那里乘火车到了北京，当时叫做北平。为什么绕这样大的弯子呢？当时全国正处在第二次革命战争中，津浦铁路中断，从上海或南京到北京，除了航空以外，只能走上面说的这一条路。

我们从前门外的旧车站下车。时已黄昏，街灯惨黄，落叶满街。我这个从远方归来的游子，心中又欢悦，又惆怅，一时说不清是什么滋味，忽然吟出了两句诗："秋风吹古殿，落叶满长安（长安街也）。"迎接我们的人，就先把我们安置在沙滩红楼。

提起红楼，真是大大地有名，这里是五四运动的发源地。遥忆当年全盛时期，中国近代学术史和文学史上的许多显赫人物，都曾在这里上过课。而今却是人去楼空。五层大楼，百多间房子，漆黑一片，只有我们新住进去的这几间房子给红楼带来了一点光明。日寇占领期间，这里是他们的一个什么司令部，地下室就是日寇刑讯甚至杀害中国人民的地方。现在日寇虽已垮台，逃回本国，传说地下室里时闻鬼哭声。我虽不信什么鬼神，但是，如今处在这样昏黄惨淡凄凉荒漠的气氛中，不由得不毛骨悚然，似见凄迷的鬼影。

但是，我们真正怕的不是鬼，而是人。当时中国革命形势正处在转折关头。北京市民传说，在北京有两个解放区：一在北大民主广场，一在清华园。红楼正是民主广场的屏障，学生游行示威，都从这里出发，积久遂成为国民党市党部、军统北京站，还有什么宪兵团之类组织的眼中钉，他们经常从天桥一带收买一批地痞、流氓、无赖、混混，手持木棒，来红楼挑衅、捣乱、见人便打。我常从红楼上看到这一批雇来的打手，横七竖八地躺在原有的那一条臭水沟边，待命出击。我们住在楼上的人，白天日子还好过一点。我们最怕晚上。这一批暴徒，在光天化日之下，还敢手挥木棒，行凶肆虐，到了晚上，不更会肆无忌惮为所欲为吗？有一段时间，楼上住的不多的人，天天晚上把楼内东头和西头的楼梯道用椅子堵塞，只留中间的楼梯，供我们上下之用，夜里轮流把守这楼道，在椅子群中，大有"一夫当关，万夫莫开"之势。但是，暴徒们终究没有进入红楼。当时传说，这应该归功于胡适校长，他同北平的国民党的最高头子约定：不许暴徒进北大。

这一段镇守红楼的壮举，到了今天，已经过去了半个多世纪。但是仍常有"红楼梦"。我逐渐悟出一个道理：凡是反动的政权，比如张作霖、段祺瑞、国民党等等，无不视北大如眼中钉、肉中刺。这是北大的光荣，这是北大的骄傲，很值得大书特书的。

1998 年 3 月 4 日

翻译《罗摩衍那》

（我那早已干涸了的心灵，似乎又充满了绿色的生命。）

……a

但是，我是一个舞笔弄墨惯了的人，这种不动脑筋其乐陶陶的日子，我过不惯。当个门房，除了有电话有信件时外，也无事可干。一个人孤独地呆坐在大玻璃窗子内，瞪眼瞅着出出进进的人，久了也觉得无聊。"不为无益之事，何以遣有涯之生？"我想到了古人这两句话。我何不也找点"无益之事"来干一干呢？世上"无益之事"多得很。有的是在我处境中没有法子干的，比如打麻将等等。我习惯于舞笔弄墨久矣。想来想去，还是出不了这个圈子。在这个环境中，写文章倒是可以，但是无奈丝毫也没有写文章的心情。最后我想到翻译。这一件事倒是可行的。我不

106

a 本文节选自《牛棚杂忆》，当时已过 1970 年旧历元旦，作者经历过大批斗，已回到北京。在上一节《完全解放》中，作者写道：我每天八点从十三公寓走到三十五楼，十二点回家；下午两点再去，六点回家，每天十足八个小时，步行十几里路。这是很好的体育锻炼。我无忧无虑，身体健康。忘记了从什么时候起，又恢复了我的原工资。吃饭再也不用发愁了。此时，我既无教学工作，也没有科研任务。没有哪一个人敢给我写信，没有哪个人敢来拜访我。外来的干扰一点都没有，我真是十分欣赏这种"不可接触者"（印度的贱民）的生活，其乐也陶陶。

想翻译原文短而容易的；因为看来门房这个职业可能成为"铁饭碗"，短时间是摆脱不掉的，原文长而又难的最好，这样可以避免经常要考虑挑选原文的麻烦。即使不会是一劳永逸，也可能一劳久逸。怎么能说翻译是"无益之事"呢？因为我想到，像我这种人的译品永远也不会有出版社肯出版的。翻译了而又不能出版，难道能说是有益吗？就根据我这一些考虑，最后我决定了翻译蜚声世界文坛的印度两大史诗之一的《罗摩衍那》。这一部史诗够长的了，精校本还有约两万颂，每颂译为四行（有一些颂更长），至少有八万多诗行。够我几年忙活的了。

我还真有点运气。我抱着有一搭无一搭的心情，向东语系图书室的管理员提出了请求，请他通过国际书店向印度去订购梵文精校本《罗摩衍那》。大家都知道，订购外国书本来是十分困难的事情。可我万万没有想到，过了不到两个月，八大本精装的梵文原著居然摆在我的眼前了。我真觉得这几本大书熠熠生光。这算是"文化大革命"以来几年中我最大的喜事。我那早已干涸了的心灵，似乎又充满了绿色的生命。我那早已失掉了的笑容，此时又浮现在我脸上。

可是我当时的任务是看门，当门房。我哪里敢公然把原书拿到我的门房里去呢？我当时还是"分子"——不知道是什么"分子"——，我头上还戴着"帽子"——也不知是些什么"帽子"——，反正沉甸甸的，我能感觉得到。但是，"天无绝人之路"，我终于想出来了一个"妥善"的办法。《罗摩衍那》原文是诗体，我坚持要把它译成诗，不是古体诗，但也不完全是白话诗。我一向认为诗必须有韵，我也要押韵。但也不是旧韵，而是今天口语的韵。归纳起来，我的译诗可以称之为"押韵的顺口溜"。就是"顺口溜"吧，有时候想找一个恰当的韵脚，也是不容易的。我于是就用晚上在家的时间，仔细阅读原文，把梵文诗句译成白话散文。第二天早晨，在到三十五楼去上班的路上，在上班以后看门、传呼电话、收发信件的间隙中，把散文改成诗，改成押韵而每句字数基本相同的诗。我往往把散文译文潦潦草草地写在纸片上，揣在口袋里。闲坐无事，就拿了出来，推敲，琢磨。我眼瞪虚空，心悬诗中。决不会有任何人——除非他是神仙——知道我是在干什么。自谓乐在其中，不知身在门房，头戴重冠了。偶一抬头向门外张望一眼——门两旁的海棠花正在怒放，其他的花也在盛开，姹紫嫣红，好一派大好春光。

本文节选自《牛棚杂忆》，1992 年 6 月 3 日写完

逛鬼城

（一个人如果真正到了奈河桥上，人世间的好处对他还有什么意义呢？）

豪华旅游轮"峨眉号"靠了岸。细雨霏霏，轻雾漫江，令人顿有荒寒之感。但一听到要逛鬼城丰都，船上的人，不管是中国人，还是日本人和韩国人；不管是老还是少，不管是男还是女，无不兴奋愉快，个个怀着惊喜又有点紧张的心情，鱼贯上了岸。

为什么对鬼城这样感兴趣呢？道理是不难明白的。一个活生生的人，在光天化日之下，要进鬼城游览，难道还有比这更富有刺激性的事情吗？

至于我自己，我在小学时就读过一本名叫《玉历至宝钞》的讲阴司地狱的书，粉纸石印，质量极差，大概是所谓"善书"之类，但对于我却有极大的吸引力。你想一想，书中图文并茂，什么十殿阎罗王，什么牛头、马面，什么生无常、死有份，什么刀山、油锅，等等。鲁迅所描绘的手持芭蕉扇、头戴高帽子的鬼卒，也俨然在内。这样一本有趣的书，对一个小孩子来说，比起那些言语乏味的教科书来，其吸收力之强真有若天壤了。

这样一本书，我在昏黄的油灯下，不知道翻看过多少遍。我对地狱里的情况真可以说是了若指掌。对那里的法规条文、工作程序也背得滚瓜烂熟。如果我到了那里，不用请律师，就能在阎王爷跟前为自己辩护，阎王爷对我一定毫无办法。至于在阴司里走后门，托人情，我也悟出了一点门道。因此，即使真进阴司，我也坦然，怡然，总有办法证明自己是一个好人，无所畏惧。

后来，我读西洋文学，读过但丁的《神曲》。再后一点，我又研究佛教，读了不少佛经，里面描绘阴司地狱的地方，颇为不少。我知道了，中国的阴司原来是印度的翻版，在印度原有的基础上，又加以去粗取精，深化改革，加以中国化，《玉历至宝钞》中的地狱描绘就是这样来的。尽管我对于自己的学识，从来不敢翘尾巴，但是对自己的地狱学却颇感自傲。而且对西方的地狱，正像但丁描绘的那样，极为卑视，觉得那太简单了，同东方地狱之博大精深相比，真如小巫见大巫。由此我曾萌发一个念头，想创立一门崭新的学科：比较地狱学。我深信，如果此学建成，我一定能蜚声国际士林，说不定就能成为诺贝尔奖金的候选人哩。

就这样，在即将进入鬼城的时候，我心里胡思乱想，几十年来对地狱的一些想法，一时逗上心头。在江雨霏霏中，神驰于三峡之外，仿佛已经走进地狱了。

多少年来，久闻丰都城的大名。我原以为丰都城会是在地下一个什么大洞中，哪能把阴司地狱摆在人世间繁华的闹市中呢？事实上，四川丰都的鬼城却确实是在繁华的闹市中。要到那里去，不是越走越深，而是拾级而上，越爬越高，地狱原来是在山顶上。山门牌坊上写着"鬼城"和"天下名山"六个大字。一进山门，就一路拾级而上，到达山顶，据说共有六百一十六级，从台阶数目上来看，恐怕要超过泰山南天门了。

山门内山明水秀，树木葱茏。时届深秋，浓绿中尚有红色和黄色的小花闪出异样的光彩，耀人眼睛。石阶砌得整整齐齐，花坛修得端端正正，毫无阴森凛冽之气。不信阴司地狱的外国旅游者当然不会有什么恐怖之感，连有些信阴司地狱的中国人也不会有这样的感觉。跟着我们走的导游小姐，是一个十七八岁的苗条秀丽的中学毕业生。她讲解得生动有趣，连印度神话中的阎摩（yama）和阎弥（yami）她都讲得头头是道。我搭讪着跟她聊天——

"你天天在阴司地狱里走，不害怕吗？"

"不害怕，只觉得很好玩。"

"你信不信阴司地狱？"

"不信。我的婆婆（奶奶）有点信的。"

"你为什么干这个工作？"

"我中学毕业后，上过训练班。有一门课，专门讲有关地狱的知识。"

"这鬼城里的老百姓不觉得阴森可怕吗？"

"一点也不，惯了。他们根本不想这里是鬼城！"

"你看过《玉历至宝钞》吗？"

"没有。"

我于是把书名告诉她，希望她能扩大关于地狱的知识面，把导游工作做得更丰富，更生动，更有趣。

同小女孩谈话以后，我原来那一点紧张别扭的心情一扫而光。还是专心致志地逛鬼城吧！我心里想。

山越爬越高，楼阁台榭等等建筑越来越多。真个是："五步一楼，十步一阁，廊腰缦回，檐牙高啄，各抱地势，钩心斗角。"我没有见过阿房宫，我不知道，阿房宫是不是就是这个样子。反正这里的楼台殿阁真够繁复，真够宏伟。大概《玉历至宝钞》中所提到的楼阁，这里都有，而且还多出来了许多那里不见的宫殿。粗粗地数一下，就我记忆所及，就有下面的这些殿：报恩殿、寥阳殿、星辰墩、玉皇殿、曜灵殿，等等。报恩殿里塑着如来佛大弟子大目连的像，来自印度的"目连救母"的故事，在中国民间广泛流传。玉皇殿里供的当然就是天老爷。让我惊奇的是两边的众神像中，竟赫然有孙膑站在那里。孙膑同天老爷有什么瓜葛呢？这道理我还没有弄明白。

　　至于有名的鬼门关、奈河桥等等，这里当然不会缺少。有趣的是奈河桥，确实是一座石桥，也并不威武雄壮。可是导游小姐却突然提高了声音说，谁要是能三步跨过这一座桥，就会有什么什么好处。大家一听，兴致猛涨，都想登桥尝试一下。我努了努力，用四步跨了过去。有的个儿矮的人，用五六步才能跨过。而身高一米九二、鹤立鸡群的冯骥才，只用了一步半，就跨过了奈河桥。大家一起起哄，说冯得到的好处最多。我自己虽然是落了第，恐怕得不到多少好处了，但我也不后悔。一个人如果真正到了奈河桥上，人世间的好处对他还有什么意义呢？即使是诺贝尔、奥斯卡，不也等于镜花水月了吗？

　　在另一个地方，好像是一座大殿的前面或者后面，在一个牌楼前，有一个石砌的四方形的栏杆，中间有一个球形的东西嵌在地面上，是铜？是铁？看不清楚，反正是非常光滑，闪着白光。导游小姐说，谁要是用一只脚，男左女右，在球上站上两秒钟，眼睛看着前面什么地方的四个字，他又会得到什么什么好处。干这种玩意儿，我决不后人。我走上去，站在球上，大概连半秒钟都没有，脚就滑了下来。我当然又不能得到那些好处了。我毫不在意。我那阿Q思想又抬了头：阴间的玩意儿实在非凡地平庸，即使能站上两秒钟，又待如何呢？

又到了一个什么殿，看到了地狱里的人事部长，手持生死簿，威风凛凛地站在那里。导游小姐高声问："有姓孙的没有？有属猴的没有？"我们团里的孙车民碰巧没有在，也没有什么人自报属猴。导游小姐说："当年孙悟空大闹天宫，跑到阴司地狱里来，一手抢过生死簿，把自己的名字一笔勾掉，从此姓孙的和属猴的就都簿中无名，阎王爷没有办法召唤他们了。"我突然想到，阴司地狱里的管理工作真也应该加以改革，必须现代化了。如果把生死簿中的名字输入电脑，孙猴子本领再大，也无法把自己的名字勾掉了。岂不猗欤休哉！

在北京的时候，我曾多次说过，到八宝山去，要按年龄顺序排一个队，大家鱼贯而进，威仪俨然，谁也不要蹦级抢先，反正我自己决不会像买稀罕的物品一样，匆匆挤上前去夹塞。我们走，要走得从容不迫，表现出高度的修养。现在到了鬼城，方知道自己既不姓孙，也不属猴，是生死簿上有名的，是阎王老爷子耀武扬威欺凌的对象。心里颇有点愤愤不平。我胆子最小，平生奉公守法，不敢越雷池一步。但是此时我却忽然一反常态，决心对阎王爷加以抵抗。不管催命鬼的帽子戴得多高，也不管"你也来了"四个字写得多大，我硬是不走，我想成为一个我生平最讨厌的钉子户。对阴司的律条我是精通的，同阎王爷辩论，我决不会输给他。

也许有人会问："你这样干，不怕阎王老子那些刀山、油锅吗？"是的，刀山、油锅当然令人害怕。但是，当我们走到填满了阴司地狱里酷刑雕塑的房间时，天已经暗了下来。我们只是隔着玻璃窗子，影影绰绰地匆匆忙忙地看到了一点刀山、油锅的影子，并没有怎样感到恐怖。有人说，有心脏病的人千万不要来逛鬼城，怕受不住刀山、油锅的惊吓。我看，这些话确实夸大了。我也是戴着冠心病帽子的老人，但是我看完了刀山、油锅，依然故我，兴致盎然，健步如飞，走下山来。

我性子急，上山走在最前面，下山也走在最前面。别人还没有下来，我就坐在一棵大树下的石头栏杆上休息了。陆续有人下来了，见了我都说："季老！你做得对！山你是上不去的，坐在这里休息该多好呀！"当他们知道我已经上过山时，都多少有点吃惊。此时有人问那个活泼可爱的导游小姐，让她猜一猜我的年龄。她像在拍卖行里一样，由六十岁起价。别人说"太低"，她就逐渐提高。由六十岁经过几个步骤猜到七十岁。她迟迟疑疑，不愿意再提高，想一锤定音。经许多旁边的人多方启发、帮助，她又往上提高，几乎是一岁一步，到了八十，她无论如何也不想再提了。尽管大家嚷着说："不行，还要高！"小女孩瞪大了眼睛，不再说话了。在惊愕之余，巧笑倩兮。

这一小小的插曲颇为有趣，它结束了我的鬼城之游。

我们辞别了鬼城，辞别了导游小姐，回到船上，立即整装，参加总结酒会。接着是大宴会，觥筹交错，笑语连声，灯光闪耀，有如白日。仅在半点钟前的鬼城之游，早已成为回忆中的一点影子。如果此时站在鬼城上下望我们的游轮，这一艘正在漫漫的长江中徐徐开动的游轮，一定像一团炤炤焜耀的光辉。

1992 年 10 月 17 日

鳄鱼湖
（人是不应该没有一点幻想的。）

人是不应该没有一点幻想的，即使是胡思乱想，甚至想入非非，也无大碍，总比没有要强。

要举例子嘛，那真是俯拾即是。古代的英雄们看到了皇帝老子的荣华富贵，口出大言"彼可取而代也"，或者"大丈夫当如是也"。我认为，这就是幻想。牛顿看到苹果落地而悟出了地心吸力，最初难道也不就是幻想吗？有幻想的英雄们，有的成功，有的失败，这叫做天命，新名词叫机遇。有幻想的科学家们则在人类科学史上占了光辉的位置。科学不能靠天命，靠的是人工。

我说这些空话，是想引出一个真人来，引出一件实事来。这个人就是泰国北榄鳄鱼湖动物园的园主杨海泉先生。

鳄鱼这玩意儿，凶狠丑陋，残忍狞恶，从内容到形式，从内心到外表，简直找不出一点美好的东西。除了皮可以为贵夫人、贵小姐制造小手提包，增加她们的娇媚和骄纵外，浑身上下简直一无可取。当年韩文公驱逐鳄鱼的时候，就称它们为"丑类"，说它们"睅然不安溪潭，据处食民畜、熊、豕、鹿、獐，以肥其身，以种其子孙"。到了今天，鳄鱼本性难移，毫无改悔之意，谁见

116

了谁怕，谁见了谁厌；然而又无可奈何，只有怕而远之了。

　　然而唯独一个人不怕不厌，这个人就是杨海泉先生。他有幻想，有远见。幻想与远见相隔一毫米，有时候简直就是一码事。他独具慧眼，竟然在这个"丑类"身上看出了门道。他开始饲养起鳄鱼来。他的事业发展的过程，我并不清楚。大概也必然是经过了千辛万苦，三灾八难，他终于成功了。他成了蜚声寰宇的也许是唯一的一个鳄鱼大王，被授予了名誉科学博士学位。关于他的故事在世界上纷纷扬扬，流传不已。鳄鱼，还有人妖，成了泰国旅游的热点，大有"不看鳄鱼非好汉"之概了。

　　今天我来到了鳄鱼湖。天气晴朗，热浪不兴，是十分理想的旅游天气。我可决没有想到，杨先生竟在百忙中亲自出来接待我们。我同他一见面，心里就吃了一惊：站在我面前的难道就是杨海泉先生本人吗？这样一个传奇式的人物，即使不是三头六臂，矻齿獠牙，至少也应该有些特点。干脆说白了吧，我心中想象的杨先生应该粗一点，壮一点，甚至野一点。一个不是大学出身，不是科举出身，而又天天同吃人不眨眼的"丑类"打交道的人，没有上面说的三个"一点"，怎么能行呢？然而站在我面前的人，温文尔雅，谦虚热情，话说不多，诚恳却溢于言表，同我的想象大相径庭。然而，事实就是这个样子，我只有心悦诚服地接受了。

　　杨先生不但会见了我们，而且还亲自陪我们参观，这样一个世界知名的鳄鱼湖，又有这样理想的天气。园子里挤满了游人，黑眼黑发，碧眼黄发，耄耋老人，童稚少年，摩登女郎，淳朴村妇，交相辉映，满园喧腾，好一派热闹景象。我看，我们中国大陆来的人，心情都很好，在热带阳光的照晒下，满面春风。

我们先在一座大会议厅里看了本园概况和发展历史的影片，然后走出来参观。但是，偌大一个园子，简直如一部二十四史，不知从何处看起，幸亏园主就在我们眼前，还是听他调度吧。

他先带我们到一个完全出乎我意料的地方去：一个地上趴着一只猛虎的亭子里，我原以为是一个老虎标本，摆在那儿，供人照相用作背景的。因为这里并没有像其他动物园里那样有庞大的铁笼子，没有铁笼子怎么敢养老虎呢？然而，我仔细一看，地上趴的确确实实是一只活老虎，脖子上拴着铁链子。一个小男孩蹲在虎的背后，面对老虎的是几个拍照的小姑娘。我一看，倒抽了一口冷气；说老实话，双腿都有些发颤了。我看了看那几个泰国的男女小孩，又看了看园主，只见他们面色怡然，神情坦然，我也只好强压下紧张的情绪，走了进去。跨过一个铁槛杆，主人领我转到老虎背后，要与虎合影，我战战兢兢地跟在主人身后，同园主一起，摆好了照相的架势。园主示意我用手抚摩老虎的脖子。俗话说："老虎屁股摸不得。"老虎的屁股都摸不得，哪里还敢抚摩老虎的脖子呢？我曾在印度海德拉巴的动物园中摸过老虎的屁股；但那是老虎被锁在仅容一身的铁笼子里，人站在笼子外面，哆里哆嗦地摸上一把，自己就仿佛成了一个准英雄了。今天是同老虎在一起，中间没有铁栏杆，我的手实在不敢往下放。正在这关键时刻，也许是由于园主的示意，饲虎的小男孩用一根木棒捣了老虎一下，老虎大怒，猛张血盆大口，吼声震耳欲聋，好像是晴天的霹雳，吓得我浑身汗毛都竖了起来，此情此景，大概我一生只仅有这一次——然而这一次已经足够足够了。

此时，我真是五体投地地佩服园主，我佩服他的幻想，一个没有幻想的人，能想得出这样前无古人的绝招吗？

紧接着是参观真正的鳄鱼湖。鳄鱼被养在池塘中。池塘有大有小，有方有圆，没有一定的规格，看样子是利用迁就原来的地形，只稍稍加以整修。我们走过跨在湖上的骑湖楼，楼全是木结构，中间铺木板，两旁有栏杆。前后左右全是池塘，池塘养着多寡不等的鳄鱼。据主人告诉我们说，这样的池塘群还有十五个，水面面积之大可想而知。鳄鱼是按照种类，按照年龄分池饲养的。这样多的鳄鱼，水里的鱼早被吃光了，只能每天按时用鱼来饲养。我看鳄鱼条条肥壮，足证它们的饭食是不错的。池中的鳄鱼千姿百态，有的趴在岸边，有的游在水里。我们走过一个池塘，里面的鳄鱼，条条都长过一丈。行动迟缓，有的一动也不动，有的趴在太阳里，好像是在那里负暄，修身养性。主人说，这个池塘是专门饲养五六十岁以上的老年鳄鱼。在人类社会中，近些年来，中外都有一些人高喊什么老龄社会，大有惶惶不可终日之概。鳄鱼大概还没有进化到这个程度，不会关心什么老龄不老龄。然而这个鳄鱼湖的主人却为它们操心，给它们创建了这个舒适的干休所，它们可以在这里颐养天年了。至于变成了女士们的手提包，鳄鱼们是不会想到的。有一个问题我们参观的人都很关心，我想别的人也一样，这就是：这个鳄鱼湖究竟饲养了多少条鳄鱼。主人说是四万条。这真是一个惊人的数字。我想，在茫茫大地上，在任何地方，即使是鳄鱼最集中的地方，也决不会四万条聚集在一起的。

此时，我更是五体投地地佩服我们的园主，佩服他的幻想。一个没有幻想的人能够把四万条鳄鱼集中在一起成为人类的奇迹吗？

紧接着我们走上了林阴大道，浓荫匝地，暑意全消。蒙杨海泉先生照顾，因为我年纪最大，他特别调来了一辆只能坐两人的敞篷车，看样子是他专用的。我们俩坐上，开到了一个像体育馆似的地方。周围是看台，有木凳可坐。园主请中国客人坐在最前排。下面是鳄鱼的运动场。周围环水，中间有块陆地，有几条鳄鱼在上面睡觉，还有几条在水里露出脑袋来。走进来了两个男孩子，穿着颇为鲜艳的衣服。他们俩向周围看台上的泰外观众合十致敬，然后走到水中拉出几条大鳄鱼，是拽着尾巴拉的，都拉到环水的陆地上。一个男孩掀开一条鳄鱼的大嘴，不知道是念了一个什么咒，鳄鱼的嘴就大张着，上下颚并不并拢起来。没看清男孩是用什么东西，戳鳄鱼的什么地方，只听得乓的一声巨响，又乓的一声，不知道是从哪里发出来的声音。小男孩又把自己的脑袋伸入鳄鱼嘴中，在上下两排剑一般的巨齿中间，莞尔而笑。然后抽出脑袋，把鳄鱼举在手中，放在脖子上。又让鳄鱼趴在地上，他踏上它的背部。两个孩子把几条吃人不眨眼的鳄鱼耍弄得服服帖帖。有时候我们真替他们捏一把汗；然而两个孩子却怡然自得，光着脚丫，在水中和陆上来回奔波。

走出了鳄鱼馆，又来到了另一个也像体育场似的场所。周围也是看台，同样是坐满了全世界许多国家的旅游者。但这里是大象和杂技表演的场所，台下没有水，而是一片运动场似的地。场中有几个同样穿着彩衣的男女青年。他们先把一大堆玻璃瓶之类的东西砸碎，然后有一个男孩光着膀子，躺在碎玻璃碴子上，打滚，翻筋斗，耍出种种的花样。最后又有一个男孩踩在他身上。在他身子下面，碎玻璃仿佛变成了棉花或者羊毛或者鸭绒什么的，简直是柔软可爱。看了这些表演，对中国人来说，这简直是司空见惯；然而对碧眼黄发的人来说，却是颇为值得惊奇的。于是一阵阵的掌声就从周围的看台上响起了。接着进场的是几头大象，脖子上戴着花环，背上，毋宁说是鼻子上骑着一个男孩子。先绕场一周，向观众致敬，大象无法用泰国常见的方式，合十致敬，只能把鼻子高高举，表达一番敬意了。大象在小孩子的指挥下，表演了许多精彩的节目。然后又绕场走起来。我原以为这只是节目结束后例行的仪式，然而，我立刻就看到，看台上懂行的观众，掏出了硬币，投向场中，不管硬币多么小，大象都能用鼻子一一捡起，递到骑在鼻子上的小孩的手中。坐在前排的观众，掏出了纸币，塞到大象的嘴里——请注意，是嘴，不是鼻子——，大象叼起来，仍然递到小孩子手中。我同园主坐在前排正中，大概男孩知道，园主正陪贵宾坐在那里，于是就用不知什么方法示意大象，大象摇晃着鼻子来到我们眼前。我一下子窘了起来，我口袋中既无硬币，也无纸币。聪明的主人立刻递给我几个硬币和几张纸币，这就给我解了围。我把纸币放在大象嘴中，又把硬币放到伸到我眼前的鼻子中，我的手碰到了大象柔软的鼻尖上的小口，一阵又软又滑又湿的感觉，从我的手指头尖上直透我的全身，有一种无法用言语形容舒适清凉的 ecstasy，我的全身仿佛在颤抖。

此时，我更真正是五体投地地佩服我们的园主，佩服他的幻想。一个没有幻想的人能够想出这样训练鳄鱼，这样训练大象吗？

我们的参观结束了，但是我的感触却没有结束，而且永远也不会结束。杨海泉先生养的虽然是极为丑陋凶狠的鳄鱼，然而他的目标却是：

绍述文化今鉴古——
卿云霭霭，邹鲁遗风。
作圣齐贤吾辈事，
民胞物与，人和政通。
世变沧桑俱往矣！
忠荩毋我，天下为公。
静、安、虑、得、勤观照，
辉煌禹甸，乐见群龙。
忠孝礼义仁为本，
发聋启聩新民丰。

杨先生的广阔的胸襟可见一斑了。他这一番奇迹般的伟大事业，已经给寰宇的炎黄子孙增添了光彩，已经给世界文化增添了光彩，已经给炎黄文化增添了光彩，已经给泰华文化增添了光彩。对于这一点我焉能漠然淡然没有感触呢？海泉先生虽然已经做出了这样的事业，但看上去他仍然是充满了青春活力的。他那令人吃惊的幻想能力已经呈现出极大的辉煌；但是看来还大有用武之地，还是前途无量的。我相信，等我下一次再来曼谷时，还会有更伟大更辉煌的奇迹在等候着我。这是我坚定不移的信念。

1994年5月7日

人间自有真情在

（这是他俩共同生活过的地方，为了留住对丈夫的回忆，她不肯离开，也不忍离开。）

前不久，我写了一篇短文：《园花寂寞红》，讲的是楼右前方住着一对老夫妇。男的是中国人，女的是德国人。他们在德国结婚后，移居中国，到现在已将近半个世纪了。哪里想到，一夜之间，男的突然死去。他天天侍弄的小花园，失去了主人。几朵仅存的月季花，在秋风中颤抖、挣扎，苟延残喘，浑身透着凄凉、寂寞。

我每天走过那个小花园，也感到凄凉、寂寞。我心里总在想：到了明天春天，小花园将日益颓败，月季花不会再开，连那些在北京只有梅兰芳家才有的大朵的牵牛花，在这里也将永远永远地消逝了。我的心情很沉重。

昨天中午，我又走过这个小花园，看到那位接近米寿的德国老太太在篱笆旁忙活着。我走进一看，她正在采集大牵牛花的种子。这可是件新鲜事儿，我在这里住了三十年，从来没有见到过她侍弄花。我曾满腹疑团：德国人一般都是爱花的，这老太太真有点个别。可今天她为什么忙着采集牵牛花的种子呢？她老态龙钟，罗锅着腰，穿一身黑衣裳，瘦得像一只螳螂。虽然采集花种不是累活，可她干起来也是够呛的。我问他，采集这个干什么？她的回答极简短："我丈夫死了，但是他爱的牵牛花不能死！"

我心里一亮，一下子顿悟出了一个道理。她男人死了，一儿一女都在德国，老太太在中国可以说是举目无亲。虽然说入了中国籍，在中国将近半个世纪，中国话却说不了十句，中国饭也吃不惯。她好像是中国社会水面上的一滴油，与整个社会格格不入。她平常只同几个外国人和中国留德学生来往，显得很孤单。我常开玩笑说：她是组织上入了籍，思想上并没有入。到了此时，老头已去，儿女在外，返回德国，正其时矣。然而她却偏偏不走，道理何在呢？我百思不得其解。现在，一个非常偶然的机会让我看到她采集大牵牛花的种子，我一下子明白了：这一切都是为了她死去的丈夫。

丈夫虽然走了，但是小花园还在，十分简陋的小房子还在。这小花园和小房子拴住了她古老的回忆，长达半个世纪的甜蜜的回忆。这是他俩共同生活过的地方，为了留住对丈夫的回忆，她不肯离开，也不忍离开。我能够想象，她在夜深人静时，独对孤灯，窗外小竹林的窸窣声穿窗而入，屋后土山上草丛中秋虫哀鸣，此外就是一片寂静。丈夫在时，她知道对面小屋里还睡着一个亲人，自己不会感到孤独。然而现在呢，那个人突然离开自己，走了，永远永远地走了。茫茫天地，好像只剩下自己孤身一人，然生至此，将何以堪！设身处地，如果我处在她的境遇，我一定会马上离开这里，回到自己的祖国，同女儿在一起，度过余年。

然而，这一位瘦得像螳螂似的老太太却偏偏不走，偏偏死守空房，死守着一个小花园。我知道，这一切都是为了她死去的丈夫。

这一位看似柔弱实际坚强的老太太，已经快走到人生的尽头了。这一点恐怕她比谁都明白。然而她并未绝望，并未消沉。她还是浑身洋溢着生命力，在心中对未来还充满着希望。她还想到明年春天，她还想到牵牛花，她眼前一定不时闪过春天小花园杂花竞芳的景象。谁看到这种情况会不受到感动呢？我想，牵牛花若有知，到了明年春天虽然男主人已经不在了，但它一定会精神抖擞，花朵一定会开得更大，更大；颜色一定会更鲜艳，更鲜艳。

1992 年 9 月 20 日

温馨，家庭不可或缺的气氛

（温馨则是需要培养的。培养之道，不出两端，一真一忍而已。）

大千世界，芸芸众生，除了看破红尘出家当和尚的以外，每一个人都会有一个家。一提到家，人们会不由自主地漾起一点温暖之意、一丝幸福之感。

不这样也是不可能的。不管是单职工还是双职工，白天在政府机构、学校、公司、工厂、商店等等五花八门的场所工作劳动。不管是脑力劳动，还是体力劳动，都会付出巨大的力量，应付错综复杂的局面，会见性格各异的人物，有时会弄得筋疲力尽。有道是："不如意事常八九"。哪里事事都会让你称心如意呢？到了下班以后，有如倦鸟还巢一般，带着一身疲惫，满怀喜悦，回到自己家里。这是一个真正的安身立命之处。在这里人们主要祈求的就是温馨。有父母的，向老人问寒问暖，老少都感到温馨；有子女的，同孩子谈上几句，亲子都感到温馨；夫妻说上几句悄悄话，男女都感到温馨。当是时也，白天一天操劳，身心两方面的倦意，间或有心中的愤懑、工作中或竞争中偶尔的挫折、在处理事务中或人际关系中碰的一点小钉子等等，都会烟消云散，代之而兴的是融融的愉悦。总之，感到的是不能用任何语言表达的温馨。

你还可以便装野服，落拓形迹。白天在外面有时不得不戴着的假面具，完全可以甩掉；有时不得不装腔作势，以求得能适应应对进退的所谓礼貌，也统统可以丢开。还你一个本来面目，圆通无碍，纯然真我。天下之乐，宁有过于此者乎？所有这一切都来自家庭中真正的温馨。

但是，是不是每一个家庭都是温馨天成、唾手可得呢？不，不，绝不是的。家庭中虽有夫妻关系、亲子关系、血缘关系，但是，所有这一些关系，都不能保证温馨气氛必然出现。俗话说：锅碗瓢盆都会相撞。每个人的脾气不一样，爱好不一样，习惯不一样，信念不一样，而且人是活人，喜怒哀乐，时有突变的情况，情绪也有不稳定的时候，特别是在自己的亲人面前，更容易表露出来。有时候为一点芝麻绿豆大的小事，也会意见相左，处理不得法，也能产生龃龉。天天耳鬓斯磨，谁也不敢保证这种情况不会发生。

那么，我们应当怎么办呢？就我个人来看，处理这样清官难断的家务事，说难极难，说不难也颇易。只要能做到"真"、"忍"二字，虽不中，不远矣。"真"者，真情也。"忍"者，容忍也。我归纳成了几句顺口溜：相互恩爱，相互诚恳，相互理解，相互容忍，出以真情，不杂私心，家庭和睦，其乐无垠。

有人可能不理解，我为什么把容忍强调到这样的高度。要知道，容忍是中华美德之一。我们的往圣先贤，大都教导我们要容忍。民间谚语中，也有不少容忍的内容，教人忍让。有的说法，看似消极，实有积极意义，比如"忍辱负重"，韩信就是一个有

127

名的例子。《唐书》记载，张公艺九世同堂，唐高宗问他睦族之道。公艺提笔写了一百多个"忍"字递给皇帝。从那以后，姓张的多自命为"百忍家声"。佛家也十分强调忍辱之要义，经中有很多忍辱仙人的故事。常言道："小不忍则乱大谋"。在家庭中则是"小不忍则乱家庭"。夫妻、父母、子女之间，有时难免有不同的意见，如果一方发点小脾气，你让他（她）一下，风暴便可平息。等到他（她）心态平衡以后，自己会认错的。此时，如果你也不冷静，火冒三丈，轻则动嘴，重则动手，最终可能告到法庭，宣判离婚，岂不大可哀哉！父母兄弟姊妹之间，也有同样的情况。结果，一个好端端的家庭，会弄得分崩离析。这轻则会影响你暂时的情绪，重则影响你的生命前途。难道我这是危言耸听吗？

总之，温馨是家庭不可或缺的气氛，而温馨则是需要培养的。培养之道，不出两端，一真一忍而已。

1998 年 10 月 23 日

我的座右铭

（处之泰然，随遇而安。我认为，这是唯一正确的态度。）

多少年以来，我的座右铭一直是：

> 纵浪大化中，
>
> 不喜亦不惧。
>
> 应尽便须尽，
>
> 无复独多虑。

老老实实的、朴朴素素的四句陶诗，几乎用不着任何解释。

我是怎样实行这个座右铭的呢？无非是顺其自然，随遇而安
而已，没有什么奇招。

"应尽便须尽，无复独多虑。"（到了应该死的时候，你就去死，
用不着左思右想。）这句话应该是关键性的。但是在我几十年的
风华正茂的期间内，"尽"什么的是很难想到的。在这期间，我
当然既走过阳关大道，也走过独木小桥。即使在走独木桥时，好
像路上铺的全是玫瑰花，没有荆棘。这与"尽"的距离太远太远了。

到了现在，自己已经九十多岁了。离开人生的尽头，不会太

129

远了。我在这时候，根据座右铭的精神，处之泰然，随遇而安。我认为，这是唯一正确的态度。

我不是医生，我想贸然提出一个想法。所谓老年忧郁症恐怕十有八九同我上面提出的看法有关，怎样治疗这种病症呢？我本来想用"无可奉告"来答复。但是，这未免太简慢，于是改写一首打油：题曰"无题"：

人生在世一百年，
天天有些小麻烦，
最好办法是不理，
只等秋风过耳边。

第 三 章

一点精神 一个信念，一个主旨，

任何一个人，包括我自己在内，以及任何一个生物，从本能上来看，总是趋吉避凶的。因此，我没怪罪任何人，包括打过我的人。我没有对任何人打击报复。并不是由于我度量特别大，能容天下难容之事，而是由于我洞明世事，又反求诸躬。假如我处在别人的地位上，我的行动不见得会比别人好。

中国知识分子的爱国传统

（我认为传统文化与爱国主义是息息相关的，相辅相成的，两方面都要多讲。）

　　传统文化与爱国主义这两件事看起来似乎没有什么联系。但是别的国家我先不谈，专就中国而论，二者是有极其密切的联系的。这里面包含着两层意思：一层是在中国传统文化，或者把范围缩小一点，在中国传统的伦理中，爱国主义占有极其重要的地位；二层是，唯其因为我国有光辉灿烂的传统文化，我们这个国家才更值得爱，更必须爱。

　　先谈第一层意思。我要从历史谈起。秦以前渺茫难究诘。这里不谈。秦将蒙恬因为御匈奴有功，被当时人和后代人所赞颂。到了汉朝，汉武帝的大将卫青和霍去病，小小年纪，也因为御匈奴有功，为当时人和后代人所赞颂。苏武被匈奴扣压了十几二十年，坚贞不屈，牧羊北海之滨，至今还在小说和戏文中传为千古佳话。到了三国时候，诸葛亮忠于蜀国，成为万古凌霄一羽毛。我必须在这里解释几句。我似乎听到有人问：诸葛亮这能算是爱国主义吗？我答曰：是的，是不折不扣的爱国主义。什么叫"国"呢？古有古的概念，今有今的概念。魏、蜀、吴，就是三个"国"，否则家喻户晓的《三国演义》为什么叫"三国"呢？过去在很长的一段时间内，我们史学界一些人搞形而上学，连抵御匈奴都不敢说是爱国，因为匈奴是今天中华人民共和国内的某某民族的祖先。在今天看，这话可能是对的。但在古时确是两国。我们怎么能拿今天的概念硬扣在古代历史上呢？我的这个解释也可以而且必须应用到三国以后的中国历史上去。比如宋代的杨家将，至今还在戏文中熠熠闪光。至于岳飞和文天祥，更是"一片丹心照汗青"，名垂千古，无人不知，至今在西子湖畔还有一座岳庙，成为全国和全世界人民朝拜的圣地。所有这一切都值得我们深思。我说中国传统文化中，中国的传统伦理中有强烈的爱国主义成分，难道这不是事实吗？

现在再谈第二层意思。国之所以可爱，之所以必须爱，原因是很多的。专就中国而论，由爱我们的伟大的传统文化而爱国，理由是顺理成章的。我一向主张，在整个人类大家庭中，文化是大家共同创造的，国无论大小，历史无论久暂，都或多或少对人类共同文化宝库有所贡献。但是同时，又必须承认，国与国之间，民族与民族之间，贡献是不一样的。我国立国东亚大陆，垂数千年。我们祖先的几大发明名垂千古，至今人类还受其利。我想，除了主张"全盘西化"的人以外，中国人一谈到自己的文化，无不油然起自豪感。我们当然不能也不会躺在祖先的光荣的文化传统上睡大觉，我们还必须奋发图强，在旧基础上赶上新世界。这一点用不着多做解释。专就爱国主义而论，有这样传统文化的国家，难道还不应该还不值得爱吗？

最近几年以来，我常常思考中国知识分子与爱国主义的问题。

我逐渐认识到，中国知识分子（当然劳动人民也在内）是世界上最爱国的知识分子，是世界上最好的知识分子。其中原因，上面讲的传统文化只能算是一个，从近代史上来看，还有别的原因。

中国自一八四〇年以来，遭受殖民主义和帝国主义的压迫和剥削。知识分子对此最为敏感，因此养成了爱国的传统。殖民主义和帝国主义国家的知识分子，虽然也是讲爱国主义的，但是这种爱国主义是经不住考验的。一到关键时刻，立刻就"有奶就是娘"了。

我想把中国知识分子按年龄分为三类：老、中、青。老知识分子是在旧社会待过而且很多是在国外待过的。他们根据亲身体验，深知国家不强，必定受人歧视。所以这一批人爱国心特别强烈。在新中国成立后，虽然不少人遭受批判，大多数人在"史无前例"的时代遭受非人的待遇，至今仍然爱国如常。"物美价廉，经久耐用"，指的就是这一批人。

中年知识分子没有遭受"三座大山"的压迫。他们受到了传统文化熏陶，也是爱国的，现在正为祖国辛勤服务。

青年知识分子则丝毫没有受过外国的压迫。他们对新中国成立前的情况，只是从书本上或老人的口中知道一些，印象是淡薄的。对他讲爱国主义，理论上易讲，事实上难说。今天的大学生都属于这个范畴。要进行爱国主义教育，他们应该是重点。我们在这方面应该多想一些办法。向他们多讲一些传统文化，讲一些历史，看来这会是行之有效的办法。总之，我认为传统文化与爱国主义是息息相关的，相辅相成的，两方面都要多讲。

1989 年 10 月 13 日

134

巍巍上庠，百年星辰

（中国独特的历史环境和地理环境，决定了中国知识分子的根深蒂固的爱国主义思想。）

计算北大的历史，我认为，可以采用两种计算法：一个是从古代的太学算起，到了隋代，改称国子监，一直到清末，此名未变，而且代代沿袭。这实际上就是当时的最高学府。而北大所传的正是国子监的衣钵。

但是，当前流行的而且实行的计算方法，是从以国子监为前身的京顺大学堂算起。我不说这种计算方法不合情，不合理，不实事求是；而且既然大家都已承认，约定俗成，"吾从众"。我也同意这种计算方法，确定北大创办于1898年，至今正值一百年，决定庆祝百岁华诞。

同世界上许多国家的许多一流大学比较起来，有一百年的历史，只能算是一个小弟弟。即使在中国，北大也决不是老大哥。但是，大学不是人参，不是陈酿，越老越好。大学之所以能够好，能够扬名天下，有另外的原因或者因素，这种因素决不是一年两年就可以形成的，而且有一个长期的历史积累过程。一百年在人类历史上只是一个极短的时间，但是，对一个大学来说，也不算太短，积累因素，从而形成特点或者特性，已经足够用了。

从 1898 年至 1998 年这一百年，在中国全部历史上只占极小的比例，但是，在这一百年内所发生的事情之多、之复杂，社会变动之剧烈，决不是过去任何一百年所能够比的。只举事件之荦荦大者，就有辛亥革命，推翻帝制；有袁世凯表演的悲喜剧洪宪称帝；有对中国现当代有深远影响的五四运动；有令人民涂炭的军阀混战；有国民党统治；有日本军国主义者的入侵；有声势浩大的解放战争；有中华人民共和国的建立；有 1957 年的"反右"；有"大跃进"；有随之而来的三年灾害——姑且不讲是"自然的"，不是"人为的"；有 1966 年爆发的所谓"无产阶级文化大革命"，实际上是空前浩劫；有 1978 年开始的改革开放；等等，等等。这一百年的后一半，大学几乎全是在会议和"运动"中度过的。

所有这一些历史事件，北大都经历过，中国历史稍长的大学也都经历过。"家家有一本难念的经"，我们的经历大同而小异。"大同"指共性，"小异"指个性。超出共性与个性之上的事实是：在众多的大学中，北大占据着一个特殊的地位，北大是中国大学的排头兵，是它们的代表，这是国际和国内所共同承认的，决不是北大人的妄自尊大，而是既成的事实。一个唯物者决不能决不应视而不见。所以，谈一谈北大的共性，特别是它的特性，就有超过北大范围的普通的意义。

在讨论共性和特性之前，我想先谈一谈我对大学构成因素的意见。我认为，每一个大学都有四种构成因素或组成部分：第一是教师，第二是图书设备（包括图书馆和实验室），第三个是行政管理，第四个是学生素质。前三个是比较固定的，最后一个是流动的。

我之所以把教师列为第一位，是有用意的，也是有根据的。根据中外各著名大学的经验，一所大学或其中某一个系，倘若有一个在全国或全世界都著名的大学者，则这一所大学或者这一个系就成为全国或全世界的重点或"圣地"。全国和全世界学者都以与之有联系为光荣。问学者趋之若鹜，一时门庭鼎盛，车马盈门。倘若这一个学者去世或去职，而又没有找到地位相同的继任人，则这所大学或这个系身价立即下跌，几乎门可罗雀了。这是一个众所周知的事实，是无法否认掉的。"十年浩劫"前，一位文教界的领导人说过一句话："大学者，有大师之谓也。"在浩劫中受到严厉批判，在当时"黄钟毁弃，瓦釜雷鸣"的环境下，这是并不奇怪的。但印度古语说："真理毕竟会胜利的。"（Satyam eva jayate）这一个朴素的真理也胜利了，大学的台柱毕竟是教师，特别是名教师、名人。其他三个因素，特别是学生这个因素，也都是重要的，用不着详细论述。

作为中国众大学的排头兵的北京大学，在一百年以来，其教师的情况怎样呢？大学生情况又是怎样呢？在过去正如我在上面讲到的那样十分错综复杂的大环境中，北大的师生，在所有掊击邪恶、伸张正义的运动中，无不站在最前列，发出第一声反抗的狮子吼，震动了全国，震动了全世界，为中华民族的前进，为世界人民的前进，开辟了道路，指明了方向。北大师生中，不知出现了多少烈士，不知出现了多少可以被鲁迅称为"脊梁"的杰出人物。这有史可查，有案可稽，决非北大人的"一家之言"。中国人民实在应该为北大这样的学府而感到极大的骄傲。

几年以前，北大的有关单位曾举行过多次座谈会，讨论什么是北大的优良传统这个问题。同对世界上其他事情一样，对这个问题也有种种不同的意见。我对这个问题也曾仔细思考过，我有我自己的看法。

我认为，讨论北大的优良传统，离不开中国知识分子的优良传统，因为北大的教师和学生都是知识分子。几千年以来，知识分子——也就相当于古代的"士"——一经出现，立即把传承中华文化的重任压在自己肩上。不管知识分子有多少缺点，他们有这个传承的责任，这个事实是谁也否定不掉的。世界各国都有知识分子，既然同称知识分子，当然有其共性。但是，存在决定意识，中国独特的历史环境和地理环境，决定了中国知识分子的根深蒂固的爱国主义思想。这个事实也是无法否定的。

专就北大而论，在过去的一百年内，所有的掊击邪恶、伸张正义的大举动，北大总都是站在前排。这就是最具体不过的，最明显不过的爱国主义思想的表现，连一般人认为是启蒙运动的五四运动，据我看，归根结底仍然是一场爱国主义运动。引进"德先生"和"赛先生"只是手段，而不是目的，其目的仍在振兴中华，爱我国家，其他众多的运动，无不可以作如是观。

同爱国主义有区别但又有某些联系的，是古代常讲的"气节"，用通俗的话来说，就是"硬骨头"，刚正不阿，嫉恶如仇，也就是孟子所说的："富贵不能淫，贫贱不能移，威武不能屈。"

我曾在别的文章中举过祢衡和章太炎的例子，现代的闻一多等是更具体更鲜明的例子。

如果想再列举北大的优良传统，当然还能够举出一些条来，比如兼容并包的精神，治学谨严的学风，等等。但是，我觉得，提纲挈领，以上两条也就够了，再举多了反而会主次不分，头绪紊乱，不能给人留下鲜明深刻的印象。

我把爱国主义和硬骨头的气节列为北大的优良传统，决不是想说，别的大学不讲爱国主义，不讲刚正不阿的骨气。否，否，决不是这样。同在一个中国，同样经历了一百年，别的大学有这样的传统，也并不稀奇，这是个共性问题，北大决不能独占，也决不想独占。但是，我现在讲的是北大，是讲个性问题。而北大在这方面确又表现很突出，很鲜明，很淋漓尽致，所以我只能这样讲。

我讲北大的青老知识分子，也就是教师和学生，有这样的优良传统，决不是想说，社会上其他阶级或社会群体，比如工、农、商等等，不讲优良传统。否，否，决不是这样。中国各社会群体提倡的也大都是这样的优良传统，否则全国许多地方都有的岳庙和文天祥祠堂应该怎样去解释呢？而包公和海瑞受到人民大众的普遍膜拜，又怎样去解释呢？只因为我现在讲的是北大，讲的是北大的知识分子，所以我只能这样讲。

一般说来，表现优良传统主要在人，专就北大而论，人共有两部分：一个是教师，包括一部分职工；一个是学生。前者比较固定，而后者则流动性极大，这一点我在上面已经谈到。学生每隔几年就要换班，因此，表现北大传统的主要是教师。在过去一百年内，在北大担任过或者还正在担任着教师的人，无虑数万。他们的情况不尽相同。有出类拔萃者，也有默默无闻者，而前者又只能是少数。可是人数虽少而能量却大，北大有优良传统是靠他们来传承，北大的名声主要靠他们来外扬。有如夜空中的群星，有璀璨光耀者，有微如烛光者。我们现在称为"星辰"者就是群星中光耀照人者。"辰"的含义颇多，《左传》把日、月、星三光都称之为"辰"。大家不必拘泥于一解，只了解它的一般含义就行了。

1998 年 7 月 6 日

论正义

（世界上，除了在中国人的心里以外，并没有"正义"这一种东西。）

我先说一件小事情：

我到德国以后，不久就定居在一个小城里，住在一座临街的三层楼上。街上平常很寂静，几乎一点声音都没有，只有一排树寂寞地站在那里。但有一天的下午，下面街上却有了骚动。我从窗子里往下一看，原来是两个孩子在打架。一个大约有十四五岁，另外一个顶多也不过八九岁，两个孩子平立着，小孩子的头只达到大孩子的胸部。无论谁也一看就知道，这两个孩子真是势力悬殊，不是对手。果然刚一交手，小孩子已经被打倒在地上，大孩子就骑在他身上，前面是一团散乱的金发，背后是两只舞动着的穿了短裤的腿，大孩子的身躯仿佛一座山似的镇在中间。清脆的手掌打到脸上的声音就拂过繁茂的树枝飘上楼来。

几分钟后，大孩子似乎打得疲倦了，就站了起来，小孩子也随着站起来。大孩子忽然放声大笑，这当然是胜利的笑声。但小孩子也不甘示弱，他也大笑起来，笑声超过了大孩子。

这似乎又伤了大孩子的自尊心，跳上去，一把抓住小孩子的金发，把他按在地上，自己又骑他身上。面前仍然又是一团散乱的金发，背后是两只舞动的腿。清脆的手掌打到脸上的声音又拂过繁茂的树枝飘上楼来。

这时观众愈来愈多，大半都是大人，有的把自行车放在路边也来观战，战场四周围满了人。但却没有一个人来劝解。等大孩子第二次站起来再放声大笑的时候，小孩子虽然还勉强奉陪，但眼睛里却已经充满了泪。他仿佛是一只遇到狼的小羊，用哀求的目光看周围的人；但看到的却是一张张含有轻蔑讥讽的脸。他知道从他们那里绝对得不到援助了。抬头猛然看到一辆自行车上有打气的铁管，他跑过去，把铁管抢在手里，预备回来再战。但在这时候却有见义勇为的人们出来干涉了。他们从他手里把铁管夺走，把他申斥了一顿，说他没有勇气，大孩子手里没有武器，他也不许用。结果他又被大孩子按在地上。

我开头就注意到住在对面的一位胖太太在用水擦窗子上的玻璃。大战剧烈的时候，我就把她忘记了。其间她做了些什么事情，我毫没看到。等小孩子第三次被按到地上，我正在注视着抓在大孩子手里的小孩子的散乱的金发和在大孩子背后舞动着的双腿，蓦地有一条白光从对面窗子里流出来，我连吃惊都没来得及，再一看，两个孩子身上已经满了水，观众也有的沾了光。大孩子立刻就起来，抖掉身上的水，小孩子也跟着爬起来，用手不停地摸头，想把水挤出来。大孩子笑了两声，小孩子也放声狂笑。观众也都大笑着，走散了。

我开头就说到这是一件小事情，但我十几年来多少大事情都忘记了，却偏不能忘记这小事情，而且有时候还从这小事情想了开去，想到许多国家大事。日本占领东北的时候，我正在北平的一个大学里做学生。当时政府对日本一点办法都没有，尽管学生怎样请愿，怎样卧轨绝食，政府却只能搪塞。无论嘴上说得多强硬，事实上却把一切希望都放在国际联盟上，梦想欧美强国能挺身出来主持"正义"。我当时虽然对政府的举措一点都不满意；但我也很天真地相信世界上有"正义"这一种东西，而且是可以由人来主持的。我其实并没有思索，究竟什么是"正义"，我只是直觉地觉得这东西很是具体，一点也不抽象神秘。这东西既然有，有人来主持也自然是应当的。中国是弱国，日本是强国，以强国欺侮弱国，我们虽然丢了几省的地方，但有谁会说"正义"不是在我们这边呢？当然会有人替我们出来说话了。

但我很失望，我们的政府也同样失望。我当然很愤慨，觉得欧美列强太不够朋友，明知道"正义"是在我们这边，却只顾打算自己的利害，不来帮忙。我想我们的政府当道诸公也大概有同样的想法，而且一直到现在，事情已经过去十几年了，他们还似乎没有改变想法，他们对所谓"正义"还没有失掉信心。虽然屡次希望别人出来主持"正义"而碰了钉子，他们还仍然在那里做梦，梦到在虚无缥缈的神山那里有那么一件东西叫做"正义"。最近大连问题就是个好例子。

对政府这种坚忍不拔的精神和毅力，我非常佩服。但我更佩服的是政府诸公的固执。我自己现在却似乎比以前聪明点了，我现在已经确切知道了，世界上，除了在中国人的心里以外，并没有"正义"这一种东西，我仿佛学佛的人蓦地悟到最高的智慧，心里的快乐没有法子形容。让我得到这样一个奇迹似的"顿悟"的，就是上面说的那一件小事情。

那一件小事情虽然发生在德国，但从那里抽绎出来的教训却对欧美各国都适用。说明白点就是，欧美各国所崇拜的都是强者，他们只对强者有同情，物质方面的强同精神方面的强都一样，而且他们也不管这"强"是怎样造成的。譬如上面说到的那两个孩子，大孩子明明比小孩子大很多岁，身体也高得多，力量当然也强。相形之下，小孩子当然是弱小者，而且对这弱小他自己一点都不能负责任；但德国人却不管这许多。只要大孩子能把小孩子打倒，在他们眼里，大孩子就成了英雄。他们能容许一个大孩子打一个小孩子；但却不容许小孩子利用武器，这是不是因为他们认为倘用武器就不算好汉？或者认为这样就不 fair play？这一点我还不十分清楚。

我不是哲学家，但我却想这样谈一个有点近于哲学的问题，我想把上面说的话引申一下，来谈一谈欧洲文明的特点。据我看欧洲文明一个最显著的特点就是力的崇拜，身体的力和智慧的力都在内。这当然不自今日始，在很早的时候，他们已经有了这个倾向，所以他们要征服自然，要到各处去探险，要做别人不敢做的事情。在中世纪的时候，一个法官判决一个罪犯，倘若罪犯不服，他不必像现在这样麻烦，要请律师上诉，他只要求同法官决斗，倘若他胜了，一切判决就都失掉了效用。现在罪犯虽然不允许同法官决斗了，但决斗的风气仍然流行在民间。一提到决斗，他们千余年来制定的很完整的法律就再没有说话的权利，代替法律的是手枪利剑。另外还可以从一件小事情上看出这种倾向。在德国骂人，倘若应用我们的"国骂"，即便是从妈开始一直骂到三十六代的祖宗，他们也只摇摇头，一点不了解。倘若骂他们是猪、是狗，他们也许会红脸。但倘若骂他们是懦夫（Feigine），他们立刻就会跳起来同你拼命。可见他们认为没有勇气，没有力量是最可耻的事情。反过来说，无论谁，只要有勇气，有力量，他们就崇拜，根本不问这勇气这力量用得是不是合理。谁有力量，"正义"就在谁那里。力量就等于"正义"。

　　我以前每次读俄国历史，总有那一个问题：为什么那几个比较软弱而温和的皇帝都给人民杀掉，而那几个刚猛暴戾而残酷的皇帝，虽然当时人民怕他们，或者甚至恨他们，然而时代一过就成了人民崇拜的对象？最好的例子就是伊凡四世。他当时残暴无道，拿杀人当儿戏，是一个在心理和生理方面都不正常的人。所以人民给他送了一个外号叫做"可怕的伊凡"。可见当时人民对他的感情并不怎样好。但时间一久，这坏感情全变了，民间产生了许多歌来歌咏甚至赞美这"可怕的伊凡"。在这些歌里，他已经不是"可怕的"，而是为人民所爱戴的人物了。这情形并不限于俄国，在别的地方也可以遇到。譬如希特勒，在他生前固然为人民所爱戴拥护，当他把整个的德国带向毁灭，自己也毁灭了以后，成千万的人没有房子住，没有东西吃；几百年以来宏伟的建筑都烧成了断瓦颓垣；一切文化精华都荡然无存；论理德国人应该怎样恨他，但事实却正相反，我简直没有遇到多少真正恨他的人，这不是有点不可解么？但倘若我们从上面说到的观点来看，就会觉得这一点都不奇怪了，可怕的伊凡，更可怕的希特勒都是强者，都有力量，力量就等于"正义"。

回来再看我们中国，就立刻可以看出来，我们对"正义"的看法同欧洲人不大相同。我虽然在任何书里还没有找到关于"正义"的定义：但一般人却对"正义"都有一个不成文法的共同看法，只要有正义感的人绝不许一个十四五岁的大孩子打一个八九岁的小孩子。在小说里我们常看到一个豪杰或剑客走遍天下，专打抱不平，替弱者帮忙。虽然一般人未必都能做到这一步；但却没有人不崇拜这样的英雄。中国人因为世故太深，所以弄到"各扫门前雪，不管他人瓦上霜"，有时候不敢公然出来替一个弱者说话；但他们心里却仍然给弱者表同情。这就是他们的正义感。

这正义感当然是好的；但可惜时代变了，我们被拖到现代的以白人为中心的世界舞台上去，又适逢我们自己泄气，处处受人欺侮。我们自己承认是弱者，希望强者能主持"正义"，来帮我们的忙。却没有注意，我们心里的"正义"同别人的"正义"完全不是一回事，我们自己虽然觉得"正义"就在我们这里；但在别人眼里，我们却只是可怜的丑角，低能儿。欧美人之所以不帮助我们，并不像我们普通想到的，这是他们的国策。事实上他们看了我们这种委委琐琐不争气的样子，从心里感到厌恶。一个敢打欧美人耳光的中国人在欧美人心目中的地位比一个只会向他们谄笑鞠躬的高等华人高得多。只有这种人他们才从心里佩服。可惜我们中国人很少有勇气打一个外国人的耳光，只会谄笑鞠躬，虽然心被填满了"正义"，也一点用都没有，仍然是左碰一个钉子，右碰一个钉子，一直碰到现在，还有人在那里做梦，梦到在虚无缥缈的神山那里有那么一件东西叫做"正义"。

我希望我们赶快从这梦里走出来。

1948 年 4 月 16 日　北京大学

在德国——自己的花是让别人看的

（人人为我，我为人人。）

爱美大概也算是人的天性吧。宇宙间美的东西很多，花在其中占有重要的地位。爱花的民族也很多，德国在其中占有重要的地位。

四五十年以前我在德国留学的时候，曾多次对德国人爱花之真切感到吃惊。家家户户都在养花。他们的花不像在中国那样，养在屋子里，他们是把花都栽种在临街窗户的外面。花朵都朝外开，在屋子里只能看到花的脊梁。我曾问过我的女房东：你这样养花是给别人看的吧！她莞尔一笑，说："正是这样！"

正是这样，也确实不错。走过任何一条街，抬头向上看，家家户户的窗子前都是花团锦簇、姹紫嫣红。许多窗子连接在一起，汇成了一个花的海洋，让我们看的人如入山阴道上，应接不暇。每一家都是这样，在屋子里的时候，自己的花是让别人看的；走在街上的时候，自己又看别人的花。人人为我，我为人人。我觉得这一种境界是颇耐人寻味的。

今天我又到了德国，刚一下火车，迎接我们的主人问我："你离开德国这样久，有什么变化没有？"我说："变化是有的，但是美丽并没有改变。"我说"美丽"指的东西很多，其中也包含着美丽的花。我走在街上，抬头一看，又是家家户户的窗口上都开满了鲜花。多么奇丽的景色！多么奇特的民族！我仿佛又回到了四五十年前，我做了一个花的梦，做了一个思乡的梦。

1985 年 8 月 27 日

西德　斯图加特　邮政旅馆

漫谈撒谎

（不撒谎应该算是一种美德，我们应该提倡。但是不能顽固不化。）

一

世界上所有的堂堂正正的宗教，以及古往今来的贤人哲士，无不教导人们：要说实话，不要撒谎。笼统来说，这是无可非议的。

最近读日本稻盛和夫、梅原猛著，卞立强译的《回归哲学》，第四章有梅原和稻盛二人关于不撒谎的议论。梅原说："不撒谎是最起码的道德。自己说过的事要实行，如果错了就说错了——我希望现在的领导人能做到这样最普通的事。苏格拉底可以说是最早的哲学家。在苏格拉底之前有些人自称是诡辩家、智者。所谓诡辩家，就是能把白的说成黑的，站在 A 方或反 A 方同样都可以辩论。这样的诡辩家教授辩论术，曾经博得人们欢迎。原因是政治需要颠倒黑白的辩论术。"

在这里，我想先对梅原的话加上一点注解。他所说的"现在领导人"，指的是像日本这样国家的政客。他所说的"政治需要颠倒黑白的辩论术"，指的是古代希腊的政治。

梅原在下面又说："苏格拉底通过对话揭露了掌握这种辩论术的诡辩家的无智。因而他宣称自己不是诡辩家，不是智者，而是'爱智者'。这是最初的哲学。我认为哲学家应当回归其原点，恢复语言的权威。也就是说，道德的原点是'不撒谎'……不撒谎是道德的基本和核心。"

梅原把"不撒谎"提高到"道德原点"的高度，可见他对这个问题是多么重视，我们且看一看他的对话者稻盛是怎样对待这个问题的。稻盛首先表示同意梅原的意见。可是，随后他就撒谎问题做了一些具体的分析。他讲到自己的经历。他说，有一个他景仰的颇有点浪漫气息的人对他说："稻盛，不能说假话，但也不必说真话。"他听了这话，简直高兴得要跳起来。接着他就写了下面一段话："我从小父母也是严格教导我不准撒谎。我当上了经营的负责人之后，心里还是这么想：说谎可不行啊！可是，在经营上有关企业的机密和人事等问题，有时会出现很难说真话的情况。我想我大概是为这些难题苦恼时而跟他商量的。他的这种回答在最低限度上贯彻了'不撒谎'的态度，但又不把真实情况和盘托出。这样就可以求得局面的打开。"

上面我引用了两位日本朋友的话，一位是著名的文学家，一位是著名的企业家，他们俩都在各自的行当内经过了多年的考验磨炼，都富于人生经验。他们的话对我们会有启发的。我个人觉得，稻盛引用的他那位朋友的话："不能说假话，但也不必说真话"，最值得我们深思。我的意思就是，对撒谎这类社会现象，我们要进行细致的分析。

151

二

我们中国的父母，同日本稻盛的父母一样，也总是教导子女：不要撒谎。可怜天下父母心，总希望自己的子女能做一个堂堂正正的人，一个诚实可靠的人。如果子女撒谎成性，就觉得自己脸面无光。

不但父母这样教导，我们从小受教育也接受这样要诚实、不撒谎的教育。我记得小学教科书上讲了一个故事，内容是：一个牧童在村外牧羊。有一天忽然想出了一个坏点子，大声狂呼："狼来了！"村里的人听到呼声，都争先恐后地拿上棍棒，带上斧刀，跑往村外。到了牧童所在的地方，那牧童却哈哈大笑，看到别人慌里慌张，觉得很开心，又很得意。谁料过了不久，果真有狼来了。牧童再狂呼时，村里的人都毫无动静，他们上当受骗一次，不想再蹈覆辙。牧童的结果怎样，就用不着再说了。

所有这一些教导都是好的，但是也有一个共同的缺点，就是缺乏分析。

上面我说到，稻盛对撒谎问题是进行过一些分析的。同样，几百年前的法国大散文家蒙田（1533—1592 年），对撒谎问题也是做过分析的。在《蒙田随笔》上卷，第九章《论撒谎者》，蒙田写道："有人说，感到自己记性不好的人，休想成为撒谎者，这样说不无道理。我知道，语法学家对说假话和撒谎是做区别的。他们说，说假话是指说不真实的，但却信以为真的事，而撒谎一词源于拉丁语（我们的法语就源于拉丁语），这个词的定义包含违背良知的意思，因此只涉及那些言与心违的人。"

大家一琢磨就能够发现，同样是分析，但日本朋友和蒙田的着眼点和出发点，都是不同的。其间区别是相当明显，用不着再来啰嗦。

记得鲁迅先生有一篇文章，讲的是一个阔人生子庆祝，宾客盈门，竞相献媚。有人说：此子将来必大富大贵。主人喜上眉梢。又有人说：此子将来必长命百岁。主人乐在心头。忽然有一个人说：此子将来必死。主人怒不可遏。但是，究竟谁说的是实话呢？

写到这里，我自己想对撒谎问题来进行点分析。我觉得，德国人很聪明，他们有一个词儿 notluege，意思是"出于礼貌而不得不撒的谎"。一般说来，不撒谎应该算是一种美德，我们应该提倡。但是不能顽固不化。假如你被敌人抓了去，完全说实话是不道德的，而撒谎则是道德的。打仗也一样。我们古人说"兵不厌诈"，你能说这是不道德吗？我想，举了这两个小例子，大家就可以举一反三了。

1996 年 12 月 7 日

毁　誉

（每个人都会有友，也会有"非友"。友，难免有誉；非友，难免有毁。）

好誉而恶毁，人之常情，无可非议。

古代豁达之人倡导把毁誉置之度外。我则另持异说，我主张把毁誉置之度内。置之度外，可能表示一个人心胸开阔，但是，我有点担心，这有可能表示一个人的糊涂或颟顸。

我主张对毁誉要加以细致的分析。首先要分清：谁毁你？谁誉你？在什么时候？在什么地方？由于什么原因？这些情况弄不清楚，只谈毁誉，至少是有点模糊。

我记得在什么笔记上读到过一个故事。一个人最心爱的人，只有一只眼。于是他就觉得天下人（一只眼者除外）都多长了一只眼。这样的毁誉能靠得住吗？

还有我们常常讲什么"党同伐异"，又讲什么"臭味相投"

等等。这样的毁誉能相信吗？

孔门贤人子路"闻过则喜"，古今传为美谈。我根本做不到，而且也不想做到，因为我要分析：是谁说的？在什么时候，在什么地点，因为什么而说的？分析完了以后，再定"则喜"，或是"则怒"。喜，我不会过头。怒，我也不会火冒十丈，怒发冲冠。

孔子说："野哉，由也！"大概子路是一个粗线条的人物，心里没有像我上面说的那些弯弯绕。

我自己有一个颇为不寻常的经验。我根本不知道世界上有某一位学者，过去对于他的存在，我一点都不知道，然而，他却同我结了怨。因为，我现在所占有的位置，他认为本来是应该属于他的，是我这个"鸠"把他这个"鹊"的"巢"给占据了。因此，勃然对我心怀不满。我被蒙在鼓里，很久很久，最后才有人透了点风给我。我不知道，天下竟有这种事，只能一笑置之。不这样又能怎样呢？我想向他道歉，挖空心思，也找不出丝毫理由。

大千世界，芸芸众生，由于各人禀赋不同，遗传基因不同，生活环境不同，所以各人的人生观、世界观、价值观、好恶观等等，都不会一样，都会有点差别。比如吃饭，有人爱吃辣，有人爱吃咸，有人爱吃酸，如此等等。又比如穿衣，有人爱红，有人爱绿，有人爱黑，如此等等。在这种情况下，最好是各人自是其是，而不必非人之非。俗语说："各人自扫门前雪，不管他人瓦上霜。"这话本来有点贬义，我们可以正用。每个人都会有友，也会有"非友"，我不用"敌"这个词儿，避免误会。友，难免有誉；非友，难免有毁。碰到这种情况，最好抱上面所说的分析的态度，切不要笼而统之，一锅糊涂粥。

好多年来，我曾有过一个"良好"的愿望：我对每个人都好，也希望每个人对我都好。只望有誉，不能有毁。最近我恍然大悟，那是根本不可能的。如果真有一个人，人人都说他好，这个人很可能是一个极端圆滑的人，圆滑到琉璃球又能长只脚的程度。

1997 年 6 月 23 日
同仁医院

155

世态炎凉

（任何一个人，包括我自己在内，以及任何一个生物，从本能上来看，总是趋吉避凶的。）

世态炎凉，古今所共有，中外所同然，是最稀松平常的事，用不着多伤脑筋。元曲《冻苏秦》中说："也素把世态炎凉心中暗忖。"《隋唐演义》中说："世态炎凉，古今如此。"不管是"暗忖"，还是明忖，反正你得承认这个"古今如此"的事实。

但是，对世态炎凉的感受或认识的程度，却是随年龄的大小和处境的不同而很不相同的，绝非大家都一模一样。我在这里发现了一条定理：年龄大小与处境坎坷同对世态炎凉的感受成正比。年龄越大，处境越坎坷，则对世态炎凉感受越深刻。反之，年龄越小，处境越顺利，则感受越肤浅。这是一条放诸四海而皆准的定理。

我已到望九之年，在八十多年的生命历程中，一波三折，好运与多舛相结合，坦途与坎坷相混杂，几度倒下，又几度爬起来，爬到今天这个地步，我可是真正参透了世态炎凉的玄机，尝够了世态炎凉的滋味。特别是"十年浩劫"中，我因为胆大包天，自己跳出来反对"北大"那一位炙手可热的"老佛爷"，被戴上了种种莫须有的帽子，被"打"成了反革命，遭受了极其残酷的至今回想起来还毛骨悚然的折磨。从牛棚里放出来以后，有长达几年的一段时间，我成了燕园中一个"不可接触者"。走在路上，我当年辉煌时对我低头弯腰毕恭毕敬的人，那时却视若路人，没有哪一个敢或肯跟我说一句话的。我也不习惯于抬头看人，同人说话。我这个人已经异化为"非人"。一天，我的孙子发烧到四十度，老祖和我用破自行车推着到校医院去急诊。一个女同事竟吃了老虎心豹子胆似的，帮我这个已经步履蹒跚的花甲老人推了推车。我当时感动得热泪盈眶，如吸甘露，如饮醍醐。这件事、这个人我毕生难忘。

雨过天晴，云开雾散，我不但"官"复原职，而且还加官晋爵，又开始了一段辉煌。原来是门可罗雀，现在又是宾客盈门。你若问我有什么想法没有，想法当然是有的，一个忽而上天堂，忽而下地狱，又忽而重上天堂的人，哪能没有想法呢？我想的是：世态炎凉，古今如此。任何一个人，包括我自己在内，以及任何一个生物，从本能上来看，总是趋吉避凶的。因此，我没怪罪任何人，包括打过我的人。我没有对任何人打击报复。并不是由于我度量特别大，能容天下难容之事，而是由于我洞明世事，又反求诸躬。假如我处在别人的地位上，我的行动不见得会比别人好。

1997 年 3 月 19 日

趋炎附势

（在尘世间，一个人的荣华富贵，有的甚至如昙花一现。一旦失意，
则如树倒猢狲散。）

写了《世态炎凉》，必须写《趋炎附势》。前者可以原谅，
后者必须切责。

什么叫"炎"？什么叫"势"？用不着咬文嚼字，指的不过
是有权有势之人。什么叫"趋"？什么叫"附"？也用不着咬文嚼字，
指的不过是巴结、投靠、依附。这样干的人，古人称之为"小人"。

趋附有术，其术多端，而归纳之，则不出三途：吹牛、拍马、
做走狗。借用太史公的三个字而赋予以新义，曰牛、马、走。

现在先不谈第一和第三，只谈中间的拍马。拍马亦有术，其
术亦多端。就其大者或最普通者而论之，不外察言观色，胁肩谄
笑，攻其弱点，投其所好。但是这样做，并不容易，这里需要聪明，
需要机警，运用之妙，存乎一心。这是一门大学问。

记得在某一部笔记上读到过一个故事。某书生在阳间善于拍
马。死后见到阎王爷，他知道阴间同阳间不同，阎王爷威严猛烈，
动不动就让死鬼上刀山，入油锅。他连忙跪在阎王爷座前，坦白
承认自己在阳间的所作所为，说到动情处，声泪俱下。他恭颂阎
王爷执法严明，不给人拍马的机会。这时阎王爷忽然放了一个响

屁。他跪行向前，高声论道："伏惟大王洪宣宝屁，声若洪钟，气比兰麝。"于是阎王爷"龙"颜大悦，既不罚他上刀山，也没罚他入油锅，生前的罪孽，一笔勾销，让他转生去也。

笑话归笑话，事实还是事实，人世间这种情况还少吗？古今皆然，中外同归。中国古典小说中，有很多很多的靠拍马屁趋炎附势的艺术形象。《今古奇观》里面有，《红楼梦》里面有，《儒林外史》里面有，最集中的是《官场现形记》和《二十年目睹之怪现状》。

在尘世间，一个人的荣华富贵，有的甚至如昙花一现。一旦失意，则如树倒猢狲散，那些得意时对你趋附的人，很多会远远离开你，这也罢了。个别人会"反戈一击"，想置你于死地，对新得意的人趋炎附势。这种人当然是极少极少的，然而他们是人类社会的蛀虫，我们必须高度警惕。

我国的传统美德，对这种蛀虫，是深恶痛绝的。孟子说："胁肩谄笑，病于夏畦。"我在上面列举的小说中，之所以写这类蛀虫，绝不是提倡鼓励，而是加以鞭笞，给我们竖立一面反面教员的镜子。我们都知道，反面教员有时候是能起作用的，有了反面，才能更好地、更鲜明地凸出正面。这大大有利于发扬我国优秀的道德传统。

159

1997 年 3 月 27 日

漫谈出国

（作为一个人，必须有点骨气。作为一个穷国的人，骨气就表现在要把自己的国家弄好。）

当前，在青年中，特别是大学生中，一片出国热颇为流行。已经考过托福或 GRE 的人比比皆是，准备考试者人数更多。在他们心目中，外国，特别是太平洋对岸的那个大国，简直像佛经中描绘的宝渚一样，到处是黄金珠宝，有四时不谢之花，八节长春之草，宛如人间仙境，地上乐园。

遥想六七十年前，当我们这一辈人还在念大学的时候，也流行着一股强烈的出国热。那时出国的道路还不像现在这样宽阔，可能性很小，竞争性极强，这反而更增强了出国热的热度。古人说："凡所难求皆绝好，及能如愿便平常。""难求"是事实，"如愿"则渺茫。如果我们能有"前知五百年，后知五百年"的神通，我们当时真会十分羡慕今天的青年了。

但是，倘若谈到出国的动机，则当时和现在有如天渊之别。我们出国的动机，说得冠冕堂皇一点就是想科学救国；说得坦白直率一点则是出国"镀金"，回国后抢得一只好饭碗而已。我们绝没有幻想使居留证变成绿色，久留不归，异化为外国人。我这话毫无贬意。一个人的国籍并不是不能改变的。说句不好听的话，国籍等于公园的门票，人们在里面玩够了，可以随时走出来的。

但是，请读者注意，我这样说，只有在世界各国的贫富方面都完全等同的情况下，才能体现其真实意义，直白地说就是，人们不是为了寻求更多的福利才改变国籍的。

可是眼前的情况怎样呢？眼前是全世界国家贫富悬殊有如天壤，一个穷国的人民追求到一个富国去落户，难免有追求福利之嫌。到了那里确实比在家里多享些福；但是也难免被人看作第几流公民，嗟来之食的味道有时会极丑恶的。

但是，我不但不反对出国，而是极端赞成。出国看一看，能扩大人们的视野，大有利于自己的学习和工作。可是我坚决反对像俗话所说的那样："牛肉包子打狗，一去不回头。"我一向主张，作为一个人，必须有点骨气。作为一个穷国的人，骨气就表现在要把自己的国家弄好，别人能富，我们为什么就不能呢？如果连点硬骨头都没有，这样的人生岂不大可哀哉！

专就中国而论，我并不悲观。中国人民的爱国主义是根深蒂固的，这都是几千年来的历史环境造成的，不是天上掉下来的。现在中国人出国的极多，即使有的已经取得外国国籍；我相信，他们仍然有一颗中国心。

1998 年 11 月 12 日

关于人的素质的几点思考 [a]

（个人的修养与实践。）

一　我们当前所面临的形势

谈问题必须从实际出发，这几乎成了一个常识。谈人的素质又何能例外？

在这方面，我们，包括大陆和台湾，甚至全世界，我们所面临的形势怎样呢？我觉得，法鼓人文社会学院的"通告"中说得简洁而又中肯：

> 识者每以今日的社会潜伏下列诸问题为忧：即功利气息弥漫，只知夺取而缺乏奉献和服务的精神；大家对社会关怀不够，环境日益恶化；一般人虽受相当教育，但缺乏判断是非善恶的能力；科技教育与人文教育未能整合，阻碍教育整体发展，亦且影响学生健全人格的养成。

162

---

a　本文是作者在台北法鼓人文社会学院召开的"人文关怀与社会实践系列——人的素质学术研究会"上的讲话。

这些话都切中时弊。

在这里，我想补充上几句。

我们眼前正处在20世纪的世纪末和千纪末中。"世纪"和"千纪"都是人为地创造出来的；但是，一旦创造出来，它似乎就对人类活动产生了影响。19世纪的世纪末可以为鉴，当前的这一个世纪末，也不例外。在政治、经济等方面所发生的巨大变化，有目共睹。我特别想指出环境保护等方面的令人触目惊心的情况。这些都与西方科学技术的发展密切相联。

西方自产业革命以后，科技飞速发展。生产力解放之后，远迈前古，结果给全体人类带来了极大的意想不到的福利。这一点是无论如何也否认不掉的。但是同时也带来了同样是想不到的弊端或者危害，比如空气污染、海河污染、生态平衡破坏、一些动植物灭种、环境污染、臭氧层出洞、人口爆炸、淡水资源匮乏、新疾病产生，如此等等，不一而足。这些灾害中任何一项如果避免不了，祛除不掉，则人类生存前途就会受到威胁。所以，现在全世界有识之士以及一些政府，都大声疾呼，注意环保工作。这实在值得我们钦佩。

英国浪漫主义诗人雪莱（Shelley）以诗人的惊人的敏感，在19世纪初叶，正当西方工业发展如火如荼地上升的时候，在他所著的于1821年出版的《诗辨》中，就预见到它能产生的恶果，他不幸而言中，他还为这种恶果开出了解救的药方：诗与想象力，再加上一个爱。这也实在值得我们佩服。

眼前的这一个世纪末，实在是人类历史上一个空前的大动荡

163

大转轨的时代。在这样的时机中，我们平常所说的"代沟"空前地既深且广。老少两代人之间的隔阂十分严峻。有人把现在年轻的一代人称为"新人类"，据说日本也有这个词儿，这个词儿意味深长。

二 人的天性或本能

我们就处在这样的环境条件下来探讨人的天性的一些想法。

两千多年以来，中国哲学史上始终有一个争论不休的问题：性善与性恶。孟子主性善，荀子主性恶，这是众所周知的事实。两说各有拥护者和反对者，中立派就主张性无善无恶说。我个人的看法接近此说，但又不完全相同。如果让我摆脱骑墙派的立场，说出真心话的话，我赞成性恶说，然则根据何在呢？

由于行当不对头——我重点摘的是古代佛教历史、中亚古代语文、佛教史、中印和中外文化交流史等——我对生理学和心理学所知甚微。根据我多年的观察与思考，我觉得，造物主或天或大自然，一方面赋予人和一切生物（动植物都在内）以极强烈的生存欲，另一方面又赋予它们极强烈的发展扩张欲。一棵小草能在砖石重压之下，以惊人的毅力，钻出头来，真令我惊叹不止。一尾鱼能产上百上千的卵，如果每一个卵都能长成鱼，则湖海有朝一日会被鱼填满。植物无灵，但有能，它想尽办法，让自己的种子传播出去。类似的例子，举不胜举。但是，与此同时，造物主又制造某些动植物的天敌，大鱼吃小鱼，小鱼吃虾米，猫吃老鼠，等等，等等，总之是，一方面让你生存发展，一方面又遏止你生存发展，以此来保持物种平衡，人和动植物的平衡。这是造物主给生物开玩笑。老子说："天地不仁，以万物为刍狗。"意思与此差为相近。如此说来，荀子的性恶说能说没有根据吗？荀子说："人之性恶，其善者伪也。""伪"字在这里有"人为"的意思，不全是"假"。总之，这说法比孟子性善说更能说得过去。

三　道德问题

说到这里，我认为可以谈道德问题了。道德讲善恶，讲好坏，讲是非，等等。那么，什么是善，是好，是坏呢？根据我上面的说法，我们可以说：自己生存，也让别的人或动植物生存，这就是善。只考虑自己生存，不考虑别人生存，这就是恶。《三国演义》中说曹操有言："只教我负天下人，不教天下人负我。"这是典型的恶。要一个人不为自己的生存考虑，是不可能的，是违反人性的。只要能做到既考虑自己也考虑别人，这一个人就算及格了，考虑别人的百分比愈高，则这个人的道德水平也就愈高。百分之百考虑别人，所谓"毫不利己，专门利人"，是做不到的，那极少数为国家、为别人牺牲自己性命的，用一个哲学家的现成的话来说是出于"正义行动"。

只有人类这个"万物之灵"才能做到既为自己考虑，也能考虑到别人的利益。一切动植物是绝对做不到的，它们根本没有思维能力。它们没有自律，只有他律，而这他律就来自大自然或者造物主。人类能够自律，但也必须辅之以他律。康德所谓"消极义务"，多来自他律。他讲的"积极义务"，则多来自自律。他

165

律的内容很多，比如社会舆论、道德教条等等都是。而最明显的则是公安局、检察机构、法院。

　　说到这里，我想把话题扯远一点，才能把我想说的问题说明白。

　　人生于世，必须处理好三个关系：一、人与大自然的关系，那也称之为"天人关系"；二、人与人的关系，也就是社会关系；三、人自己的关系，也就是个人思想感情矛盾与平衡的问题。这三个关系处理好，人就幸福愉快；否则就痛苦。在处理第一个关系时，也就是天人关系时，东西方，至少在指导思想方向上截然不同。西方主"征服自然"（to conquer the nature），《天演论》的"物竞天择，适者生存"，即由此而出。但是天或大自然是能够报复的，能够惩罚的。你"征服"得过了头，它就报复。比如砍伐森林，砍光了森林，气候就受影响，洪水就泛滥。世界各地都有例可证。今年大陆的水灾，根本原因也在这里。这只是一个小例子，其余可依此类推。学术大师钱穆先生一生最后一篇文章《中国文化对人类未来可有的贡献》，讲的就是"天人合一"的问题，我冒昧地在钱老文章的基础上写了两篇补充的文章，我复印了几份，呈献给大家，以求得教正。"天人合一"是中国哲学史上一个重要命题，解释纷纭，莫衷一是。钱老说："我曾说'天人合一'论，是中国文化对人类最大的贡献。"我的补充明确地说，"天人合一"就是人与大自然要合一，要和平共处，不要讲征服与被征服。西方近二百年以来，对大自然征服不已，西方人以"天之骄子"自居，骄横不可一世，结果就产生了我在上文第一章里补充的那一些弊端或灾害。钱宾四先生文章中讲的"天"似乎重点是"天命"，我的"新解"，"天"是指的大自然。这种人与大自然要和谐相处的思想，不仅仅是中国思想的特征，也是东方各国思想的特征。这是东西文化思想分道扬镳的地方。在中国，表现这种思想最明确的无过于宋代大儒张载，他在《西铭》中说："民，吾同胞；物，吾与也。""物"指的是天地万物。佛教思想中也有"天人合一"的因素，韩国吴亨根教授曾明确地指出这一点来。佛教基本教规之一的"五戒"中就有戒杀生一条，同中国"物与"思想一脉相通。

四　修养与实践问题

我体会，圣严法师之所以不惜人力和物力召开这样一个规模宏大的会议，大陆暨香港地区，以及台湾的许多著名的学者专家之所以不远千里来此集会，决不会是让我们坐而论道的。道不能不论，不论则意见不一致，指导不明确，因此不论是不行的。但是，如果只限于论，则空谈无补于实际，没有多大意义。况且，圣严法师为法鼓人文社会学院明定宗旨是"提升人的品质，建设人间净土"。这次会议的宗旨恐怕也是如此。所以，我们在议论之际，也必须想出一些具体的办法。这样会议才能算是成功的。

167

我在本文第一章中已经讲到过，我们中国和全世界所面临的形势是十分严峻的。钱穆先生也说："近百年来，世界人类文化所宗，可说全在欧洲。最近五十年，欧洲文化近于衰落，此下不能再为世界人类文化向往之宗主。所以可说，最近乃人类文化之衰落期。此下世界文化又将何所向往？这是今天我们人类最值得重视的现实问题。"可谓慨乎言之矣。

我就在面临这样严峻的情况下提出了修养和实践问题的，也可以称之为思想与行动的关系，二者并不完全一样。

所谓修养，主要是指思想问题、认识问题、自律问题，他律有时候也是难以避免的。在大陆上，帮助别人认识问题，叫做"做思想工作"。一个人遇到疑难，主要靠自己来解决，首先在思想上解决了，然后才能见诸行动，别人的点醒有时候也起作用。佛教禅宗主张"顿悟"。觉悟当然主要靠自己，但是别人的帮助有时也起作用。禅师的一声断喝，一记猛掌，一句狗屎橛，也能起振聋发聩的作用。宋代理学家有一个克制私欲的办法。清尹铭绶《学见举隅》中引朱子的话说：

> 前辈有俗澄治思虑者，于坐处置两器，每起一善念，则投白豆一粒于器中；每起一恶念，则投黑豆一粒于器中，初时黑豆多，白豆少，后来随不复有黑豆，最后则验白豆亦无之矣。然此只是个死法，若更加以读书穷理的工夫，那去那般不正作当底思虑，何难之有？

这个方法实际上是受了佛经的影响。《贤愚经》卷十三，（六七）优波提品第六十讲到一个"系念"的办法：

> 以白黑石子，用当等于筹算。善念下白，恶念下黑。

优波提奉受其教，善恶之念，辄投石子。初黑偶多，白者甚少。渐渐修习，白黑正等。系念不止。更无黑石，纯有白者。善念已盛，逮得初果。（《大正新修大藏经》，第四卷，页四四二下）

这与朱子说法几乎完全一样，区别只在豆与石耳。

这个做法究竟有多大用处，我们且不去谈。两个地方都讲善念、恶念。什么叫善？什么叫恶？中印两国的理解恐怕很不一样。中国的宋儒不外孔孟那些教导，印度则是佛教教义。我自己对善恶的看法，上面已经谈过。要系念，我认为，不外是放纵本性与遏制本性的斗争而已。为什么要遏制本性？目的是既让自己活，也让别人活。因为如果不这样做的话，则社会必然乱了套，就像现代大城市里必然有红绿灯一样，车往马来，必然要有法律和伦理教条。宇宙间，任何东西，包括人与动植物，都不允许有"绝对自由"。为了宇宙正常运转，为了人类社会正常活动，不得不尔也。对动植物来讲，它们不会思考，不能自律，只能他律。人为万物之灵，是能思考、能明辨是非的动物，能自律，但也必济之以他律。朱子说，这个系念的办法是个"死法"，光靠它是不行的，还必须读书穷理，才能去掉那些不正当的思虑。读书当然是有益的，但却不能只限于孔孟之书；穷理也是好的，但标准不能只限于孔孟之道。特别是在今天，在一个新世纪即将来临之际，眼光更要放远。

眼光怎样放远呢？首先要看到当前西方科技所造成的弊端，

人类生存前途已处在危机中。世人昏昏，我必昭昭。我们必须力矫西方"征服自然"之弊，大力宣扬东方"天人合一"的思想，年轻人更应如此。

以上主要讲的是修养。光修养还是很不够的，还必须实践，也就是行动，最好能有一个信仰，宗教也好，什么主义也好；但必须虔诚、真挚。这里存不得半点虚假成分。我们不妨先从康德的"消极义务"做起：不污染环境、不污染空气、不污染河湖、不胡乱杀生、不破坏生态平衡、不砍伐森林，还有很多"不"。这些"消极义务"能产生积极影响。这样一来，个人的修养与实践、他人的教导与劝说，再加上公、检、法的制约，本文第一章所讲的那一些弊害庶几可以避免或减少，圣严法师所提出的希望庶几能够实现，我们同处于"人间净土"中。"挽狂澜于既倒"，事在人为。

1999 年 3 月 29 日

成　功

（我希望，大家都能拿出"衣带渐宽终不悔"的精神来从事做学问或干事业，这是成功的必由之路。）

什么叫成功？顺手拿过一本《现代汉语词典》，上面写道："成功，获得预期的结果。"言简意赅，明白之至。

但是，谈到"预期"，则错综复杂，纷纭混乱。人人每时每刻每日每月都有大小不同的预期，有的成功，有的失败，总之是无法界定，也无法分类，我们不去谈它。

我在这里只谈成功，特别是成功之道。这又是一个极大的题目，我却只是小做。积七八十年之经验，我得到下面这个公式：

$$天资 + 勤奋 + 机遇 = 成功$$

"天资"，我本来想用"天才"，但天才是个稀见现象，其中不少是"偏才"，所以我弃而不用，改用"天资"，大家一看就明白。这个公式实在过分简单化了，但其中的含义是清楚的。搞得太繁琐，反而不容易说清楚。

谈到天资，首先必须承认，人与人之间天资是不同的，这是一个事实，谁也否定不掉。"十年浩劫"中，自命天才的人居然号召大批天才。葫芦里卖的是什么药，至今不解。到了今天，学术界和文艺界自命天才的人颇不稀见，我除了羡慕这些人"自我感觉过分良好"外，不敢赞一词。对于自己的天资，我看，还是客观一点好，实事求是一点好。

至于勤奋，一向为古人所赞扬。囊萤、映雪、悬梁、刺股等故事流传了千百年，家喻户晓。韩文公的"焚膏油以继晷，恒兀兀以穷年"，更为读书人所向往。如果不勤奋，则天资再高也毫无用处。事理至明，无待饶舌。

谈到机遇，往往被人所忽视。它其实是存在的，而且有时候影响极大。就以我为例，如果清华不派我到德国去留学，则我的一生完全不会像现在这个样子。

把成功的三个条件拿来分析一下，天资是由"天"来决定的，我们无能为力。机遇是不期而来的，我们无能为力。只有勤奋一项是我们自己决定的，我们必须在这一项上狠下功夫。在这里，古人的教导也多得很。还是先举韩文公。他说："业精于勤，荒于嬉；行成于思，毁于随。"这两句话是大家都熟悉的。

王静安在《人间词话》中说："古今之成大事业、大学问者，必须经过三种之境界：'昨夜西风凋碧树，独上高楼，望尽天涯路。'此第一境也。'衣带渐宽终不悔，为伊消得人憔悴。'此第二境也。'众里寻他千百度，回头蓦见，那人正在，灯火阑珊处。'此第三境也。"静安先生第一境写的是预期。第二境写的是勤奋。第三境写的是成功。其中没有写天资和机遇。我不敢说，这是他的疏漏，因为写的角度不同。但是，我认为，补上天资与机遇，似更为全面。我希望，大家都能拿出"衣带渐宽终不悔"的精神来从事做学问或干事业，这是成功的必由之路。

2000 年 1 月 7 日

缘分与命运

（尽人事而听天命。）

　　缘分与命运本来是两个词儿，都是我们口中常说，文中常写的。但是，仔细琢磨起来，这两个词儿涵义极为接近，有时达到了难解难分的程度。

　　缘分和命运可信不可信呢？

　　我认为，不能全信，又不可不信。

　　我决不是为算卦相面的"张铁嘴"、"王半仙"之流的骗子来张目。算八字算命那一套骗人的鬼话，只要一个异常简单的事实就能揭穿。试问普天之下——番邦暂且不算，因为老外那里没有这套玩意儿——同年，同月，同日，同时生的孩子有几万，几十万，他们一生的经历难道都能够绝对一样吗？绝对地不一样，倒近于事实。

　　可你为什么又说，缘分和命运不可不信呢？

　　我也举一个异常简单的事实。只要你把你最亲密的人，你的老伴——或者"小伴"，这是我创造的一个名词儿，年轻的夫妻之谓也——同你自己相遇，一直到"有情人终成眷属"的经过回想一下，便立即会同意我的意见。你们可能是一个生在天南，一个生在海北，中间经过了不知道多少偶然的机遇，有的机遇简直是间不容发，稍纵即逝，可终究没有错过，你们到底走到一起来了。即使是青梅竹马的关系，也同样有个"机遇"的问题。这种"机遇"是报纸上的词，哲学上的术语是"偶然性"，老百姓嘴里就叫做"缘分"或"命运"。这种情况，谁能否认，又谁能解释呢？没有办法，只好称之为缘分或命运。

北京西山深处有一座辽代古庙，名叫"大觉寺"。此地有崇山峻岭，茂林流泉，有三百年的玉兰树，二百年的藤萝花，是一个绝妙的地方。将近二十年前，我骑自行车去过一次。当时古寺虽已破败，但仍给我留下了深刻的印象，至今忆念难忘。去年春末，北大中文系的毕业生欧阳旭邀我们到大觉寺去剪彩。原来他下海成了颇有基础的企业家。他毕竟是书生出身，念念不忘为文化做贡献。他在大觉寺里创办了一个明慧茶院，以弘扬中国的茶文化。我大喜过望，准时到了大觉寺。此时的大觉寺已完全焕然一新，雕梁画栋，金碧辉煌，玉兰已开过而紫藤尚开，品茗观茶道表现，心旷神怡，浑然欲忘我矣。

将近一年以来，我脑海中始终有一个疑团：这个英年歧嶷的小伙子怎么会到深山里来搞这么一个茶院呢？前几天，欧阳旭又邀我们到大觉寺去吃饭。坐在汽车上，我不禁向他提出了我的问题。他莞尔一笑，轻声说："缘分！"原来在这之前他携伙伴郊游，黄昏迷路，撞到大觉寺里来。爱此地之清幽，便租了下来，加以装修，创办了明慧茶院。

此事虽小，可以见大。信缘分与不信缘分，对人的心情影响是不一样的。信者胜可以做到不骄，败可以做到不馁，决不至胜则忘乎所以，败则怨天尤人。中国古话说："尽人事而听天命。"首先必须"尽人事"，否则馅儿饼决不会自己从天上落到你嘴里来。但又必须"听天命"。人世间，波诡云谲，因果错综。只有能做到"尽人事而听天命"，一个人才能永远保持心情的平衡。

1998 年 1 月 16 日

牵就与适应

（我们须"适应"，但不能"牵就"。）

牵就，也作"迁就"和"适应"，是我们说话和行文时常用的两个词儿。含义颇有些类似之处；但是，一仔细琢磨，二者间实有差别，而且是原则性的差别。

根据词典的解释，《现代汉语词典》注"牵就"为"迁就"和"牵强附会"。注"迁就"为"将就别人"，举的例是："坚持原则，不能迁就。"注"将就"为"勉强适应不很满意的事物或环境"。举的例是"衣服稍微小一点，你将就着穿吧！"注"适应"为"适合（客观条件或需要）"。举的例子是"适应环境"。"迁就"这个词儿，古书上也有，《辞源》注为"舍此取彼，委曲求合"。

我说，二者含义有类似之处，《现代汉语词典》注"将就"一词时就使用了"适应"一词。

词典的解释，虽然头绪颇有点乱；但是，归纳起来，"牵就（迁就）"和"适应"这两个词儿的含义还是清楚的。"牵就"的宾语往往是不很令人愉快、令人满意的事情。在平常的情况下，这种事情本来是不能或者不想去做的。极而言之，有些事情甚至是违反原则的，违反做人的道德的，当然完全是不能去做的。但是，迫于自己无法掌握的形势；或者出于利己的私心；或者由于其他的什么原因，非做不行，有时候甚至昧着自己的良心，自己也会感到痛苦的。

根据我个人的语感，我觉得，"牵就"的根本含义就是这样，词典上并没有说清楚。

但是，又是根据我个人的语感，我觉得，"适应"同"牵就"是不相同的。我们每一个人都会经常使用"适应"这个词儿的。不过在大多数的情况下，我们都是习而不察。我手边有一本沈从文先生的《花花朵朵坛坛罐罐》，汪曾祺先生的"代序：沈从文转业之谜"中有一段话说："一切终得变，沈先生是竭力想适应这种'变'的。"这种"变"，指的是解放。沈先生写信给人说："对于过去种种，得决心放弃，从新起始来学习。这个新的起始，并不一定即能配合当前需要，惟必能把握住一个进步原则来肯定，来完成，来促进。"沈从文先生这个"适应"，是以"进步原则"来适应新社会的。这个"适应"是困难的，但是正确的。我们很多人在解放初期都有类似的经验。

再拿来同"牵就"一比较，两个词儿的不同之处立即可见。"适应"的宾语，同"牵就"不一样，它是好的事物，进步的事物；即使开始时有点困难，也必能心悦诚服地予以克服。在我们的一生中，我们会经常不断地遇到必须"适应"的事务，"适应"成功，我们就有了"进步"。

简截说：我们须"适应"，但不能"牵就"。

1998 年 2 月 4 日

178

谦虚与虚伪

（虚怀若谷，如果是真诚的话，它会促你永远学习，永远进步。）

在伦理道德的范畴中，谦虚一向被认为是美德，应该扬。而虚伪则一向被认为是恶习，应该抑。

然而，究其实际，二者间有时并非泾渭分明，其区别间不容发。谦虚稍一过头，就会成为虚伪。我想，每个人都会有这种体会的。

在世界文明古国中，中国是提倡谦虚最早的国家。在中国最古的经典之一的《尚书·大禹谟》中就已经有了"满招损，谦受益，时（是）乃天道"这样的教导，把自满与谦虚提高到"天道"的水平，可谓高矣。从那以后，历代的圣贤无不张皇谦虚，贬抑自满。一直到今天，我们常用的词汇中仍然有一大批与"谦"字有联系的词儿，比如"谦卑"、"谦恭"、"谦和"、"谦谦君子"、"谦让"、"谦顺"、"谦虚"、"谦逊"等等，可见"谦"字之深入人心，久而愈彰。

我认为，我们应当提倡真诚的谦虚，而避免虚伪的谦虚，后者与虚伪间不容发矣。

可是在这里我们就遇到了一个拦路虎：什么叫"真诚的谦虚"？什么又叫"虚伪的谦虚"？两者之间并非泾渭分明，简直可以说是因人而异，因地而异，因时而异，掌握一个正确的分寸难于上青天。

最突出的是因地而异，"地"指的首先是东方和西方。在东方，比如说中国和日本，提到自己的文章或著作，必须说是"拙作"或"拙文"。在西方各国语言中是找不到相当的词儿的。尤有甚者，甚至可能产生误会。中国人请客，发请柬必须说"洁治菲酌"，不了解东方习惯的西方人就会满腹疑团：为什么单单用"不丰盛的宴席"来请客呢？日本人送人礼品，往往写上"粗品"二字，西方人又会问：为什么不用"精品"来送人呢？在西方，对老师，对朋友，必须说真话，会多少，就说多少。如果你说，这个只会一点点儿，那个只会一星星儿，他们就会信以为真，在东方则不会。这有时会很危险的。至于吹牛之流，则为东西方同样所不齿，不在话下。

可是怎样掌握这个分寸呢？我认为，在这里，真诚是第一标准。虚怀若谷，如果是真诚的话，它会促你永远学习，永远进步。有的人永远"自我感觉良好"，这种人往往不能进步。康有为是一个著名的例子。他自称，年届而立，天下学问无不掌握。结果说康有为是一个革新家则可，说他是一个学问家则不可。较之乾嘉诸大师，甚至清末民初诸大师，包括他的弟子梁启超在内，他在学术上是没有建树的。

总之，谦虚是美德，但必须掌握分寸，注意东西。在东方谦虚涵盖的范围广，不能施之于西方，此不可不注意者。然而，不管东方或西方，必须出之以真诚。有意的过分的谦虚就等于虚伪。

1998 年 10 月 3 日

走运与倒霉

（走运时，要想到倒霉，不要得意过了头；倒霉时，要想到走运，不必垂头丧气。）

　　走运与倒霉，表面上看起来，似乎是绝对对立的两个概念。世人无不想走运，而决不想倒霉。

　　其实，这两件事是有密切联系的，互相依存的，互为因果的。说极端了，简直是一而二二而一者也。这并不是我的发明创造。两千多年前的老子已经发现了，他说："祸兮福之所倚，福兮祸之所伏，孰知其极？其无正。"老子的"福"就是走运，他的"祸"就是倒霉。

　　走运有大小之别，倒霉也有大小之别，而二者往往是相通的。走的运越大，则倒的霉也越惨，二者之间成正比。中国有一句俗话说："爬得越高，跌得越重。"形象生动地说明了这种关系。

　　吾辈小民，过着平平常常的日子，天天忙着吃、喝、拉、撒、睡；操持着柴、米、油、盐、酱、醋、茶。有时候难免走点小运，有的是主动争取来的，有的是时来运转，好运从天上掉下来的。高兴之余，不过喝上二两二锅头，飘飘然一阵了事。但有时又难免倒点小霉，"闭门家中坐，祸从天上来"，没有人去争取倒霉的。倒霉以后，也不过心里郁闷几天，对老婆孩子发点小脾气，转瞬就过去了。

但是，历史上和眼前的那些大人物和大款们，他们一身系天下安危，或者系一个地区、一个行当的安危。他们得意时，比如打了一个大胜仗，或者倒卖房地产、炒股票，发了一笔大财，意气风发，踌躇满志，自以为天上天下，唯我独尊。"固一世之雄也"，怎二两二锅头了得！然而一旦失败，不是自刎乌江，就是从摩天高楼跳下，"而今安在哉！"

从历史上到现在，中国知识分子有一个"特色"，这在西方国家是找不到的。中国历代的诗人、文学家，不倒霉则走不了运。司马迁在《太史公自序》中说："昔西伯拘羑里，演《周易》；孔子厄陈蔡，作《春秋》；屈原放逐，著《离骚》；左丘失明，厥有《国语》；孙子膑脚，而论兵法；不韦迁蜀，世传《吕览》；韩非囚秦，《说难》、《孤愤》；《诗》三百篇，大抵贤圣发愤之所为作也。"司马迁算的这个总账，后来并没有改变。汉以后所有的文学大家，都是在倒霉之后，才写出了震古烁今的杰作。像韩愈、苏轼、李清照、李后主等等一批人，莫不皆然。从来没有过状元宰相成为大文学家的。

了解了这一番道理之后，有什么意义呢？我认为，意义是重大的。它能够让我们头脑清醒，理解祸福的辩证关系；走运时，要想到倒霉，不要得意过了头；倒霉时，要想到走运，不必垂头丧气。心态始终保持平衡，情绪始终保持稳定，此亦长寿之道也。

1998 年 11 月 2 日

有为有不为

（勿以善小而不为，勿以恶小而为之。）

"为"，就是"做"。应该做的事，必须去做，这就是"有为"。不应该做的事必不能做，这就是"有不为"。

在这里，关键是"应该"二字。什么叫"应该"呢？这有点像仁义的"义"字。韩愈给"义"字下的定义是"行而宜之之谓义"。"义"就是"宜"，而"宜"就是"合适"，也就是"应该"，但问题仍然没有解决。要想从哲学上，从伦理学上，说清楚这个问题，恐怕要写上一篇长篇论文，甚至一部大书。我没有这个能力，也认为根本无此必要。我觉得，只要诉诸一般人都能够有的良知良能，就能分辨清是非善恶了，就能知道什么事应该做，什么事不应该做了。

中国古人说："勿以善小而不为，勿以恶小而为之。"可见善恶是有大小之别的，应该不应该也是有大小之别的，并不是都在一个水平上。什么叫大，什么叫小呢？这里也用不着烦琐的论证，只须动一动脑筋，睁开眼睛看一看社会，也就够了。

小恶、小善，在日常生活中随时可见，比如，在公共汽车上给老人和病人让座，能让，算是小善；不能让，也只能算是小恶，够不上大逆不道。然而，从那些一看到有老人或病人上车就立即装出闭目养神的样子的人身上，不也能由小见大看出了社会道德的水平吗？

至于大善大恶，目前社会中也可以看到，但在历史上却看得更清楚。比如宋代的文天祥。他为元军所房。如果他想活下去，屈膝投敌就行了，不但能活，而且还能有大官做，最多是在身后被列入"贰臣传"，"身后是非谁管得"，管那么多干嘛呀。然而他却高赋《正气歌》，从容就义，留下英名万古传，至今还在激励着我们全国人民的爱国热情。

通过上面举的一个小恶的例子和一个大善的例子，我们大概对大小善和大小恶能够得到一个笼统的概念了。凡是对国家有利，对人民有利，对人类发展前途有利的事情就是大善，反之就是大恶。凡是对处理人际关系有利，对保持社会安定团结有利的事情可以称之为小善，反之就是小恶。大小之间有时难以区别，这只不过是一个大体的轮廓而已。

大小善和大小恶有时候是有联系的。俗话说："千里之堤，溃于蚁穴。"拿眼前常常提到的贪污行为而论，往往是先贪污少量的财物，心里还有点打鼓。但是，一旦得逞，尝到甜头，又没被人发现，于是胆子越来越大，贪污的数量也越来越多，终至于一发而不可收拾，最后受到法律的制裁，悔之晚矣。也有个别的识时务者，迷途知返，就是所谓浪子回头者，然而难矣哉！

我的希望很简单，我希望每个人都能有为有不为。一旦"为"错了，就毅然回头。

2001 年 2 月 23 日

184

糊涂一点，潇洒一点
（提高人们的和为贵的精神。）

最近一个时期，经常听到人们的劝告：要糊涂一点，要潇洒一点。

关于第一点糊涂问题，我最近写过一篇短文《难得糊涂》。在这里，我把糊涂分为两种，一个叫真糊涂，一个叫假糊涂。普天之下，绝大多数的人，争名于朝，争利于市。尝到一点小甜头，便喜不自胜，手舞足蹈，心花怒放，忘乎所以。碰到一个小钉子，便忧思焚心，眉头紧皱，前途暗淡，哀叹不已。这种人滔滔者天下皆是也。他们是真糊涂，但并不自觉。他们是幸福的，愉快的，愿老天爷再向他们降福。

至于假糊涂或装糊涂，则以郑板桥的"难得糊涂"最为典型。郑板桥一流的人物是一点也不糊涂的。但是现实的情况又迫使他们非假糊涂或装糊涂不行。他们是痛苦的。我祈祷老天爷赐给他们一点真糊涂。

谈到潇洒一点的问题，首先必须对这个词儿进行一点解释。这个词儿圆融无碍，谁一看就懂，再一追问就糊涂。给这样一个词儿下定义，是超出我的能力的。还是查一下词典好。《现代汉语词典》的解释是："（神情、举止、风貌等）自然大方、有韵致，不拘束。"看了这个解释，我吓了一跳。什么"神情"，什么"风貌"，又是什么"韵致"，全是些抽象的东西，让人无法把握。这怎么能同我平常理解和使用的"潇洒"挂上钩呢？我是主张模糊语言的，现在就让"潇洒"这个词儿模糊一下吧。我想到中国六朝时代一些当时名士的举动，特别是《世说新语》等书所记载的，比如刘伶的"死便埋我"，什么雪夜访戴，等等，应该算是"潇洒"吧。可我立刻又想到，这些名士，表面上潇洒，实际上心中如焚，时时刻刻担心自己的脑袋。有的还终于逃不过去，嵇康就是一个著名的例子。

写到这里，我的思维活动又逼迫我把"潇洒"，也像糊涂一样，分为两类：一真一假。六朝人的潇洒是装出来的，因而是假的。

这些事情已经"俱往矣"，不大容易了解清楚。我举一个现代的例子。上一个世纪30年代，我在清华读书的时候，一位教授（姑隐其名）总想充当一下名士，潇洒一番。冬天，他穿上锦缎棉袍，下面穿的是锦缎棉裤，用两条彩色丝带把棉裤紧紧地系在腿的下部。头上头发也故意不梳得油光发亮。他就这样飘飘然走进课堂，顾影自怜，大概十分满意。在学生们眼中，他这种矫揉造作的潇洒，却是丑态可掬，辜负了他一番苦心。

同这位教授唱对台戏的——当然不是有意的——是俞平伯先生。有一天，平伯先生把脑袋剃了个精光，高视阔步，昂然从城内的住处出来，走进了清华园。园中几千人中这是唯一的一个精光的脑袋，见者无不骇怪，指指点点，窃窃私议，而平伯先生则全然置之不理，照样登上讲台，高声朗诵宋代名词，摇头晃脑，怡然自得。朗诵完了，连声高呼："好！好！就是好！"此外再没有别的话说。古人说"是真名士自风流。"同那位教英文的教授一比，谁是真风流，谁是假风流；谁是真潇洒，谁是假潇洒，昭然呈现于光天化日之下。

这一个小例子，并没有什么深文奥义，只不过是想辨真伪而已。

为什么人们提倡糊涂一点，潇洒一点呢？我个人觉得，这能提高人们的和为贵的精神，大大地有利于安定团结。

写到这里，这一篇短文可以说是已经写完了。但是，我还想加上一点我个人的想法。

当前，我国举国上下，争分夺秒，奋发图强，巩固我们的政治，发展我们的经济，期能在预期的时间内建成名副其实的小康社会。哪里容得半点糊涂、半点潇洒！但是，我们中国人一向是按照辩证法的规律行动的。古人说："文武之道，一张一弛。"有张无弛不行，有弛无张也不行。张弛结合，斯乃正道。提倡糊涂一点，潇洒一点，正是为了达到这个目的的。

2002 年 12 月 28 日

反躬自省

（我给自己的评价是：一个平平常常的好人，但不是一个不讲原则的滥好人。）

每一个人都有一个自我，自我当然离自己最近，应该最容易认识。事实证明正相反，自我最不容易认识。所以古希腊人才发出了 Know thyself 的惊呼。一般的情况是，人们往往把自己的才能、学问、道德、成就等等评估过高，永远是自我感觉良好。这对自己是不利的，对社会也是有害的。许多人事纠纷和社会矛盾由此而生。

不管我自己有多少缺点与不足之处，但是认识自己，我是颇能做到一些的。我经常剖析自己。想回答："自己究竟是一个什么样的人？"这样一个问题。我自信是能够客观地实事求是地进行分析的。我认为，自己决不是什么天才，决不是什么奇才异能之士，自己只不过是一个中不溜丢的人；但也不能说是蠢材。我说不出，自己在哪一方面有什么特别的天赋。绘画和音乐我都喜欢，但都没有天赋。在中学读书时，在课堂上偷偷地给老师画像，我的同桌同学画得比我更像老师，我不得不心服。我羡慕许多同学都能拿出一手儿来，唯独我什么也拿不出。

我想在这里谈一谈我对天才的看法。在世界和中国历史上，确实有过天才，我都没能够碰到。但是，在古代，在现代，在中国，在外国，自命天才的人却层出不穷。我也曾遇到不少这样的人。他们那一副自命不凡的天才相，令人不敢向迩。别人嗤之以鼻，而这些"天才"则巍然不动，挥斥激扬，乐不可支。此种人物列入《儒林外史》是再合适不过的。我除了敬佩他们的脸皮厚之外，无话可说。我常常想，天才往往是偏才。他们大脑里一切产生智慧或灵感的构件集中在某一个点上，别的地方一概不管，这一点就是他的天才之所在。天才有时候同疯狂融在一起，画家梵高就是一个好例子。

在伦理道德方面，我的基础也不雄厚和巩固。我决没有现在社会上认为的那样好，那样清高。在这方面，我有我的一套"理论"。我认为，人从动物群体中脱颖而出，变成了人。除了人的本质外，动物的本质也还保留了不少。一切生物的本能，即所谓"性"，都是一样的，即一要生存，二要温饱，三要发展。在这条路上，倘有障碍，必将本能地下死力排除之。根据我的观察，生物还有争胜或求胜的本能，总想压倒别的东西，一枝独秀。这种本能，人当然也有。我们常讲，在世界上，争来争去，不外名利两件事。名是为了满足求胜的本能，而利则是为了满足求生。二者联系密切，相辅相成，成为人类的公害，谁也铲除不掉。古今中外的圣人贤人们都尽过力量，而所获只能说是有限。

至于我自己，一般人的印象是，我比较淡泊名利。其实这只是一个假象，我名利之心兼而有之。只因我的环境对我有大裨益，所以才造成了这一个假象。我在四十多岁时，一个中国知识分子当时所能追求的最高荣誉，我已经全部拿到手。在学术上是中国科学院学部委员，即后来的院士。在教育界是一级教授。在政治上是全国政协委员。学术和教育我已经爬到了百尺竿头，再往上就没有什么阶梯了。我难道还想登天做神仙吗？因此，以后几十年的提升提级活动我都无权参加，只是领导而已。假如我当时是一个二级教授——在大学中这已经不低了——我一定会渴望再爬上一级的。不过，我在这里必须补充几句。即使我想再往上爬，我决不会奔走、钻营、吹牛、拍马，只问目的，不择手段。那不是我的作风，我一辈子没有干过。

写到这里就跟一个比较抽象的理论问题挂上了钩：什么叫好人？什么叫坏人？什么叫好？什么叫坏？我没有看过伦理教科书，不知道其中有没有这样的定义。我自己悟出了一套看法，当然是极端粗浅的，甚至是原始的。我认为，一个人一生要处理好三个关系：天人关系，也就是人与大自然的关系；人人关系，也就是社会关系；个人思想和感情中矛盾和平衡的关系。处理好了，人类就能够进步，社会就能够发展。好人与坏人的问题属于社会关系。因此，我在这里专门谈社会关系，其他两个就不说了。

正确处理人与人的关系，主要是处理利害关系。每个人都有自己的利益，都关心自己的利益。而这种利益又常常会同别人有矛盾。有了你的利益，就没有我的利益。你的利益多了，我的就会减少。怎样解决这个矛盾就成了广大芸芸众生最棘手的问题。

人类毕竟是有思想能思维的动物。在这种极端错综复杂的利益矛盾中，他们绝大部分人都能有分析评判的能力。至于哲学家所说的良知和良能，我说不清楚。人们能够分清是非善恶，自己处理好问题。在这里无非是有两种态度，既考虑自己的利益，为自己着想，也考虑别人的利益，为别人着想。极少数人只考虑自己的利益，而又以残暴的手段攫取别人的利益者，是为害群之马，国家必绳之以法，以保证社会的安定团结。

这也是衡量一个人好坏的基础。地球上没有天堂乐园，也没有小说中所说的"君子国"。对一般人民的道德水平不要提出过高的要求。一个人除了为自己着想外，能为别人着想的水平达到百分之六十，他就算是一个好人。水平越高，当然越好。那样高的水平恐怕只有少数人能达到了。

大概由于我水平太低，我不大敢同意"毫不利己，专门利人"这种提法，一个"毫不"，再加上一个"专门"，把话说得满到不能再满的程度。试问天下人有几个人能做到。提这个口号的人怎样呢？这种口号只能吓唬人，叫人望而却步，决起不到提高人们道德水平的作用。

至于我自己，我是一个谨小慎微，性格内向的人。考虑问题有时候细入毫发。我考虑别人的利益，为别人着想，我自认能达到百分之六十。我只能把自己划归好人一类。我过去犯过许多错误，伤害了一些人。但那决不是有意为之，是为我的水平低修养不够所支配的。在这里，我还必须再做一下老王，自我吹嘘一番。在大是大非问题前面，我会一反谨小慎微的本性，挺身而出，完全不计个人利害。我觉得，这是我身上的亮点，颇值得骄傲的。

总之，我给自己的评价是：一个平平常常的好人，但不是一个不讲原则的滥好人。

现在我想重点谈一谈对自己当前处境的反思。

我生长在鲁西北贫困地区一个僻远的小村庄里。晚年，一个幼年时的伙伴对我说："你们家连贫农都够不上！"在家六年，几乎不知肉味，平常吃的是红高粱饼子，白馒头只有大奶奶给吃过。没有钱买盐，只能从盐碱地里挖土煮水腌咸菜。母亲一字不识，一辈子季赵氏，连个名都没有捞上。

我现在一闭眼就看到一个小男孩，在夏天里浑身上下一丝不挂，滚在黄土地里，然后跳入浑浊的小河里去冲洗。再滚，再冲；再冲，再滚。

"难道这就是我吗？"

"不错，这就是你！"

六岁那年，我从那个小村庄里走出，走向通都大邑，一走就走了九十多年。我走过阳关大道，也跨过独木小桥。有时候歪打正着，有时候也正打歪着。坎坎坷坷，跌跌撞撞，磕磕碰碰，推推搡搡，云里，雾里。不知不觉就走到了现在的九十多岁，超过了古稀之年，岂不大可喜哉！又岂不大可惧哉！我仿佛大梦初觉一样，糊里糊涂地成为一位名人。现在正住在三〇一医院雍容华贵的高干病房里。同我九十多年前出发时的情况相比，只有李后主的"天上人间"四个字差堪比拟于万一。我不大相信这是真的。

我在上面曾经说到，名利之心，人皆有之。我这样一个平凡的人，有了点儿名，感到高兴，是人之常情。我只想说一句，我确实没有为了出名而去钻营。我经常说，我少无大志，中无大志，老也无大志。这都是实情。能够有点儿小名小利，自己也就满足了。可是现在的情况却不是这样子，已经有了几本别人写我的传记，听说还有人正在写作。至于单篇的文章数量更大。其中说的当然都是好话，当然免不了大量溢美之词。别人写的传记和文章，我基本上都不看。我感谢作者，他们都是一片好心。我经常说，我没有那样好，那是对我的鞭策和鼓励。

我感到惭愧。

常言道："人怕出名猪怕壮。"一点儿小小的虚名竟能给我招来这样的麻烦，不身历其境者是不能理解的。麻烦是错综复杂的，我自己也理不出个头绪来。我现在，想到什么就写点儿什么，绝对是写不全的。首先是出席会议。有些会议同我关系实在不大。但却又非出席不行，据说这涉及会议的规格。在这一顶大帽子下面，我只能勉为其难了。其次是接待来访者，只这一项就头绪万端。老朋友的来访，什么时候都会给我带来欢悦，不在此列。我讲的是陌生人的来访，学校领导在我的大门上贴出布告：谢绝访问。但大多数人却熟视无睹，置之不理，照样大声敲门。外地来的人，其中多半是青年人，不远千里，为了某一些原因，要求见我。如见不到，他们能在门外荷塘旁等上几个小时，甚至住在校外旅店里，每天来我家附近一次。他们来的目的多种多样，但是大体上以想上北大为最多。

他们慕北大之名；可惜考试未能及格。他们错认我有无穷无尽的能力和权力，能帮助自己。另外，想到北京找工作的也有，想找我签个名照张相的也有。这种事情说也说不完。我家里的人

193

告诉他们我不在家。于是我就不敢在临街的屋子里抬头，当然更不敢出门，我成了"囚徒"。其次是来信。我每天都会收到陌生人的几封信。有的也多与求学有关。有极少数的男女大孩子向我诉说思想感情方面的一些问题和困惑。据他们自己说，这些事连自己的父母都没有告诉。我读了真正是万分感动，遍体温暖。我有何德何能，竟能让纯真无邪的大孩子如此信任！据说，外面传说，我每信必复。我最初确实有这样的愿望。但是，时间和精力都有限。只好让李玉洁女士承担写回信的任务。这个任务成了德国人口中常说的"硬核桃"。其次是寄来的稿子，要我"评阅"，提意见，写序言，甚至推荐出版。其中有洋洋数十万言之作。我哪里有能力有时间读这些原稿呢？有时候往旁边一放，为新来的信件所覆盖。过了不知多少时候，原作者来信催还原稿。这却使我作了难。"只在此室中，书深不知处"了。如果原作者只有这么一本原稿，那我的罪孽可就大了。其次是要求写字的人多，求我的"墨宝"，有的是楼台名称，有的是展览会的会名，有的是书名，有的是题词，总之是花样很多。一提"墨宝"，我就汗颜。小时候确实练过字。但是，一入大学，就再没有练过书法，以后长期居住在国外，连笔墨都看不见，何来"墨宝"。现在，到了老年，忽然变成了"书法家"，竟还有人把我的"书法"拿到书展上去示众，我自己都觉得可笑！有比较老实的人，暗示给我：他们所求的不过"季羡林"三个字。这样一来，我的心反而平静了一点儿，下定决心：你不怕丑，我就敢写。其次是广播电台、电视台，还有一些什么台，以及一些报纸杂志编辑部的录像采访。

这使我最感到麻烦。我也会说一些谎话的；但我的本性是有时嘴上没遮掩，有时说溜了嘴。在过去，你还能耍点儿无赖，硬不承认。今天他们人人手里都有录音机，"君子一言，驷马难追"，同他们订君子协定，答应删掉，但是，多数是原封不动，和盘端出，让你哭笑不得。上面的这一段诉苦已经够长的了，但是还远远不够，苦再诉下去，也了无意义，就此打住。

我虽然有这样多的麻烦，但我并没有被麻烦压倒。我照常我行我素，做自己的工作。我一向关心国内外的学术动态。我不厌其烦地鼓励我的学生阅读国内外与自己研究工作有关的学术刊物。一般是浏览，重点必须细读。为学贵在创新。如果连国内外的"新"都不知道，你的"新"何从创起？我自己很难到大图书馆看杂志了。幸而承蒙许多学术刊物的主编不弃，定期寄赠。我才得以拜读，了解了不少当前学术研究的情况和结果，不致闭目塞听。

我自己的研究工作仍然照常进行。遗憾的是，许多年来就想研究的大题目，曾经积累过一些材料，现在拿起来一看，顿时想到自己的年龄，只能像玄奘当年那样，叹一口气说："自量气力，不复办此。"

对当前学术研究的情况，我也有自己的一套看法，仍然是顿悟式地得来的。我觉得，在过去，人文社会科学学者在进行科研工作时，最费时间的工作是搜集资料，往往穷年累月，还难以获得多大成果。现在电子计算机光盘一旦被发明，大部分古籍都已收入。不费吹灰之力，就能涸泽而渔。过去最繁重的工作成为最轻松的了。有人可能掉以轻心，我却有我的忧虑。将来的文章由于资料丰满可能越来越长，而疏漏则可能越来越多。光盘不可能把所有的文献都吸引进去，而且考古发掘还会不时有新的文献呈现出来。这些文献有时候比已有的文献还更重要，是万万不能忽视的。好多人都承认，现在学术界急功近利浮躁之风已经有所抬头，剽窃就是其中最显著的表现，这应该引起人们的戒心。我在这里抄一段朱子的话，献给大家。朱子说："圣人言语，一步是一步。近来一类议论，只是跳踯。初则两三步做一步，甚则十数步做一步，又甚则千百步作一步。所以学之者皆颠狂。"（《朱子语类》一二四）。愿与大家共勉力戒之。

本文节选自《在病中》，2002 年 10 月 3 日写毕

第 四 章

思维的乐趣

对于人类的前途，我始终是一个乐观主义者。我相信，不管还要经过多少艰难曲折，不管还要经历多少时间，人类总会越变越好的，人类大同之域决不会仅仅是一个空洞的理想。但是，想要达到这个目的，必须经过无数代人的共同努力。

人生的意义和价值

（对人类发展的承上启下，承前启后的责任感。）

当我还是一个青年大学生的时候，报刊上曾刮起一阵讨论人生的意义与价值的微风，文章写了一些，议论也发表了一通。我看过一些文章，但自己并没有参加进去。原因是，有的文章不知所云，我看不懂。更重要的是，我认为这种讨论本身就无意义，无价值，不如实实在在地干几件事好。

时光流逝，一转眼，自己已经到了望九之年，活得远远超过了我的预算。有人认为长寿是福，我看也不尽然。人活得太久了，对人生的种种相，众生的种种相，看得透透彻彻，反而鼓舞时少，叹息时多。远不如早一点离开人世这个是非之地，落一个耳根清净。

那么，长寿就一点好处都没有吗？也不是的。这对了解人生的意义与价值，会有一些好处的。

根据我个人的观察，对世界上绝大多数人来说，人生一无意义，二无价值。他们也从来不考虑这样的哲学问题。走运时，手里攥满了钞票，白天两顿美食城，晚上一趟卡拉 OK，玩一点小权术，耍一点小聪明，甚至恣睢骄横，飞扬跋扈，昏昏沉沉，

198

浑浑噩噩，等到钻入了骨灰盒，也不明白自己为什么活过一生。

其中不走运的则穷困潦倒，终日为衣食奔波，愁眉苦脸，长吁短叹。即使日子还能过得去的，不愁衣食，能够温饱，然而也终日忙忙碌碌，被困于名缰，被缚于利索。同样是昏昏沉沉，浑浑噩噩，不知道为什么活过一生。

对这样的芸芸众生，人生的意义与价值从何处谈起呢？

我自己也属于芸芸众生之列，也难免浑浑噩噩，并不比任何人高一丝一毫。如果想勉强找一点区别的话，那也是有的：我，当然还有一些别的人，对人生有一些想法，动过一点脑筋，而且自认这些想法是有点道理的。

我有些什么想法呢？话要说得远一点。当今世界上战火纷飞，人欲横流，"黄钟毁弃，瓦釜雷鸣"，是一个十分不安定的时代。但是，对于人类的前途，我始终是一个乐观主义者。我相信，不管还要经过多少艰难曲折，不管还要经历多少时间，人类总会越变越好的，人类大同之域决不会仅仅是一个空洞的理想。但是，想要达到这个目的，必须经过无数代人的共同努力。有如接力赛，每一代人都有自己的一段路程要跑。又如一条链子，是由许多环组成的，每一环从本身来看，只不过是微不足道的一点东西；但是没有这一点东西，链子就组不成。在人类社会发展的长河中，我们每一代人都有自己的任务，而且是绝非可有可无的。如果说人生有意义与价值的话，其意义与价值就在这里。

但是，这个道理在人类社会中只有少数有识之士才能理解。鲁迅先生所称之"中国的脊梁"，指的就是这种人。对于那些肚

199

子里吃满了肯德基、麦当劳、比萨饼，到头来终不过是浑浑噩噩的人来说，有如夏虫不足以与语冰，这些道理是没法谈的。他们无法理解自己对人类发展所应当承担的责任。

话说到这里，我想把上面说的意思简短扼要地归纳一下：如果人生真有意义与价值的话，其意义与价值就在于对人类发展的承上启下，承前启后的责任感。

1995 年

我们应多学习外国语言

（在欧洲许多国家，一个大学生懂五六国文字是颇为平常的事情。）

　　对世界上任何国家，尤其是对我们中国，学习外国语言的重要似乎用不着我们再来讨论，这已经是不成问题的了。我想，我们现在恐怕都羡慕五六十年前中国学者的福气。他们当时只须背过四书五经，加上注疏，学着写几篇八股文，运气一到，立刻可以考上举人进士，做起大官来。即便有些特别有天才有本领的，能把四书五经的本文和注疏正背倒背，甚至另外还弄点"杂学"，但也总脱不出中国书的范围。他们只须学会一种语言就够了。

　　但欧美的洋人偏要带了他们的学问挤进来。他们学些问题又真有些不可及的地方，连最顽固的中国文化本位派也不能不承认他们的优越。"中学为体，西学为用"实在是一个无可奈何的解嘲的口号，用来安慰自己的。现在我们看了，固然有啼笑皆非之感，这种感觉恐怕当时有许多人已经有了。所以我们这一代的祖先们，其中比较开明的，都热心研究过"洋务"，在读四书五经之余也只好尖起舌头来念哀比西的衣。

　　念的成绩怎样呢？这话也不好说。从那时候到现在，中国隔了五六十年。穿西服的，吃西餐的（以前叫做番菜），的确是一天比一天多了。哀比西的衣当然仍旧念下去。但有的人也就仅只念到哀比西的衣，这些哀比西的衣连在一起写成的书他们看着便有点不顺眼，不大高兴同它们发生关系。在大学里的情形比较好一点。在这里，在学习外国语言，尤其是英文方面，已经有了颇明显的进步。有些大学除了中国语文学系的课本外，多半都用英文课本。甚至有些教授简直就用英文讲，请来的外国教授当然更不必说了。

这似乎应该很让我们满意。但倘若我们计算一下时间，我们很有理由觉得我们的进步还太慢。五六十年是一段颇长的时间，尤其是在现代。我们想一想，五六十年前有汽车么？有飞机么？但现在天空里飞的、街上跑的，却就是这些五六十年前没有的东西。同这一比，我们在学习哀比西的衣方面的进步真未免太小了。而且，倘若我们仔细推究，连以使用英文课本，用英文来讲授自诩的大学里出身的大学生，有几个能够拿起笔来就写一篇英文论文？只有在不懂英文的小姐面前，他们的英文才说得起劲，见了外国人就难免要红脸的。

我们倘再看一看我们国家以外别的国家学习外国语言的情形，这些国家学术水准比我们高到不知多少倍，然而人家却仍然在努力学习外国语言，读外国书籍，我们真不得不悲观了。在欧洲许多国家，一个大学生懂五六国文字是颇为平常的事情。比如说在德国的中学里，一个学生除了学八年拉丁文六年希腊文以外，一定要学英文和法文。有不少的学生还在课外请教师学俄文或意大利文。他们进了大学，看外国文参考书绝对不会再有什么困难。

倘说他们要念语言学的话，当然还要另外学许多新的语言。比如说，要念斯拉夫语言学，他们至少要学俄文、波兰文或捷克文、南斯拉夫文，要念比较语言学，学的语言当然更加多了。虽然不一定每一种都能精通，但只就数目说，也就够我们吃惊的了。

在另外几个国度里，比如说丹麦、荷兰、挪威，他们的学术水准也非常高，甚至有些地方还胜过那几个大国，但因为国家小，在世界政治上占的地位不重要，他们的语言没能像现在事实上已经成了国际语言的英文、德文、法文那样流行世界。他们的学者写专门论文的时候，便利用英文、德文或法文。有的人用一种两种，也有不少人能用三种。有些人或者认为这些学者是可有可无的。但其实不然。这些国家虽小，但也产生了不少的世界权威。瑞典中国音韵学专家高本汉就是一个例子。高本汉在中国也不是生疏的名字。他的论文早年用法文写，现在用英文。还有丹麦语言学家 Otto Jespersen 也是语言学界的权威之一，他能用英、德、法三种文字写论文。只有这样，他们的论文才能让世界各国的学者都能读到，他们苦心研究的结果才不致因了文字的障碍而被埋没。

回头看我们中国怎样呢？我们的学术水准不但比不了英、德、法，也比不了瑞典、丹麦那些小国。我们学习英文的情形上面已经谈过了。但那还是战前的情形。复员以后大学里的同学据说英文程度不很好，我们这里不谈原因，只谈事实。事实是很多的大学生不但不能看英文参考书，而且连念英文课本都不知费多大力量。这样毕业后再做研究工作就会处处感到困难。再说到德文法文，情形就更惨。现在德文同法文只算作第二第三外国语。按照教育部规定的课程，最多也不过能念三年。实际上念到三年的非常少，即便念到，真正不用字典而能看书的更加凤毛麟角。在这种情形下，外国学者研究的结果我们当然就很难利用了。在另一方面，我们一般的学术水准虽然不太高，但有不少的学者也有时有非常有价值的发现，值得世界上任何国家的学者看到。除了不少的学者自己能用外国文写论文以外，用中文写成的论文便都因为文字的问题湮而不彰，这对世界学术有一个莫大的损失。

我上面说过，英、德、法三种语言事实上已经成了现在的国际语言。一直到现在我谈的也就是这三种。但我的意思并不是说，只是这三种就够了。另外还有几种语言可以加入到里面来。我现在只谈其中的一种，就是俄文。有些人或者会说，我有点势利眼。看到俄国这次打了胜仗，成了大强国之一，所以我才这样说。而且目前中国以谈俄国为时髦，我现在也不过就是投合这种心理。其实我并没有这意思。这不是我一个人的意见，也不是我现在才有的意见。十几年前我就有过这种意见，而且多少也实行过了。俄国在现在和将来世界政局上的重要，尤其是对我们中国的重要，没有一个人会否认的，不管他是不是共产主义的信徒。现在再列举理由说明俄文的重要，真可以说是蛇足了。至于我现在在这里提出俄文，还另外有一个理由，我曾遇到种种不同的专家，中国人和外国人都有，他们都承认俄国在许多学科的研究上有很大的贡献，值得外国学者的注意。并且这不限定革命以后，在沙皇时代已经开始了，虽然还不能同现在比。就我自己研究的这一行说，俄国学者写过许多非常有价值的关于梵文和佛学的书，从沙皇时代起一直到现在，这传统没有断过。有名的佛学丛书就是个好例了。谈世界上的蒙文文法和字典就是用俄文写的，倘不会俄文，蒙文几乎是不能研究的。我说这许多话，用意却很简单，我只是希望中国的青年或非青年在英德法文以外还要注意到俄文，不然最好是有勇气去学，真正学成一个俄文专家，把上海滩上那些挂羊头卖狗肉的英雄们赶到他们应该去的地方去。

我想现在一定有人抗议了。我上面说到，我们连只学一种文字成绩都不十分亮眼，但现在我却一口气介绍了四种，英德法文以外，还加了俄文，这不是闭了眼睛在做梦，我的话都出自清明的理智，我觉得外国学生不比中国学生聪明，在中学里学外国文只是一个教授法，教本和教师的问题，这都是可以解决的。只要这个问题能解决，多学一种外国语言并不是什么了不得的困难事情，即便再退一步，我承认我在做梦，梦也有时候可以做的，只要它美丽。

1947 年 5 月 6 日　北平

略说中国传统文化及其特点

（中国文化包括中国道德的精华，在 21 世纪的将来，会在人类精神文明的发展中，发挥更重要的作用。）

说在中国传统文化的宝库中，中国传统道德是最重要的一部分内容，这话完全正确。因为从世界各国来看，像中国这样几千年如一日重视伦理道德的还没有第二个国家。什么叫中国传统道德？或者说中国传统道德有哪些内容呢？这个问题很复杂，每个人的回答都可能不一样。我讲讲自己的看法，我想这里面起码应包括这么几部分内容。

第一，正如我的老师——清华大学陈寅恪教授曾经说过的，《白虎通》当中的"三纲六纪"是中国文化的精华。什么叫"三纲"呢？就是君臣、父子、夫妇。他讲的当然是君为臣纲，父为子纲，夫为妻纲。这里边有糟粕，如夫妻应该是平等的，怎么男人成了女人的纲了呢？这个我们先不讲它。"六纪"，一是诸父，就是父亲的兄弟姊妹；二是兄弟；三是族人；四是诸舅，就是母亲家的人；五是师长；六是朋友。他说，这"三纲六纪"是中国文化的中心，我看他的话很有道理。因为人类自有社会以来，必然要有一种规则来维系，不然的话社会就会乱七八糟。现在马路上为什么要有交通警？为什么要有红绿灯？这就是一种规则，一种规章制度，要求大家都来遵守，这样社会生活才能进行。要是没有这些规则，社会生活就不能进行。《白虎通》的"三纲六纪"，把当时社会所有的人际关系都规定了。

第二，我们的文化还有一个提法，是我们的特点，就是"格、致、正、诚、修、齐、治、平"。意思就是格物、致知、正心、诚意、修身、齐家、治国、平天下八个步骤。先从自己开始格物，就是了解事物，了解以后致知，把规律找出来，正心、诚意就不用讲了，修身就是修自己，然后齐家，把家治好，然后再治国，治国以后是平天下，就是从个人内心一直到天下。那么，什么叫国，什么叫天下呢？在周代来讲，像齐国、燕国、郑国等国是国，天下则指整个周代的中国。现在像中国、日本叫国，天下就是世界。个人要从内心出发，正心、诚意，一直推到治国、平天下。这套系统的步骤，属于伦理道德范畴，也属于政治范畴，是其他任何国家所没有的。

第三，"礼义廉耻，国之四维"。就是说，礼义廉耻是国家的四个支柱。除了这个提法外，古人还提出了"孝悌忠信，礼义廉耻"等说法，意思都差不多。

上述三个方面是古代伦理道德最先最主要的内容。懂得了这三个方面的内容，大体就了解了中国伦理道德最基本的内容。我们的道德伦理又全面又有体系，其他的内容当然就多了，需要写一部中国伦理学史来阐述。

中国传统道德是中国传统文化当中最精华的内容，它在世界人类文明遗产中的特殊性非常之明显。为什么这么说呢？因为世界上任何国家，从古希腊一直到古印度，尽管每个国家都有自己的道德规范，每个民族都有自己的道德规范，可是内容这么全面、年代这么久远、涉及面这么广泛的道德规范，在全世界来看，中国是唯一的。现在中国周围这些国家，像日本、韩国、越南等，有一个名词叫汉文化圈，属于汉文化圈的国家基本上都受我国的影响。

我们一向讲中国是四大文明古国之一。现在我们的考古发现越多，就越证明我们的历史长久。随着考古学的不断进步，我估计将来考古发现不但有夏、有禹，一定还会有更古的尧、舜，还要往上发展。总而言之，我的看法是考古发现越多，我们的历史越长。这是从形成的历史时间看。

那么从具体内容上看，我们民族的特点就更明显了。

比如"孝"这个概念，"三纲五常"里面都有。除了中国以外，全世界各国都没有这么具体。何以证之呢？可以看一看欧洲现在社会的情况跟我们作比较。当然现在青年人也不像以前那样愚忠愚孝，"割肉疗母"我们也不提倡，可是就拿眼前来讲，我们中国的青年人还比世界各国的要孝得多，虽然程度不如以前了。我是研究语言的，有件事很有意思：把"孝"这个词翻译为英语，用一个词翻译不出来，得用两个词。什么原因呢？因为虽然不能说外国没有孝，但是孝并非作为一个很重要的概念，所以译过去就得用两个词。英文里面两个什么词呢？就是儿女的"虔诚"与"尊敬"，而在中文中光一个"孝"就够了。这就说明"孝"这个词有中国的特点。

我认为中国伦理道德中有两点值得提倡，第一点是讲气节、骨气。一个人要有骨头。我们现在不是还讲解放军硬骨头六连吗？文章也讲风骨。骨头本来是讲一种生理的东西，用到人身上，就是指人要讲气节。孟子就讲富贵不能淫，贫贱不能移，威武不能屈，此之谓大丈夫。富贵我们也不怕，贫贱我们也不怕，威武我们也不怕，这在别的国家是没有的。就是说作为一个人，我有我的人格，顶天立地，不管你多大的官，多么有钱，你做得不对我照样不买你的账。例子很多。《三国演义》里有个祢衡敢骂曹操，不怕他能杀人。近代的章太炎，他就敢在袁世凯住进中南海称帝时，到中南海新华门前骂袁称帝。这种骨气别的国家也不提倡。"骨气"这个词也不好译，翻成英文也得用两个词：道德的"反抗的力量"或者"不屈不挠的力量"，我们用一个"气节"、"骨气"，多么简洁明了。我们中国的小说中，随便看看，都有像祢衡这样的人。我们为什么崇拜包公？就是因为他威武不能屈。皇帝掌握生杀大权，但皇帝做错了包公照样不买账；达官显贵虽然有钱有势，但包公也照样不买账。这种品行外国是不提倡的。

我常对年轻人讲，不仅在国内要有人格，不能一见钱就什么都不讲了，出国也要有国格，不能忘记自己是中国人，不能忘记国格。

第二点是爱国主义。世界上真正提倡爱国主义的是中国。比如苏武北海牧羊而气节不改的故事，连小孩都知道。写《满江红》的抗金英雄岳飞，他的爱国精神更是历代传诵，后人在杭州西湖边专给他盖了一座庙。又如文天祥，谁都知道他的名言"人生自古谁无死，留取丹心照汗青"，全国都有他的祠堂。近代、现代的爱国英雄也多得很，如抗日战争中的张自忠、佟麟阁，等等。

当然，我们讲爱国主义要分场合，例如抗日战争里，我们中国喊爱国主义是好词，因为我们是正义的，是被侵略、被压迫的。压迫别人、侵略别人、屠杀别人的"爱国主义"是假的，是军国主义、法西斯。所以我们讲爱国主义要讲两点：一是我们决不侵略别人，二是我们决不让别人侵略。这样爱国主义就与国际主义、与气节联系上了。

关于中国传统道德在世界文明史中的地位问题，我想最好先举例来说明。大家都知道《歌德谈话录》这本书，在1827年1月30日歌德与埃克曼的谈话录中，歌德说，我今天看了一本中国的书：《好逑传》。中国人了不起，在中国人眼中，人跟宇宙合二为一（这是我这几年宣传的人与大自然和谐），男女谈情说爱，相互彬彬有礼，那么和谐、和睦，这个境界我们西方没有。可以说，《好逑传》在中国文学史上最多与《今古奇观》处在一个水平上，甚至中国文学史也不会写它。可是传到欧洲，当时欧洲文化的第一代表人歌德却大加赞美。但他是有根据的。虽然我国这类才子佳人题材的小说有些理想化，像《西厢记》。但是在当时的西方文化泰斗看来，起码中国作者心中的境界是很高的。歌德指出的这一点不是很值得我们回味吗？

我认为，从世界文化的发展趋向看，中国文化包括中国道德的精华，在21世纪的将来，会在人类精神文明的发展中，发挥更重要的作用。这是我所期望的。

1990 年

青年的使命

（青年人一定要加倍努力，刻苦学习，持之以恒，锲而不舍。）

中国有两句老话：长江后浪推前浪，世上新人换旧人。又说：青出于蓝，而胜于蓝。这些话都是总结了人类发展的整个历史，也包括学术研究的历史在内而得出来的结论，是放之四海而皆准的。只有这样，人类才能发展，才能进步，才有光辉灿烂的前途。如果像九斤老太说的那样，一代不如一代，那么我们人类再过一些年就会退回到茹毛饮血的野蛮时代，再退恐怕就要退到猿猴阶段。这是完全不能够想象的。

但是，是不是年青的一代，新的一代，只要有年轻这一个条件作为靠山，把枕头垫得高高的，大睡其觉，一点努力也不需要，只要守株待兔就能青出于蓝而胜于蓝呢？当然不是。需要的正是它的反面。青年人一定要加倍努力，刻苦学习，持之以恒，锲而不舍，像马克思所说的那样攀登高峰，才能达到出蓝的境界。这里面，没有什么捷径，也没有什么灵丹妙药。一切懒惰的念头，一切取巧的办法，都要彻底丢掉。

中国的学术研究已经有了几千年的历史，已经有了不知多少代师生衣钵相传的关系，每一代人都有自己的使命，都有自己的

211

贡献，每一代人都是踏在前一代人的肩头上向上攀登的，今天我们学术研究的光辉成就就是这一代人接力赛似的创造出来的。其中也包括向外国的借鉴。

今后怎样呢？今后也决不会另外换一个样子。今天的青年人，今天的研究生，要从老师手里接过学术研究的火把，把它点得更亮，让它放出前所未有的光芒。要知道，将来还会有比你们更年轻的人出来接你们手中的火把，如此绵延不断，直到永恒。

我同你们年龄悬殊，任务也不尽相同，但在历史的长河中，我们总的方向是一致的。我们要共同努力，奋发图强。前进吧，年轻人！

1983 年 9 月 21 日

开卷有益

（人类要生存下去，文化就必须传承下去，因而书也就必须读下去。）

这是一句老生常谈。如果要追溯起源的话，那就要追到一位皇帝身上。宋王辟之《渑水燕谈录》卷六：

> （宋）太宗日阅《（太平）御览》三卷，因事有阙，暇日追补之。尝曰："开卷有益，朕不以为劳也。"

这一段话说不定也是"颂圣"之辞，不尽可信。然而我宁愿信其有，因为它真说到点子上了。

鲁迅先生有时候说："随便翻翻"，我看意思也一样。他之所以能博闻强记，博古通今，与"随便翻翻"是有密切联系的。

"卷"指的是书，"随便翻翻"也指的是书。书为什么能有这样大的威力呢？自从人类创造了语言，发明了文字，抄成或印成了书，书就成了传承文化的重要载体。人类要生存下去，文化就必须传承下去，因而书也就必须读下去。特别是在当今信息爆炸的时代中，我们必须及时得到信息。只有这样，人才能潇洒地生活下去，否则将适得其反。信息怎样得到呢？看能

213

得到信息，听也能得到信息，而读书仍然是重要的信息源，所以非读书不可。

什么人需要读书呢？在将来人类共同进入大同之域时，人人都一定要而且肯读书的，以此为乐，而不以此为苦。在眼前，我们还做不到这一步。"四人帮"说：读书越多越反动。此"四人帮"之所以为"四人帮"也。我们可以置之不理。如今有个别的"大款"，也同刘邦和项羽一样，是不读书的。不读书照样能够发大财。然而，我认为，这只是暂时的现象，相信不久就会改变。传承文化不能寄希望于这些人身上，而只能寄托在已毕业或尚未毕业的大学生身上。他们是我们的希望，他们代表着我们的未来。大学生们肩上的担子重啊！他们是任重而道远。为了人类的继续生存，为了前对得起祖先，后对得起子孙，大学生们（当然还有其他一些人）必须读书。这已是天经地义，无须争辩。

根据我同北京大学学生的接触和我对他们的观察，绝大多数的学生还是肯读书的。他们有的说，自己感到迷惘，不知所从。他们成立了一些社团，共同探讨问题，研究人生，对人生的意义与价值感兴趣。他们甚至想探究宇宙的奥秘。他们是肯思索的一代人，是可以信赖的极为可爱的一代年轻人。同他们在一起，我这个望九之年的老人也仿佛返老还童，心里溢满了青春活力。说这些青年不肯读书，是不符合实际情况的。

读什么样的书呢？自己专业的书当然要读，这不在话下。自己专业以外的书也应该"随便翻翻"。知识面越广越好，得到的信息越多越好，否则很容易变成鼠目寸光的人。鼠目寸光不但不利于自己专业的探讨，也不利于生存竞争，不利于自己的发展，最终为大时代所抛弃。

因此，我奉献给今天的大学生们一句话：开卷有益。

1994 年 4 月 5 日

藏书与读书

（中国是世界上最喜藏书和读书的国家。）

有一个平凡的真理，直到耄耋之年，我才顿悟：中国是世界上最喜藏书和读书的国家。

什么叫书？我没有能力，也不愿意去下定义。我们姑且从孔老夫子谈起吧。他老人家读《易》，至于韦编三绝，可见用力之勤。当时还没有纸，文章是用漆写在竹简上面的，竹简用皮条拴起来，就成了书。翻起来很不方便，读起来也有困难。我国古时有一句话，叫做"学富五车"，说一个人肚子里有五车书，可见学问之大。这指的是用纸作成的书，如果是竹简，则五车也装不了多少部书。

后来发明了纸。这一来写书方便多了；但是还没有发明印刷术，藏书和读书都要用手抄，这当然也不容易。如果一个人抄的话，一辈子也抄不了多少书。可是这丝毫也阻挡不住藏书和读书者的热情。我们古籍中不知有多少藏书和读书的故事，也可以叫做佳话。我们浩如烟海的古籍，以及古籍中所寄托的文化之所以能够流传下来，历千年而不衰，我们不能不感谢这些爱藏书和读书的先民。

后来我们又发明了印刷术。有了纸，又能印刷，书籍流传方便多了。从这时起，古籍中关于藏书和读书的佳话，更多了起来。宋版、元版、明版的书籍被视为珍品。历年都有一些藏书家，什么绛云楼、天一阁、铁琴铜剑楼、海源阁等等，说也说不完。有的已经消失，有的至今仍在，为我们新社会的建设服务。我们不能不感激这些藏书的祖先。

至于专门读书的人，历代记载更多。也还有一些关于读书的佳话，什么"囊萤映雪"之类。有人作过试验，无论萤和雪都不能亮到让人能读书的程度，然而在这一则佳话中所蕴含的鼓励人们读书的热情则是大家都能感觉到的。还有一些鼓励人读书的话和描绘读书乐趣的诗句"书中自有颜如玉"之类的话，是大家都熟悉的，说这种话的人的"活思想"是非常不高明的，不会得到大多数人的赞赏。关于"四时读书乐"一类的诗，也是大家所熟悉的。可惜我童而习之，至今老朽昏聩，只记住了一句："绿满窗前草不除"，这样的读书情趣也是颇能令人向往的，此外如"红袖添香夜读书"之类的读书情趣，代表另一种趣味。据鲁迅先生说，连大学问家刘半农也向往，可见确有动人之处了。"雪夜闭门读禁书"代表的情趣又自不同，又是"雪夜"，又是"闭门"，又是"禁书"，不是也颇有人向往吗？

这样藏书和读书的风气，其他国家不能说一点没有；但是据浅见所及，实在是远远不能同我国相比。因此我才悟出了"中国是世界上最爱藏书和读书的国家"这一条简明而意义深远的真理，中国古代光辉灿烂的文化有极大一部分是通过书籍传流下来的。

到了今天，我们全体炎黄子孙如何对待这个问题，实际上每个人都回避不掉的。我们必须认真继承这个在世界上比较突出的优秀传统，要读书，读好书。只有这样，我们才能上无愧于先民，下造福于子孙万代。

1991 年 7 月 5 日

三思而行

（我赞成孔子的"再，斯可矣"。）

"三思而行"，是我们现在常说的一句话，是劝人做事不要鲁莽，要仔细考虑，然后行动，则成功的可能性会大一些，碰壁的可能性会小一些。

要数典而不忘祖，也并不难。这个典故就出在《论语·公冶长第五》："季文子三思而后行。子闻之曰：'再，斯可矣。'"这说明，孔老夫子是持反对意见的。吾家老祖宗文子（季孙行父）的三思而后行的举动，二千六七百年以来，历代都得到了几乎全天下人的赞扬，包括许多大学者在内。查一查《十三经注疏》，就能一目了然。《论语正义》说："三思者，言思之多，能审慎也。"许多书上还表扬了季文子，说他是"忠而有贤行者"。甚至有人认为三思还不够。《三国志·吴志·诸葛恪传注》中说：有人劝恪"每事必十思"。可是我们的孔圣人却冒天下之大不韪，批评了季文子三思过多，只思二次（再）就够了。

这怎么解释呢？究竟谁是谁非呢？

我们必须先弄明白，什么叫"三思"。总起来说，对此有两个解释。一个是"言思之多"，这在上面已经引过。一个是"君子之谋也，始衷（中）终皆举之而后入焉"。这话虽为文子自己所说，然而孔子以及上万上亿的众人却不这样理解。他们理解，一直到今天，仍然是"多思"。

多思有什么坏处呢？又有什么好处呢？根据我个人几十年来的体会，除了下围棋、象棋等等以外，多思有时候能使人昏昏，容易误事。平常骂人说是"不肖子孙"，意思是与先人的行动不一样的人。我是季文子的最"肖"子孙。我平常做事不但三思，而且超过三思，是否达到了人们要求诸葛恪做的"十思"，没做统计，不敢乱说。反正是思过来，思过去，越思越糊涂，终而至于头昏昏然，而仍不见行动，不敢行动。我这样一个过于细心的人，有时会误大事的。我觉得，碰到一件事，决不能不思而行，鲁莽行动。记得当年在德国时，法西斯统治正如火如荼。一些盲目崇拜希特勒的人，常常使用一个词儿 Darauf-galngertum，意思是"说干就干，不必思考"。这是法西斯的做法，我们必须坚决扬弃。遇事必须深思熟虑。先考虑可行性，考虑的方面越广越好。然后再考虑不可行性，也是考虑的方面越广越好。正反两面仔细考虑完以后，就必须加以比较，做出决定，立即行动。如果你考虑正面，又考虑反面之后，再回头来考虑正面，又再考虑反面，那么，如此循环往复，终无宁日，最终成为考虑的巨人，行动的侏儒。

所以，我赞成孔子的"再，斯可矣"。

1997 年 5 月 11 日

一寸光阴不可轻

（光阴，对青年和老年，都是转瞬即逝，必须爱惜。）

中华乃文章大国，北大为人文渊薮，二者实有密不可分的联系，倘机缘巧遇，则北大必能成为产生文学家的摇篮。五四运动时期是一个具体的例证，最近几十年又是一个鲜明的例证。在这两个时期的中国文坛上，北大人灿若列星。这一个事实我想人们都会承认的。

最近若干年来，我实在忙得厉害，像50年代那样在教书和搞行政工作之余还能有余裕的时间读点当时的文学作品的"黄金时代"一去不复返了。不过，幸而我还不能算是一个懒汉，在"内忧"、"外患"的罅隙里，我总要挤出点时间来，读一点北大青年学生的作品。《校刊》上发表的文学作品，我几乎都看。前不久我读到《北大往事》，这是北大70、80、90三个年代的青年回忆和写北大的文章。其中有些篇思想新鲜活泼，文笔清新隽逸真使我耳目为之一新。中国古人说："雏凤清于老凤声。"我——如果大家允许我也在其中滥竽一席的话——和我们这些"老凤"，真不能不向你们这一批"雏凤"投过去羡慕和敬佩的眼光了。

但是，中国古人又说："满招损，谦受益。"我希望你们能够认真体会这两句话的含义。"倚老卖老"固不足取，"倚少卖少"也同样是值得青年人警惕的。

天下万事万物，发展永无穷期。人外有人，天外有天，"老子天下第一"的想法是绝对错误的。你们对我们老祖宗遗留下来的浩如烟海的文学作品必须有深刻的了解。最好能背诵几百首旧诗词和几十篇古文，让它们随时含蕴于你们心中，低吟于你们口头。这对于你们的文学创作和人文素质的提高，都会有极大的好处。不管你们现在或将来是教书、研究、经商、从政，或者是专业作家，都是如此，概莫能外。对外国的优秀文学作品，也必实下一番工夫，简练揣摩。这对你们的文学修养是绝不可少的。如果能做到这一步，则你们必然能融会中西，贯通古今，创造出更新更美的作品。

宋代大儒朱子有一首诗，我觉得很有针对性，很有意义，我现在抄给大家：

> 少小易老学难成，
> 一寸光阴不可轻。
> 未觉池塘春草梦，
> 阶前梧叶已秋声。

这一首诗，不但对青年有教育意义，对我们老年人也同样有教育意义。文字明白如画，用不着过多的解释。光阴，对青年和老年，都是转瞬即逝，必须爱惜。"一寸光阴一寸金，寸金难买寸光阴"，这是我们古人留给我们的两句意义深刻的话。

你们现在是处在"燕园幽梦"中，你们面前是一条阳关大道，是一条铺满了鲜花的阳关大道。你们要在这条大道上走上六十年，七十年，八十年，或者更多的年，为人民，为人类做出出类拔萃的贡献。但愿你们永不忘记这一场燕园梦，永远记住自己是一个北大人，一个值得骄傲的北大人，这个名称会带给你们美丽的回忆，带给你们无量的勇气，带给你们奇妙的智慧，带给你们悠远的憧憬。有了这些东西，你们就会自强不息，无往不利，不会虚度此生。这是我的希望，也是我的信念。

1998 年 5 月 3 日

哲学的用处

（哲学就应当在某种方式上帮助人们生活得更好。）

我曾在很多文章中说到过自己的一个偏见：我最害怕哲学和哲学家，有一千个哲学家，就有一千种哲学，有的哲学家竟沦为修辞学家。我怀疑，这样的哲学究竟有什么用处。

高明的人士教导说：哲学的用处大着哩，上可以阐释宇宙，下能够指导人生；自然科学的研究成果靠哲学来总结，世界人民前进的道路靠哲学来指明；人文素质用哲学来提高，个人修养用哲学来加深，如此等等，不一而足。这些话都说得很高，也可能很正确。但是，我总觉得有些地方对不上号。我也曾读过西洋哲学史，看过一些中国哲学史。无奈自己禀性庸劣，缺少慧根，读起来总感到有点格格难入。这就好像夏虫不足与语冬，河鲴不足与语海，天资所限，实在是无可奈何。

今天看《参考消息》，读了一篇"英国大学生缘何喜爱古典哲学"，喜其文简意深，不妨抄上几段，公诸同好。文章说："尽管现代哲学有着迷人的外表，但是那些深一步研究它的人却往往感到失望。"现在英国大学生报名参加古典哲学的人远远超过现代哲学，原因就在这里。文章接着说："古代哲学远比现代哲学更符合多数人对哲学的概念。古代哲学家很单纯地认为，哲学就应当在某种方式上帮助人们生活得更好——这个美丽的理想在现代哲学中几乎根本找不到。"作者引用了公元前341年出生的伊壁鸠鲁的话说："如果不关怀人类的痛苦，无论哪一位哲学家的论点都毫无价值。因为，就像医学不能祛除身体的疾病就没有益处一样，哲学不祛除精神上的痛苦也毫无益处。"在这里，文章的作者指出，这些话恰好反映出准备在大学里学习哲学的学生们的愿望。但可惜的是，多数授课者却没有这种愿望。

文章作者指出的这种现象，是非常有意义的，是非常具有启发性的。我不知道，这种现象在英国，在其他欧美国家，涵盖面有多大。我也不知道，在中国是否也有同样的现象。这里表现出来的新老哲学家或哲学爱好者对哲学本身要求的矛盾，是颇为值得研究的。我个人的想法是，伊壁鸠鲁属于西方哲学发展的早期，哲学家都比较淳朴，讲出来的道德也比较明白易懂。随着时间的推移，世界变化越来越复杂，人们，特别是哲学家们的分析概念的能力也越来越细致，分析越来越艰深，玄之又玄，众妙无门，最后达到了让平常人望而却步的程度。但因此也就越来越脱离平常人的要求，哲学家们躲入象牙塔中，孤芳自赏。但是物极必反，世界通例。英国年轻学子对哲学的要求，正反映了这个规律。

我自己对哲学的要求或者期望，有点像英国的大学生。但我决不敢高攀。我的哲学水平大概只有小学水平，因此才对最早期的西方哲学感兴趣。然而，我并不愧疚，我还是要求哲学要有用处。

1998 年 12 月 23 日

第 五 章

悠游一百年

每一个人的一生都是一场拼搏。人的降生，都是被动的，并非出于个人愿望。既然来到人间，就必须活下去。

晨　趣

（人生毕竟是非常可爱的。）

　　一抬头，眼前一片金光：朝阳正跳跃在书架顶上玻璃盒内日本玩偶藤娘身上，一身和服，花团锦簇，手里拿着淡紫色的藤萝花，都熠熠发光，而且闪烁不定。

　　我开始工作的时候，窗外暗夜正在向前走动。不知怎样一来，暗夜已逝，旭日东升。这阳光是从哪里流进来的呢？窗外一棵高大的梧桐树，枝叶繁茂，仿佛张开了一张绿色的网。再远一点，在湖边上是成排的垂柳。所有这一些都不利于阳光的穿透。然而阳光确实流进来了，就流在藤娘身上……

　　然而，一转瞬间，阳光忽然又不见了，藤娘身上，一片阴影。窗外，在梧桐和垂柳的缝隙里，一块块蓝色的天空。成群的鸽子正盘旋飞翔在这样的天空里，黑影在蔚蓝上面划上了弧线。鸽影落在湖中，清晰可见，好像比天空里的更富有神韵，宛如镜花水月。

　　朝阳越升越高，透过浓密的枝叶，一直照到我的头上。我心中一动，阳光好像有了生命，它启迪着什么，它暗示着什么。我忽然想到印度大诗人泰戈尔，每天早上对着初升的太阳，静坐沉思，幻想与天地同体，与宇宙合一。我从来没达到这样的境界，我没有这一份福气。可是我也感到太阳的威力，心中思绪腾翻，仿佛也能洞察三界，透视万有了。

现在我正处在每天工作的第二阶段的开头上。紧张地工作了一个阶段以后，我现在想缓松一下，心里有了余裕，能够抬一抬头，向四周，特别是窗外观察一下。窗外风光如旧，但是四季不同：春花，秋月，夏雨，冬雪，情趣各异，动人则一。现在正是夏季，浓绿扑人眉宇，鸽影在天，湖光如镜。多少年来，当然都是这个样子。为什么过去我竟视而不见呢？今天，藤娘身上一点闪光，仿佛照透了我的心，让我抬起头来，以崭新的眼光来衡量一切，眼前的东西既熟悉，又陌生，我仿佛搬到了一个新的地方，把我好奇的童心一下子都引逗起来了。我注视着藤娘，我的心却飞越茫茫大海，飞到了日本，怀念起赠送给我藤娘的室伏千律子夫人和室伏佑厚先生一家来。真挚的友情温暖着我的心……

窗外太阳升得更高了。梧桐树椭圆的叶子和垂柳的尖长的叶子，交织在一起，椭圆与细长相映成趣。最上一层阳光照在上面，一片嫩黄；下一层则处在背阴处，一片黑绿。远处的塔影，屹立不动。天空里的鸽影仍然在划着或长或短、或远或近的弧线。再把眼光收回来，则看到里面窗台上摆着的几盆君子兰，深绿肥大的叶子，给我心中增添了绿色的力量。

多么可爱的清晨，多么宁静的清晨！

此时我怡然自得，其乐陶陶。我真觉得，人生毕竟是非常可爱的，大地毕竟是非常可爱的。我有点不知老之已至了。我这个从来不写诗的人心中似乎也有了一点诗意。

　　此身合是诗人未？

　　鸥影湖光入目明。

　　我好像真正成为一个诗人了。

1988 年 10 月 13 日晨

时　间

（生与死也属于时间范畴。）

　　一抬头，就看到书桌上座钟的秒针在一跳一跳地向前走动。它那里一跳，我的心就一跳。孔子说："逝者如斯夫，不舍昼夜！"这里指的是水。水永远不停地流逝，让孔夫子吃惊兴叹。我的心跳，跳的是时间。水是能看得见，摸得着的。时间却看不见，摸不着的。它的流逝你感觉不到，然而确实是在流逝。现在我眼前摆上了座钟，它的秒针一跳一跳，让我再清楚不过地看到了时间的流逝，焉能不心跳？焉能不兴叹呢？

　　远古的人大概是很幸福的。他们日出而作，日入而息，根据太阳的出没来规定自己的活动。即使能感到时间的流逝，也只在依稀隐约之间。后来，他们聪明了，根据太阳光和阴影的推移，把时间称作光阴。再后来，人们的聪明才智更提高了，用铜壶滴漏的办法来显示和测定时间的推移，这是用人工来抓住看不见摸不着的时间的尝试。到了近几百年，人类发明了钟表，把时间的存在与流逝清清楚楚地摆在每一个人的面前。这是人类文明进步的表现。但是，正如人们常说的那样："有一利必有一弊"，人类成了时间的奴隶，成了手表的奴隶。现在各种各样的会极多，开会必须规定时间，几点几分，不能任意伸缩。如果参加重要的会而路上偏偏赶上堵车，任你怎样焦急，怎样频频看手表，都是白搭。这不是典型的时间的奴隶又是什么呢？然而，话又说了回来，在今天头绪纷纭杂乱有章的社会里，开会不定时间，还像古人那样"日出而作，日入而息"，优哉游哉，顺帝之则，今天的社会还能运转吗？不管你愿意不愿意，成为时间的奴隶就正是文明的表现。

不管你有没有意识到，大自然还是把虚无缥缈的时间用具体的东西暗示给了人们。比如用日出日落标志出一天，用月亮的圆缺标志出一月，用四季（在印度是六季或者两季）标志出一年。农民最关心这些问题，一年二十四个节气对他们种庄稼有重要意义。在自然科学家和哲学家眼中，时间具有另外的意义。他们说，大千世界，人类万物，都生长在时间和空间内，而时间是无头无尾的，空间是无边无际的。我既不是自然科学家，也不是哲学家，对无头无尾和无边无际实在难以理解。可是不这样又能怎样呢？如果时间有了头尾，头以前尾以后又是什么呢？因此，难以理解也只得理解，此外更没有其他途径。

生与死也属于时间范畴。一般人总是把生与死绝对对立起来。但是，中国古代的道家却主张"万物方生方死"，把生与死辩证地联系在一起，而且准确无误地道出了生即是死的关系。随着座钟秒针的一跳，我自己就长了无法用言语表达出来的那么一点点儿，同时也就是向着死亡走近了那么一点点儿。不但我是这样，现在正是初夏，窗外的玉兰花、垂柳和深埋在清塘里的荷花，也都长了那么一点点儿。不久前还是冰封的湖水，现在是"风乍起，吹皱一池夏水"，波光潋滟，水色接天。岸上的垂杨，从光秃秃的枝条上逐渐长出了小叶片，一转瞬间，出现了一片鹅黄；再一转瞬，就是一片嫩绿，现在则是接近浓绿了。小山上原来是一片枯草，"一夜东风送春暖，满山开遍二月兰"。今年是二月兰的大年，山上地下，只要有空隙，二月兰必然出现在那里，座钟的秒针再跳上多少万次，二月兰即将枯萎，也就是走向暂时的死亡了。所有这些东西，都是方生方死。这是自然的规律，不可逆转的。

印度人是聪明的，他们把时间和死亡视为一物。梵文 hāla，既是"时间"，又是"死亡或死神"。《罗摩衍那》的主人公罗摩，在活了极长的时间以后，hāla 走上门来，这表示他就要死亡了。罗摩泰然处之，既不"饮恨"，也不"吞声"。他知道这是自然规律，人类是无能为力的。我们今天知道，不但人类是这样，世界上万事万物都有始有终，无一例外。"顺其自然"是最好的办法。我在这里顺便说一下。在梵文里，动词"死"的字根是 mn；但是此字不用 manati 来表示现在时，而是用被动式 mniyati（ti），这表示，印度人认为"死"是被动的，主动自杀者究属少数。

同印度人比较起来，中国人大概希望争取长生。越是有钱有势的人越希望活下去，在旧社会里生活在水深火热中的小百姓，决不会愿意长远活下去的。而富有天下的天子则热切希望长生。中国历史上几位有名的英主，莫不如此。秦始皇和汉武帝都寻求不死之药或者仙丹什么的，连唐太宗都是服用了印度婆罗门的"仙药"而中毒身亡的。老百姓书呆子中也有寻求肉身升天的，而且

233

连鸡犬都带了上去。我这个木头脑袋瓜真想也想不通。如果真有那么一个"天"的话，人数也不会太多。升到那里去干些什么呢？那里不会有官僚衙门，想走后门靠贿赂来谋求升官，没有这个可能。那里也不会有什么市场，什么 WTO，想发财也英雄无用武之地。想打麻将，唱卡拉 OK，唱几天，打几天，还是会有兴趣的，但让你一月月一年年永远打下去，你受得了吗？养鸡喂狗，永远喂下去，你也受不了。"不为无益之事，何以遣有涯之生！"无益之事天上没有。在天上待长了，你一定会自杀的。苏东坡说"起舞弄清影，何似在人间！"是有见地之言。我们还是老老实实待在人间吧。

要待在人间，就必须受时间的制约。在时间面前，人人平等。如果想不通我在上面说的那一些并不深奥的道理，时间就变成了枷锁，让你处处感到不舒服。但是，如果真想通了，则戴着枷锁跳舞反而更能增加一些意想不到的兴趣。我自认是想通了。现在照样一抬头就看到书桌上座钟的秒针一跳一跳向前走动，但是我的心却不跳了。我觉得这是时间给我提醒儿，让我知道时间的价值。"一寸光阴不可轻"，朱子这一句诗对我这个年过九十的老头儿也是适用的。

234   2002 年 3 月 31 日

回　忆

（我们时时刻刻沿着人生的路向前走着，时时刻刻就有回忆萦绕着我们。）

回忆很不好说。究竟什么才算是回忆呢？我们时时刻刻沿着人生的路向前走着，时时刻刻有东西映入我们的眼里。——即如现在吧，我一抬头就可以看到清浅的水在水仙花盆里反射的冷光，漫在水里的石子的晕红和翠绿，茶杯里残茶在软柔的灯光下照出的几点金星。但是，一转眼，眼前的这一切，早跳入我的意想里，成轻烟，成细雾，成淡淡的影子，再看起来，想起来，说起来的话，就算是我的回忆了。

只说眼前这一步，只有这一点淡淡的影子，自然是迷离的。但是我自从踏到世界上来，走过不知多少的路。回望过去的茫茫里，有着我的足迹叠成的一条白线，一直引到现在，而且还要引上去。我走过都市的路，看尘烟缭绕在栉比的高屋的顶上。我走过乡村的路，看似水的流云笼罩着远村，看金海似的麦浪。我走过其他许许多多的路，看红的梅，白的雪，潋滟的流水，十里稷稷的松墅，死人的蜡黄的面色，小孩充满了生命力的踊跃。我在一条路上接触到种种的面影，熟悉的，不熟悉的。这一切的一切都在我走着的时候，蓦地成轻烟，成细雾，成淡淡的影子，储在我的回忆里。有的也就被埋在回忆的暗陬里，忘了。当我转向另一条路的时候，随时又有新的东西，另有一群面影凑集在我的眼前。蓦地又成轻烟，成细雾，成淡淡的影子，移入我的回忆里，自然也有的被埋在暗陬里，忘了。新的影子挤入来，又有旧的被挤到不知什么地方去幻灭，有的简直就被挤了出去。以后，当另一群更新的影子挤进来的时候，这新的也就追踪了旧的命运。就这样，挤出，挤进，一直到现在。我的回忆里残留着各样的影子、色彩，分不清先先后后，萦混成一团了。

我就带着这萦混的一团从过去的茫茫里走上来。现在抬头就可以看到水仙花盆里反射的水的冷光，水里石子的晕红和翠绿，残茶在灯下照出的几点金星。自然，前面已经说过，这些都要倏地变成影子，移入回忆里，移入这萦混的一团里，但是在未移入以前，这萦混的一团影子说不定就在我的脑里浮动起来，我就自然陷入回忆里去了——陷入回忆里去，其实是很不费力的事。我面对着当前的事物。不知怎地，迷离里忽然电光似的一掣，立刻有灰蒙蒙的一片展开在我的意想里，仿佛是空空的，没有什么，但随便我想到曾经见过的什么，立刻便有影子浮现出来。跟着来的还不止一个影子，两个，三个，多，更多了。影子在穿梭，在萦混。又仿佛电光似的一掣，我又顺着一条线回忆下去。——比如回忆到故乡里的秋吧。先仿佛看到满场里乱摊着的谷子，黄黄的。再看到左右摆动的老牛的头，飘浮着云烟的田野，屋后银白的一片秋芦。再沉一下心，还仿佛能听到老牛的喘气，柳树顶蝉的曳长了的鸣声。豆荚在日光下毕剥的炸裂声。蓦地，有如阴云

236

漫过了田野，只在我的意想里一晃，在故乡里的这些秋的影子上面，又挤进来别的影子了——红的梅，白的雪，激滟的流水，十里稷稷的松壑，死人的蜡黄的面色，小孩充满了生命力的踊跃。同时，老牛的影，芦花的影，田野的影，也站在我的心里的一个角隅里。这许多的影子掩映着，混起来。我再不能顺着刚才的那条线想下去。又有许多别的历乱的影子在我的意念里跳动。如电光火石，眩了我的眼睛。终于我一无所见，一无所忆。仍然展开了灰蒙蒙的一片，空空的，什么也没有。我的回忆也就停止了。

　　我的回忆停止了，但是绝不能就这样停止下去。我仍然说，我们时时刻刻沿着人生的路向前走着，时时刻刻就有回忆萦绕着我们。——再说到现在吧。灯光平流到我面前的桌上，书页映出了参差的黑影，看到这黑影，我立刻想到在过去不知什么时候看过的远山的淡影。玻璃杯反射着清光，看了这清光，我立刻想到月明下千里的积雪。我正写着字，看了这一颗颗的字，也使我想到阶下的蚁群……倘若再沉一下心，我可以想到过去在某处见过这样的山的淡影。在另一个地方也见过这样的影子，纷纷的一团。于是想了开去，想到同这影子差不多的影子，纷纷的一团。于是又想了开去，仍然是纷纷的一团影子。但是同这山的淡影，同这书页映出的参差的黑影却没有一点关系了。这些影子还没幻灭的时候，又有别的影子隐现在它们后面，朦胧，暗淡，有着各样的色彩。再往里看，又有一层影子隐现在这些影子后面，更朦胧，更暗淡，色彩也更繁复。……一层，一层，看上去，没有完。越远越暗淡了下去。到最后，只剩了那么一点绰绰的形象。就这样，

237

在我的回忆里，一层一层的，这许许多多的影子、色彩，分不清先先后后，又萦混成一团了。

我仍然带了这萦混的一团影走上去。倘若要问：这些影子都在什么地方呢？我却说不清了。往往是这样，一闭眼，先是暗冥冥的一片，再一看，里面就有影子。但再问：这暗冥冥的一片在什么地方呢？恐怕只有天知道吧。当我注视着一件东西发愣的时候，这些影子往往就叠在我眼前的东西上。在不经意的时候，我常把母亲的面影叠在茶杯上，把忘记在什么时候看到的一条长长的伸到水里去的小路叠在 Hölderlin 的全集上，把一树灿烂的海棠花叠在盛着花的土盆上，把大明湖里的塔影叠在桌上铺着的晶莹的清玻璃上，把晚秋黄昏的一天暮鸦叠在墙角的蜘蛛网上，把夏天里烈日下的火红的花团叠在窗外草地上平铺着的白雪上……然而，只要一经意，这些影子立刻又水纹似的幻化开去。同了这茶杯的，这 Hölderlin 全集的，这土盆的，这清玻璃的，这蜘蛛网的，这白雪的，影子，跳入我们的回忆里，在将来的不知什么时候，又要叠在另一些放在我眼前的东西上了。

将来还没有来，而且也不好说。但是，我们眼前的路不正引向将来去吗？我看过了清浅的水在水仙花盆里反射的冷光，映在水里的石子的晕红和翠绿，残茶在软柔的灯光下照出的那几点金星。也看过了茶杯、Hölderlin 全集、土盆、清玻璃、蜘蛛网、白雪，第二天我自然看到另一些新的东西。第三天我自然看到另一些更新的东西。第四天，第五天……看到的东西多起来，这些东西都要倏地成轻烟，成细雾，成淡淡的影子，储在我的回忆里吧。这一团萦混的影子，也要更萦混了。等我不能再走，不能再看的时候，这一团也要随了我走应当走的最后的路。然而这时候，我却将一无所见，一无所忆。这一团影子幻失到什么地方去了呢？随了大明湖里的倒影飘散到茫迷里去了吗？随了远山的淡霭被吸入金色的黄昏里去了吗？说不清，而且也不必说。——反正我有过回忆了。我还希望什么呢？

1934 年 2 月 14 日旧历年元旦灯下

老年谈老

（我仍然要老老实实干活，清清白白做人。）

老年谈老，就在眼前，然而谈何容易！

原因何在呢？原因就在，自己有时候承认老，有时候又不承认，真不知道从何处谈起。

记得很多年以前，自己还不到六十岁的时候，有人称我为"季老"，心中颇有反感，应之逆耳，不应又不礼貌，左右两难，极为尴尬。然而曾几何时，在不知不觉中，渐渐地听得入耳了，有时甚至还有点甜蜜感。自己吃了一惊：原来自己真是老了，而且也承认老了。至于这个大转变是从什么时候开始的，自己有点茫然懵然，我正在推敲而且研究。

不管怎样，一个人承认老是并不容易的。我的一位九十岁出头的老师有一天对我说，他还不觉得老，其他可知了。我认为，在这里关键是一个"渐"字。若干年前，我读过丰子恺先生一篇含有浓厚哲理的散文，讲的就是这个"渐"字。这个字有大神通力，它在人生中的作用绝不能低估。人们有了忧愁痛苦，如果不渐渐地淡化，则一定会活不下去的。人们逢到极大的喜事，如果不渐渐地恢复平静，则必然会忘乎所以，高兴得发狂。人们进入老境，也是逐渐感觉到的。能够感觉到老，其妙无穷。人们渐渐地觉得老了，从积极方面来讲，它能够提醒你：一个人的岁月绝不是取之不尽用之不竭的，应该抓紧时间，把想做的事情做完、做好，免得无常一到，后悔无及。从消极方面来讲，一想到自己的年龄，那些血气方刚时干的勾当就不应该再去硬干。个别喜欢争名于朝、争利于市的人，或许也能收敛一点。老之为用大矣哉！

　　我自己是怎样对待老年呢？说来也颇为简单。我虽年届耄耋，内部零件也并不都非常健全；但是我处之泰然，我认为，人上了年纪，有点这样那样的病，是合乎自然规律的，用不着大惊小怪。如果年老了，硬是一点病都没有，人人活上二三百岁甚至更长的时间，那么今日狂呼"老龄社会"者，恐怕连嗓子也会喊哑，而且吓得浑身发抖，连地球也会被压塌的。我不想做长生的梦。我对老年，甚至对人生的态度是道家的。我信奉陶渊明的两句诗：

纵浪大化中，

不喜亦不惧。

　　这就是我对待老年的态度。

　　看到我已经有了一把子年纪，好多人都问我：有没有什么长寿秘诀。我的答复是：我的秘诀就是没有秘诀，或者不要秘诀。我常常看到有一些相信秘诀的人，禁忌多如牛毛。这也不敢吃，那也不敢尝，比如，吃鸡蛋只吃蛋清，不吃蛋黄，因为据说蛋黄胆固醇高；动物内脏绝不入口，同样因为胆固醇高。有的人吃一个苹果要消三次毒，然后削皮；削皮用的刀子还要消毒，不在话下；削了皮以后，还要消一次毒，此时苹果已经毫无苹果味道，只剩下消毒药水味了。从前有一位化学系的教授，吃饭要仔细计算卡路里的数量，再计算维生素的数量，吃一顿饭用的数学公式之多等于一次实验。结果怎样呢？结果每月饭费超过别人10倍，而人却瘦成一只干巴鸡。一个人到了这个地步，还有什么人生之乐呢？如果再戴上放大百倍的显微镜眼镜，则所见者无非细菌，试问他还能活下去吗？

至于我自己呢，我绝不这样做，我一无时间，二无兴趣。凡是我觉得好吃的东西我就吃，不好吃的我就不吃，或者少吃，卡路里维生素统统见鬼去吧。心里没有负担，胃口自然就好，吃进去的东西都能很好地消化。再辅之以腿勤、手勤、脑勤，自然百病不生了。脑勤我认为尤其重要。如果非要让我讲出一个秘诀不行的话，那么我的秘诀就是：千万不要让脑筋懒惰，脑筋要永远不停地思考问题。

我已年届耄耋，但是，专就北京大学而论，倚老卖老，我还没有资格。在教授中，按年龄排队，我恐怕还要排到二十多位以后。我幻想眼前有一个按年龄顺序排列的向八宝山进军的北大教授队伍。我后面的人当然很多。但是向前看，我还算不上排头，心里颇得安慰，并不着急。可是偏有一些排在我后面的比我年轻的人，风风火火，抢在我前面，越过排头，登上山去。我心里实在非常惋惜，又有点怪他们，今天我国的平均寿命已经超过七十岁，比解放前增加了一倍，你们正在精力旺盛时期，为国效力，正是好时机，为什么非要抢先登山不行呢？这我无法阻拦，恐怕也非本人所愿。不过我已下定决心，绝不抢先加塞。

不抢先加塞活下去目的何在呢？要干些什么事呢？我一向有一个自己认为是正确的看法：人吃饭是为了活着，但活着却不是为了吃饭。到了晚年，更是如此。我还有一些工作要做，这些工作对人民对祖国都还是有利的，不管这个"利"是大是小。我要把这些工作做完，同时还要再给国家培养一些人才。我仍然要老老实实干活，清清白白做人；绝不干对不起祖国和人民的事；要尽量多为别人着想，少考虑自己的得失。人过了八十，金钱富贵等同浮云，要多为下一代操心，少考虑个人名利，写文章绝不剽窃抄袭，欺世盗名。等到非走不行的时候，就顺其自然，坦然离去，无愧于个人良心，则吾愿足矣。

要说的话已经说完，但是我还想借这个机会发点牢骚。我在上面提到"老龄社会"这个词儿。这个概念我是懂得的，有一些措施我也是赞成的。什么干部年轻化，教师年轻化，我都举双手赞成。但是我对报纸上天天大声叫嚷"老龄社会"，却有极大的反感。好像人一过六十就成了社会的包袱，成了阻碍社会进步的绊脚石，我看有点危言耸听，不知道用意何在。我自己已是老人，我也观察过许多别的老人。他们中游手好闲者有之，躺在医院里不能动的有之，天天提鸟笼持钓竿者有之，如此等等，不一而足。但这只是少数，并不是老人的全部。还有不少老人虽然已经寿登耄耋，年逾期颐，向着米寿甚至茶寿进军，但仍然勤勤恳恳，焚膏继晷，兀兀穷年，难道这样一些人也算是社会的包袱吗？

我倒不一定赞成"姜是老的辣"这样一句话。年轻人朝气蓬勃，是我们未来希望之所在，让他们登上要路津，是完全必要的。但是对老年人也不必天天絮絮叨叨，耳提面命："你们已经老了！你们已经不行了！对老龄社会的形成你们不能辞其咎呀！"这样做有什么用处呢？随着生活的日益改善，人们的平均寿命还要提高，将来老年人在社会中所占的比例还要提高。即使你认为这是一件坏事，你也没有法子改变。听说从前钱玄同先生主张，人过四十一律枪毙。这只是愤激之辞，有人作诗讽刺他自己也活过了四十而照样活下去。我们有人老是为社会老龄化担忧，难道能把六十岁以上的人统统赐自尽吗？老龄化同人口多不是一码事。担心人口爆炸，用计划生育的办法就能制止。老龄化是自然趋势，而且无法制止。既然无法制止，就不必瞎嚷，这是徒劳无益的。我总怀疑，"老龄化"这玩意儿也是从外国进口的舶来品。西方人有同我们不同的伦理概念。我们大可以不必东施效颦。质诸高明，以为如何？

牢骚发完，文章告终，过激之处，万望包容。

1991 年 7 月 15 日

新年抒怀

（"这一出戏就要煞戏了"，它愿意什么时候煞，就什么时候煞吧。）

除夕之夜，半夜醒来，一看表，是一点半钟，心里轻轻地一颤：又过去一年了。

小的时候，总希望时光快快流逝，盼过节，盼过年，盼迅速长大成人。然而，时光却偏偏好像停滞不前，小小的心灵里溢满了忿忿不平之气。

但是，一过中年，人生之车好像是从高坡上滑下，时光流逝得像电光一般。它不饶人，不了解人的心情，愣是狂奔不已。一转眼间，"两岸猿声蹄不住，轻舟已过万重山"，滑过了花甲，滑过了古稀，少数幸运者或者什么者，滑到了耄耋之年。人到了这个境界，对时光的流逝更加敏感。年轻的时候考虑问题是以年计，以月计。到了此时，是以日计，以小时计了。

我是一个幸运者或者什么者，眼前正处在耄耋之年。我的心情不同于青年，也不同于中年，纷纭万端，绝不是三两句就能说清楚的。我自己也理不出一个头绪来。

过去的一年，可以说是我一生最辉煌的年份之一。求全之毁根本没有，不虞之誉却多得不得了，压到我身上，使我无法消化，使我感到沉重。有一些称号，初戴到头上时，自己都感到吃惊，感到很不习惯。就在除夕的前一天，也就是前天，在解放后第一次全国性国家图书奖会议上，在改革开放以来十几年的，包括文理法农工医以及军事等等方面的五十一万多种图书中，在中宣部和财政部的关怀和新闻出版署的直接领导下，经过全国七十多位专家的认真细致的评审，共评出国家图书奖45种。只要看一看这个比例数字，就能够了解获奖之困难。我自始至终参加了评选工作。至于自己同获奖有份，一开始时，我连做梦都没有梦到。然而结果我却有两部书获奖。在小组会上，我曾要求撤出我那一本书，评委不同意。我只能以不投自己的票的办法来处理此事。对这个结果，要说自己不高兴，那是矫情，那是虚伪，为我所不取。我更多地感觉到的是惶恐不安，感觉到惭愧。许多非常有价值的图书，由于种种原因，没有评上，自己却一再滥竽。这也算是一种机遇，也是一种幸运吧。我在这里还要补上一句：在旧年的最后一天的《光明日报》上，我读到老友邓广铭教授对我的评价，我也是既感且愧。

我过去曾多次说到，自己向无大志，我的志是一步步提高的，有如水涨船高。自己绝非什么天才，我自己评估是一个中人之才。如果自己身上还有什么可取之处的话，那就是，自己是勤奋的，这一点差堪自慰。我是一个富于感情的人，是一个自知之明超过需要的人，是一个思维不懒惰，脑筋永远不停地转动的人。我得利之处，恐怕也在这里。过去一年中，在我走的道路上，撒满了玫瑰花，到处是笑脸，到处是赞誉。我成为一个"很可接触者"。

要了解我过去一年的心情，必须把我的处境同我的性格，同我内心的感情联系在一起。现在写"新年抒怀"，我的"怀"，也就是我的心情，在过去一年我的心情是什么样子的呢？

首先是，我并没有被鲜花和赞誉冲昏了头脑，我的头脑是颇为清醒的。一位年轻的朋友说我似乎忘记了自己的年龄。这只是一个表面现象。尽管从表面上来看，我似乎是朝气蓬勃，在学术上野心勃勃，我揽的工作远远超过一个耄耋老人所能承担的，我每天的工作量在同辈人中恐怕也居上乘。但是我没有忘乎所以，我并没有忘记自己的年龄。在朋友欢笑之中，在家庭聚乐之中，在灯红酒绿之时，在奖誉纷至潮来之时，我满面含笑，心旷神怡，却蓦地会在心灵中一闪念："这一出戏快结束了！"我像撞客的人一样，这一闪念紧紧跟随着我，我摆脱不掉。

是我怕死吗？不，不，绝不是的。我曾多次讲过：我的生命本应该在"十年浩劫"中结束的。在比一根头发丝还细的偶然性中，我侥幸活了下来。从那以后，我所有的寿命都是白捡来的；多活一天，也算是"赚了"。而且对于死，我近来也已形成了一套完整的看法："应尽便须尽，无复独多虑。"死是自然规律，谁也违抗不得。用不着自己操心，操心也无用。

那么我那种快煞戏的想法是怎样来的呢？记得在大学读书时，读过俞平伯先生的一篇散文：《重过西园码头》，时隔六十余年，至今记忆犹新。其中有一句话："从现在起我们要仔仔细细地过日子了。"这就说明，过去日子过得不仔细，甚至太马虎。俞平伯先生这样，别的人也是这样，我当然也不例外。日子当前，总过得马虎。时间一过，回忆又复甜蜜。宋词中有一句话："当时只道是寻常。"真是千古名句，道出了人们的这种心情。我希望，现在能够把当前的日子过得仔细一点，认为不寻常一点。特别是在走上了人生最后一段路程时，更应该这样。因此，我的快煞戏的感觉，完全是积极的，没有消极的东西，更与怕死没有牵连。

在这样的心情的指导下，我想的很多很多，我想到了很多的人。首先是想到了老朋友。清华时代的老朋友胡乔木，最近几年曾几次对我说，他想要看一看年轻时候的老朋友。他说："见一面少一面了！"初听时，我还觉得他过于感伤，后来逐渐品味出他这一句话的分量。可惜他前年就离开了我们，走了。去年我用实际行动响应了他的话，我邀请了六七位有五六十年友谊的老友聚了一次。大家都白发苍苍了，但都兴会淋漓。我认为自己干了一件好事。我哪里会想到，参加聚会的吴组缃现已病卧医院中。我听了心中一阵颤动。今年元旦，我潜心默祷，祝他早日康复，参加我今年准备的聚会。没有参加聚会的老友还有几位。我都一一想到了，我在这里也为他们的健康长寿祷祝。

我想到的不只有老年朋友，年轻的朋友，包括我的第一代、第二代、第三代的学生，无论是在国内，还是在国外，我也都一一想到了。我最近颇接触了一些青年学生，我认为他们是我的小友。不知道为什么我对这一群小友的感情越来越深，几乎可以同我的年龄成正比。他们朝气蓬勃，前程似锦。我发现他们是动脑筋的一代，他们思考着许许多多的问题，淳朴、直爽，处处感动着我。俗话说："长江后浪推前浪，世上新人换旧人。"我们祖国的希望和前途就寄托在他们身上，全人类的希望和前途也寄托在他们身上。对待这一批青年，唯一正确的做法是理解和爱护，诱导与教育，同时还要向他们学习。这是就公而言。在私的方面，我同这些生龙活虎般的青年们在一起，他们身上那一股朝气，充盈洋溢，仿佛能冲刷掉我身上这一股暮气，我顿时觉得自己年轻了若干年。同青年们接触真能延长我的寿命。古诗说："服食求神仙，多为药所误。"我一不服食，二不求神。青年学生就是我的药石，就是我的神仙。我企图延长寿命，并不是为了想多吃人间几千顿饭。我现在吃的饭并不特别好吃，多吃若干顿饭是毫无意义的。我现在计划要做的学术工作还很多，好像一个人在日落西山的时分，前面还有颇长的路要走。我现在只希望多活上几年，再多走几程路，在学术上再多做点工作，如此而已。

在家庭中，我这种快煞戏的感觉更加浓烈。原因也很简单，必然是因为我认为这一出戏很有看头，才不希望它立刻就煞住，因而才有这种浓烈的感觉。如果我认为这一出戏不值一看，它煞不煞与己无干，淡然处之，这种感觉从何而来？过去几年，我们家屡遭大故。老祖离开我们，走了。女儿也先我而去。这在我的感情上留下了永远无法弥补的伤痕。尽管如此，我仍然有一个温馨的家。我的老伴、儿子和外孙媳妇仍然在我的周围。我们和睦相处，相亲相敬。每一个人都是一个最可爱的人。除了人以外，家庭成员还有两只波斯猫，一只顽皮，一只温顺，也都是最可爱的猫。家庭的空气怡然，盎然。可是，前不久，老伴突患脑溢血，住进医院。在她没病的时候，她已经不良于行，整天坐在床上。

我们平常没有多少话好说。可是我每天从大图书馆走回家来，好像总嫌路长，希望早一点到家。到了家里，在破藤椅上一坐，两只波斯猫立即跳到我的怀里，让我搂它们睡觉。我也眯上眼睛，小憩一会儿。睁眼就看到从窗外流进来的阳光，在地毯上流成一条光带，慢慢地移动，在百静中，万念俱息，怡然自得。此乐实不足为外人道也。然而老伴却突然病倒了。在那些严重的日子里，我在从大图书馆走回家来，我在下意识中，总嫌路太短，我希望它长，更长，让我永远走不到家。家里缺少一个虽然坐在床上不说话却散发着光与热的人，我感到冷清，我感到寂寞，我不想进这个家门。在这样的情况下，我心里就更加频繁地出现那一句话："这一出戏快煞戏了！"但是，就目前的情况来看，老伴虽然仍然住在医院里，病情已经有了好转。我在盼望着，她能很快回到家来，家里再有一个虽然不说话但却能发光发热的人，使我再能静悄悄地享受沉静之美，让这一出早晚要煞戏的戏再继续下去演上几幕。

按世俗算法，从今天起，我已经达到 83 岁的高龄了，几乎快到一个世纪了。我虽然不爱出游，但也到过三十个国家，应该说是见多识广。在国内将近半个世纪，经历过峰回路转，经历过柳暗花明，快乐与苦难并列，顺利与打击杂陈。我脑袋里的回忆太多了，过于多了。眼前的工作又是头绪万端，谁也说不清我究竟有多少名誉职称，说是打破纪录，也不见得是夸大，但是，在精神上和身体上的负担太重了。我真有点承受不住了。尽管正如我上面所说的，我一不悲观，二不厌世，可是我真想休息了。古人说："夫大块劳我以生，息我以死。"德国伟大诗人歌德晚年有一首脍炙人口的诗，最后一句是"你也休息"，仿佛也表达了我的心情，我真想休息一下了。

心情是心情，活还是要活下去的。自己身后的道路越来越长，眼前的道路越来越短，因此前面剩下的这短短的道路，更弥加珍贵。我现在过日子是以天计，以小时计。每一天每一个小时都是可贵的。我希望真正能够仔仔细细地过，认认真真地过，细细品味每一分钟每一秒钟，我认为每一分每一秒都不"寻常"。我希望千万不要等到以后再感到"当时只道是寻常"，空吃后悔药，徒唤奈何。对待自己是这样，对待别人，也是这样。我希望尽上自己最大的努力，使我的老朋友，我的小朋友，我的年轻的学生，当然也有我的家人，都能得到愉快。我也绝不会忘掉自己的祖国，只要我能为她做到的事情，不管多么微末，我一定竭尽全力去做。只有这样，我心里才能获得宁静，才能获得安慰。"这一出戏就要煞戏了"，它愿意什么时候煞，就什么时候煞吧。

现在正是严冬。室内春意融融，窗外万里冰封。正对着窗子的那一棵玉兰花，现在枝干光秃秃的一点生气都没有。但是枯枝上长出的骨朵儿却象征着生命，蕴涵着希望。花朵正蜷缩在骨朵儿内心里，春天一到，东风一吹，会立即能绽开白玉似的花。池塘里，眼前只有残留的枯叶在寒风中在层冰上摇曳。但是，我也知道，只等春天一到，坚冰立即化为潋潋的春水。现在蜷缩在黑泥中的叶子和花朵，在春天和夏天里都会蹿出水面。在春天里，"莲叶何田田"。到了夏天，"接天莲叶无穷碧，映日荷花别样红"，

251

那将是何等光华烂漫的景色啊。"既然冬天到了,春天还会远吗?"我现在一方面脑筋里仍然会不时闪过一个念头:"这一出戏快煞戏了。"这丝毫也不含糊;但是,另一方面我又觉得这一出戏的高潮还没有到,恐怕在煞戏前的那一刹那才是真正的高潮,这一点也绝不含糊。

1994 年 1 月 1 日

长寿之道
（不锻炼，不挑食，不嘀咕。）

我已经到了望九之年，可谓长寿矣，因此经常有人向我询问长寿之道，养生之术。我敬谨答曰："养生无术是有术。"

这话看似深奥，其实极为简单明了。我有两个朋友，十分重视养生之道。每天锻炼身体，至少要练上两个钟头。曹操诗曰："对酒当歌，人生几何？"人生不过百年，每天费上两个钟头，统计起来，要有多少钟头啊！利用这些钟头，能做多少事情呀！如果真有用，也还罢了。他们二人，一个先我而走，一个卧病在家，不能出门。

因此，我首创了三"不"主义：不锻炼，不挑食，不嘀咕，名闻全国。

我这个三不主义，容易招误会，我现在利用这个机会解释一下。我并不绝对反对适当的体育锻炼，但不要过头。一个人如果天天望长寿如大旱之望云霓，而又绝对相信体育锻炼，则此人心态恐怕有点失常，反不如顺其自然为佳。

至于不挑食，其心态与上面相似。常见有人年才逾不惑，就开始挑食，蛋黄不吃，动物内脏不吃，每到吃饭，战战兢兢，如履薄冰，窘态可掬，看了令人失笑。以这种心态而欲求长寿，岂非南辕而北辙！

我个人认为，第三点最为重要。对什么事情都不嘀嘀咕咕，心胸开朗，乐观愉快，吃也吃得下，睡也睡得着，有问题则设法解决之，有困难则努力克服之，决不视芝麻绿豆大的窘境如苏迷庐山般大，也决不毫无原则随遇而安，决不玩世不恭。"应尽便须尽，无复独多虑"。有这样的心境，焉能不健康长寿？

我现在还想补充一点，很重要的一点。根据我个人七八十年的经验，一个人决不能让自己的脑筋投闲置散，要经常让脑筋活动着。根据外国一些科学家的实验结果，"用脑伤神"的旧说法已经不能成立，应改为"用脑长寿"。人的衰老主要是脑细胞的死亡。中老年人的脑细胞虽然天天死亡，但人一生中所启用的脑细胞只占细胞总量的四分之一，而且在活动的情况下，每天还有新的脑细胞产生。只要脑筋的活动不停止，新生细胞比死亡细胞数目还要多。勤于动脑筋，则能经常保持脑中血液的流通状态，而且能通过脑筋协调控制全身的功能。我过去经常说："不要让脑筋闲着。"我就是这样做的。结果是有人说我"身轻如燕，健步如飞"。这话有点过了头，反正我比同年龄人要好些，这却是真的。原来我并没有什么科学根据，只能算是一种朴素的直觉。现在读报纸，得到了上面认识。在沾沾自喜之余，谨做补充如上。

这就是我的"长寿之道"。

1997 年 10 月 29 日

254

百年回眸

（每一个人的一生都是一场拼搏。）

我们眼前正处在一个"世纪末"，甚至"千纪末"中。所谓"世纪"是人为地制造成的。如果没有耶稣，哪里来的什么公元；如果没有公元，又哪里来的什么世纪。这种人工制成的东西，不像年、月、日、时，春、夏、秋、冬这些大自然形成的东西，有其产生的必然性，对人类和世界万物有其必然的影响。这是一个十分浅显的道理，一想就能明白的。

可是人造的世纪，偏偏又回过头来对人类的思想和行动产生影响。十九世纪的"世纪末"中，欧洲思想界、文学艺术界所发生的颇为巨大的变动，是人所共知的。然而，迄今却还没有得到合情合理的解释。

现在一个新的"世纪末"又来到了我们身边。在这个二十世纪的"世纪末"中，全球政治方面的剧烈变动，实在令人有石破天惊之感。在哲学思想、文艺理论等方面的变动，也十分惊人。今天一个"主义"，明天一个"主义"，令人目不暇接，而所谓"信息爆炸"，更搅得天下不安。这些都是事实，至于它们与"世纪末"有否必然的联系，则是说不清楚的一个问题。

也有能完全说得清楚的就是，眼下全世界各国政府，以及一切懂得世纪和世纪末的意义的人士，无不纷纷回顾，回顾即将过去的二十世纪，又纷纷瞻望，瞻望即将来临的二十一世纪。学术界也在忙着总结二十世纪的成绩，预想下一个世纪的前景。几乎人人都在犯着神秘莫测的世纪病。

有人称我为"世纪老人"，我既感光荣，又感惶恐，因为，我自己还欠一把火，我只在二十世纪生活了八十九年，还差十一年才够得上一个世纪，但是，退一步想，我毕竟经历了一个世纪的百分之九十，虽不中，不远矣。回忆一个世纪的经历，我还算是有点资格的。因此，我不揣冒昧，就来一个"世纪回眸"，谈一谈我在过去一个世纪上的亲身感受。

我一向有一个看法，我觉得，每一个人的一生都是一场拼搏。人的降生，都是被动的，并非出于个人愿望。既然来到人间，就必须活下去。然而，活下去却并不容易，包括旧时代的皇帝在内，馅饼并不从天上自动掉到你的嘴里来，你必须去拼搏。这是一个人生存的首要任务。我从1911年起，就拼搏着前进，有时走阳光大道，有时走独木小桥。有时风和日丽，有时阴霾蔽天，拼呀拼，一直拼到今天，总算还活着，我的同龄人有的已经离开了这个世界。我现在的情况可以拿一句旧诗来形象地描绘出来："删繁就简三秋树。"我这一个叶片身边老叶片不多了，怎能没有凄清寂寞之感呢？

再谈这一百年来我亲身经历的世界大事和国家大事。我经历过清朝帝国，虽然只有两个多月，毕竟还得算是清朝"遗小"。

我经历过辛亥革命，经历过洪宪称帝，经历过军阀混战，经历过国民党统治，经历过日寇入侵，经历过抗日战争，其间我在欧洲住过十年，亲身经历了二战，又经历过解放战争，经历过中华人民共和国的建立。建立以后，眼前虽然有了希望了，然而又今天斗，明天斗，这次我斗了你，下次你斗了我，搅得知识分子如我者，天天胆战心惊，如履薄冰，斗到了1966年，终于斗进了牛棚。改革开放以后，松了一口气；然而人已垂垂老矣。

从世界范围内来看，西方工业革命以后，科技的发展给全世界人民带来极大的福利，无远弗届。这我们决不会忘记。然而跟着来的却是无穷无尽的灾害和弊端，举其荦荦大者，如环境污染，空气污染，生态平衡破坏，臭氧层出洞，人口爆炸，新疾病产生，淡水资源匮乏，如此等等，不一而足。上面列举的弊端，都与工业生产有紧密联系，哪一个弊端不消除，也能影响人类生存的前途。现在，有识人士，奔走惊呼，各国政府也在努力设立专门机构，企图解决这些问题。"天之骄子"的人类何去何从？实在成了"世纪末"的一大问题。

再说到我自己。我从1911年就努力拼搏，拼搏了一生，好像是爬泰山南天门。我不想"会当凌绝顶，一览众山小"。我只是不得不爬而已。有如鲁迅《野草》中的那一位"过客"，只须努力向前。我想起了两句旧诗："马后桃花马前雪，教人哪得不回头？"我想把这诗改为："马前桃花马后雪，教人哪得肯回头？"我的"马前"当然指的是二十一世纪，"马后"就是即将过去的二十世纪。"马后雪"，是可以肯定的。"马前桃花"，却只是我的希望。我真是万分虔诚地期望着，二十一世纪将会是桃花开满了普天之下，绚丽芬芳，香气直冲牛斗。

1998 年 10 月 15 日

老年十忌

（老年是人生的一个阶段，有一些独特的不应该做的事情。）

我已经写过谈老年的文章，意犹未尽，再写"十忌"。

忌，就是禁忌，指不应该做的事情。人的一生，都有一些不应该做的事情，这是共性。老年是人生的一个阶段，有一些独特的不应该做的事情，这是特性，老年禁忌不一定有十个。我因受传统的"十全大补"、"某某十景"之类的"十"字迷的影响，姑先定为十个。将来或多或少，现在还说不准。骑驴看唱本，走着瞧吧。

一忌：说话太多。

说话，除了哑巴以外，是每人每天必有的行动。有的人喜欢说话，有的人不喜欢，这决定于一个人的秉性，不能强求一律。我在这里讲忌说话太多，并没有"祸从口出"或"金人三缄其口"的涵义。说话惹祸，不在话多话少，有时候，一句话就能惹大祸。口舌惹祸，也不限于老年人，中年和青年都可能由此致祸。

我先举几个例子。

某大学有一位老教授，道德文章，有口皆碑。虽年逾耄耋，而思维敏锐，说话极有条理。不足之处是：一旦开口，就如悬河泄水，滔滔不绝；又如开了闸，再也关不住，水不断涌出。在那个大学里流传着一个传说：在学校召开的会上，某老一开口发言，有的人就退席回家吃饭，饭后再回到会场，某老谈兴正浓。据说有一次博士生答辩会，规定开会时间为两个半小时，某老参加，一口气讲了两个小时，这个会会是什么结果，答辩委员会的主席会有什么想法和措施，他会怎样抓耳挠腮，坐立不安，概可想见了。

另一个例子是一位著名的敦煌画家。他年轻的时候，头脑清楚，并不喜欢说话。一进入老境，脾气大变，也许还有点老年痴呆症的原因，说话既多又不清楚。有一年，在北京国家图书馆新建的大礼堂中召开中国敦煌吐鲁番学会的年会，开幕式必须请此老讲话。我们都知道他有这个毛病，预先请他夫人准备了一个发言稿，简捷而扼要，塞入他的外衣口袋里，再三叮嘱他，念完就退席。然而，他一登上主席台就把此事忘得一干二净，摆开架子，开口讲话，听口气是想从开天辟地讲起，如果讲到那一天的会议，中间至少有3000年的距离，主席有点沉不住气了。我们连忙采取紧急措施，把他夫人请上台，从他口袋里掏出发言稿，让他照念，然后下台如仪，会议才得以顺利进行。

类似的例子还可以举出一些来，我不再举了。根据我个人的观察，不是每一个老人都有这个小毛病，有的人就没有。我说它是"小毛病"，其实并不小。试问，我上面举出的开会的例子，难道那还不会制造极为尴尬的局面吗？当然，话又说了回来，爱说长话的人并不限于老年，中青年都有，不过以老年为多而已。

因此，我编了四句话，奉献给老人：

年老之人，血气已衰；煞车失灵，戒之在说。

二忌：倚老卖老。

五十年代和六十年代前期，中国政治生活还比较（我只说是"比较"）正常的时候，周恩来招待外宾后，有时候会把参加招待的中国同志在外宾走后留下来，谈一谈招待中有什么问题或纰漏，有点总结经验的意味。这时候刚才外宾在时严肃的场面一变而为轻松活泼，大家都争着发言，谈笑风生，有时候一直谈到深夜。

有一次，总理发言时使用了中国常见的"倚老卖老"这个词儿。翻译一时有点迟疑，不知道怎样恰如其分地译成英文。总理注意到了，于是在客人走后就留下中国同志，议论如何翻译好这个词儿。大家七嘴八舌，最终也没能得出满意的结论。我现在查了两部《汉英词典》，都把这个词儿译为：To take advantage of one's seniority or old age. 意思是利用自己的年老，得到某一些好处，比如脱落形迹之类。我认为基本能令人满意的；但是"达到脱落形迹的目的"，似乎还太狭隘了一点，应该是"达到对自己有利的目的"。

人世间确实不乏"倚老卖老"的人，学者队伍中更为常见。眼前请大家自己去找。我讲点过去的事情，故事就出在清吴敬梓的《儒林外史》中。吴敬梓有刻画人物的天才，着墨不多，而能活灵活现。第十八回，他写了两个时文家。胡三公子请客：

261

四位走进书房，见上面席间先坐着两个人，方巾白须，大模大样，见四位进来，慢慢立起身。严贡生认得，便上前道："卫先生、随先生都在这里，我们公揖。"当下作过了揖，请诸位坐。那卫先生、随先生也不谦让，仍旧上席坐了。

　　倚老卖老，架子可谓十足。然而本领却并不怎么样，他们的诗，"且夫"、"尝谓"都写在内，其余也就是文章批语上采下来的几个字眼。一直到今天，倚老卖老，摆老架子的人大都如此。

　　平心而论，人老了，不能说是什么好事，老态龙钟，惹人厌恶；但也不能说是什么坏事。人一老，经验丰富，识多见广。他们的经验，有时会对个人甚至对国家是有些用处的。但是，这种用处是必须经过事实证明的，自己一厢情愿地认为有用处，是不会取信于人的。另外，根据我个人的体验与观察，一个人，老年人当然也包括在里面，最不喜欢别人瞧不起他。一感觉到自己受了怠慢，心里便不是滋味，甚至怒从心头起，拂袖而去。有时闹得双方都不愉快，甚至结下怨仇。这是完全要不得的。一个人受不受人尊敬，完全决定了你有没有值得别人尊敬的地方。在这里，摆架子，倚老卖老，都是枉然的。

262

　　三忌：思想僵化。

　　人一老，在生理上必然会老化；在心理上或思想上，就会僵化。此事理之所必然，不足为怪。要举典型，有鲁迅的九斤老太在。

从生理上来看，人的躯体是由血、肉、骨等物质的东西构成的，是物质的东西就必然要变化、老化，以至消逝。生理的变化和老化必然影响心理或思想，这是无法抗御的。但是，变化、老化或僵化却因人而异，并不能一视同仁。有的人早，有的人晚；有的人快，有的人慢。所谓老年痴呆症，只是老化的一个表现形式。

空谈无补于事，试举一标本，加以剖析。远在天边，近在眼前，标本就是我自己。

我已届九旬高龄，古今中外的文人能活到这个年龄者只占极少数。我不相信这是由于什么天老爷、上帝或佛祖的庇佑，而是享了新社会的福。现在，我目虽不太明，但尚能见物；耳虽不太聪，但尚能闻声。看来距老年痴呆和八宝山还有一段距离，我也还没有这样的计划。

但是，思想僵化的迹象我也是有的。我的僵化同别人或许有点不同：它一半自然，一半人为；前者与他人共之，后者则为我所独有。

我不是九斤老太一党，我不但不认为"一代不如一代"，而且确信"雏凤清于老凤声"。可是最近几年来，一批"新人类"或"新新人类"脱颖而出，他们好像是一批外星人，他们的思想和举止令我迷惑不解，惶恐不安。这算不算是自然的思想僵化呢？

至于人为的思想僵化，则多一半是一种逆反心理在作祟。就拿穿中山装来做例子，我留德十年，当然是穿西装的。解放以后，我仍然有时改着西装。可是改革开放以来，不知从哪吹来了一股风，一夜之间，西装遍神州大地矣。我并不反对穿西装；但我不承认西装就是现代化的标志，而且打着领带锄地，我也觉得滑稽可笑。于是我自己就"僵化"起来，从此再不着西装，国内国外，大小典礼，我一律蓝色卡其布中山装一袭，以不变应万变矣。

还有一个"化"，我不知道怎样称呼它。世界科技进步，一日千里，没有科技，国难以兴，事理至明，无待赘言。科技给人类带来的幸福，也是有目共睹的。但是，它带来了危害，也无法掩饰。世界各国现在都惊呼环保，环境污染难道不是科技发展带来的吗？犹有进者。我突然感觉到，科技好像是龙虎山张天师镇妖瓶中放出来的妖魔，一旦放出来，你就无法控制。只就克隆技术一端言之，将来能克隆人，指日可待。一旦实现，则人类社会迄今行之有效的法律准则和伦理规范，必遭破坏。将来的人类社会变成什么样的社会呢？我有点不寒而栗。这似乎不尽属于"僵化"范畴，但又似乎与之接近。

四忌：不服老。

服老，《现代汉语词典》的解释："承认年老"，可谓简明扼要。人上了年纪，是一个客观事实，服老就是承认它，这是唯物主义的态度。反之，不承认，也就是不服老倒迹近唯心了。

中国古代的历史记载和古典小说中，不服老的例子不可胜数，尽人皆知，无须列举。但是，有一点我必须在这里指出来：古今论者大都为不服老唱赞歌，这有点失于偏颇，绝对地无条件地赞美不服老，有害无益。

空谈无补，举几个实例，包括我自己。

1949年春夏之交，解放军进城还不太久，忘记了是出于什么原因，毛泽东的老师徐特立约我在他下榻的翠明庄见面。我准时赶到，徐老当时年已过八旬，从楼上走下，卫兵想去扶他，他却不停地用胳膊肘捣卫兵的双手，一股不服老的劲头至今给我留下了难忘的印象。

再一个例子是北大二十年代的教授陈翰笙先生。陈先生生于1896年，跨越了三个世纪，至今仍然健在。他晚年病目失明，但这丝毫也没有影响了他的活动，有会必到。有人去拜访他，他必把客人送到电梯门口。有时还会对客人伸一伸胳膊，踢一踢腿，表示自己有的是劲。前几年，每天还安排时间教青年英文，分文不取。这样的不服老我是钦佩的。

也有人过于服老。年不到五十，就不敢吃蛋黄和动物内脏，怕胆固醇增高。这样的超前服老，我是不敢钦佩的。

至于我自己，我先讲一段经历。是在1995年，当时我已经达到了八十四岁高龄。然而我却丝毫没有感觉到，不知老之已至，正处在平生写作的第二个高峰中。每天跑一趟大图书馆，几达两年之久，风雪无阻。我已经有点忘乎所以了。一天早晨，我照例四点半起床，到东边那一单元书房中去写作。一转瞬间，肚子里向我发出信号：该填一填它了。一看表，已经六点多了。于是我放下笔，准备回西房吃早点。可是不知是谁把门从外面锁上了，里面开不开。我大为吃惊，回头看到封了顶的阳台上有一扇玻璃窗可以打开。我于是不假思索，立即开窗跳出，从窗口到地面约有一米八高。我一堕地就跌了一个大马趴，脚后跟有点痛。旁边就是洋灰台阶的角，如果脑袋碰上，后果真不堪设想，我后怕起来了。我当天上、下午都开了会，第二天又长驱数百里到天津南开大学去做报告。脚已经肿了起来。第三天，到校医院去检查，左脚跟有点破裂。

我这样的不服老，是昏聩糊涂的不服老，是绝对要不得的。

我在上面讲了不服老的可怕，也讲到了超前服老的可笑。然则何去何从呢？我认为，在战略上要不服老，在战术上要服老，二者结合，庶几近之。

五忌：无所事事。

这是一个比较复杂的问题，必须细致地加以分析，区别对待，不能一概而论。

达官显宦，在退出政治舞台之后，幽居府邸，"庭院深深深几许"，我辈槛外人无法窥知，他们是无所事事呢，还是有所事事，无从谈起，姑存而不论。

富商大贾，一旦钱赚够了，年纪老了，把事业交给儿子、女儿或女婿，他们是怎样度过晚年的，我们也不得而知，我们能知道的只是钞票不能拿来炒着吃。这也姑且存而不论。

说来说去，我所能够知道的只是工、农和知识分子这些平头老百姓。中国古人说："一事不知，儒者之耻。"今天，我这个"儒者"却无论如何也没有胆量说这样的大话。我只能安分守己，夹起尾巴来做人，老老实实地只谈论老百姓的无所事事。

我曾到过承德，就住在避暑山庄对面的一个旅馆里。每天清晨出门散步，总会看到一群老人，手提鸟笼，把笼子挂在树枝上，自己则分坐在山庄门前的石头上，"闲坐说玄宗"。一打听，才知道他们多是旗人，先人是守卫山庄的八旗兵，而今老了，无所事事，只有提鸟笼子。试思：他们除了提鸟笼子外还能干什么呢？他们这种无所事事，不必探究。

　　北大也有一批退休的老工人，每日以提鸟笼为业。过去他们常聚集在我住房附近的一座石桥上，鸟笼也是挂在树枝上，笼内鸟儿放声高歌，清脆嘹亮。我走过时，也禁不住驻足谛听，闻而乐之。这一群工人也可以说是无所事事，然而他们又怎样能有所事事呢？

　　现在我只能谈我自己也是其中一分子，因而我最了解情况的知识分子。国家给年老的知识分子规定了退休年龄，这是合情合理的，应该感激的。但是，知识分子行当不同，身体条件也不相同。是否能做到老有所为，完全取决于自己，不取决于政府。自然科学和技术，我不懂，不敢瞎说。至于人文社会科学，则我是颇为熟悉的。一般说来，社会科学的研究不靠天才火花一时的迸发，而靠长期积累。一个人到了六十多岁退休的关头，往往正是知识积累和资料积累达到炉火纯青的时候。一旦退下，对国家和个人都是一个损失。有进取心有干劲者，可能还会继续干下去的。可是大多数人则无所事事。我在南北几个大学中都听到了有关"散步教授"的说法，就是一个退休教授天天在校园里溜达，成了全校著名的人物。我没同"散步教授"谈过话，不知道他们是怎样

267

想的。估计他们也不会很舒服。锻炼身体，未可厚非。但是，整天这样"锻炼"，不也太乏味太单调了吗？学海无涯，何妨再跳进去游泳一番，再扎上两个猛子，不也会身心两健吗？蒙田说得好："如果大脑有事可做，有所制约，它就会在想象的旷野里驰骋，有时就会迷失方向。"

六忌：提当年勇。

我做了一个梦。

我驾着祥云或别的什么云，飞上了天宫，在凌霄宝殿多功能厅里，参加了一个务虚会。第一个发言的是项羽。他历数早年指挥雄师数十万，横行天下，各路诸侯皆俯首称臣，他是诸侯盟主，颐指气使，没有敢违抗者。鸿门设宴，吓得刘邦像一只小耗子一般。说到尽兴处，手舞足蹈，唾沫星子乱溅。这时忽然站起来了一位天神，问项羽：四面楚歌，乌江自刎是怎么一回事呀？项羽立即垂下了脑袋，仿佛是一个泄了气的皮球。

第二个发言的是吕布，他手握方天画戟，英气逼人。他放言高论，大肆吹嘘自己怎样戏貂蝉，杀董卓，为天下人民除害；虎牢关力敌关、张、刘三将，天下无敌。正吹得眉飞色舞，一名神仙忽然高声打断了他的发言："白门楼上向曹操下跪，恳求饶命，大耳贼刘备一句话就断送了你的性命，是怎么一回事呢？"吕布面色立变，流满了汗，立即下台，像一只斗败了的公鸡。

第三个发言的是关羽。他久处天宫，大地上到处都有关帝庙，房子多得住不过来。他威仪俨然，放不下神架子。但发言时，一谈到过五关斩六将，用青龙偃月刀挑起曹操捧上的战袍时，便不禁圆睁丹凤眼，猛抖卧蚕眉，兴致淋漓，令人肃然。但是又忽然站起了一位天官，问道："夜走麦城是怎么一回事呢？"关公立即放下神架子，神色仓皇，脸上是否发红，不得而知，因为他的脸本来就是红的。他跳下讲台，在天宫里演了一出夜走麦城。

我听来听去，实在厌了，便连忙驾祥云回到大地上，正巧落在绍兴，又正巧阿Q被小D抓住辫子往墙上猛撞，阿Q大呼："我从前比你阔得多了！"可是小D并不买账。

谁一看都能知道，我的梦是假的。但是，在芸芸众生中，特别是在老年中，确有一些人靠自夸当年勇来过日子。我认为，这也算是一种自然现象。争胜好强也许是人类的一种本能。但一旦年老，争胜有心，好强无力，便难免产生一种自卑情结。可又不甘心自卑，于是只有自夸当年勇一途，可以聊以自慰。对于这种情况，别人是爱莫能助的。"解铃还需系铃人"，只有自己随时警惕。

现在有一些得了世界冠军的运动员有一句口头禅：从零开始。意思是，不管冠军或金牌多么灿烂辉煌，一旦到手，即成过去，从现在起又要从零开始了。

我觉得，从零开始是唯一正确的想法。

七忌：自我封闭。

这里专讲知识分子，别的界我不清楚。但是，行文时也难免涉及社会其他阶层。

中国古人说："人生识字忧患始"。其实不识字也有忧患。道家说，万物方生方死。人从生下的一刹那开始，死亡的历程也就开始了。这个历程可长可短，长可能到100年或者更长，短则几个小时，几天，少年夭折者有之，英年早逝者有之，中年弃世者有之，好不容易，跌跌撞撞，坎坎坷坷，熬到了老年，早已心力交瘁了。

能活到老年，是一种幸福，但也是一种灾难。并不是每一个人都能活到老年，所以说是幸福；但是老年又有老年的难处，所以说是灾难。

老年人最常见的现象或者灾难是自我封闭。封闭，有行动上的封闭，有思想感情上的封闭，形式和程度又因人而异。老年人有事理广达者，有事理欠通达者。前者比较能认清宇宙万物以及人类社会发展的规律，了解到事物的改变是绝对的，不变是相对的，千万不要要求事物永恒不变。后者则相反，他们要求事物永恒不变；即使变，也是越变越坏，上面讲到的九斤老太就属于此类人。这一类人，即使仍然活跃在人群中，但在思想感情方面，他们却把自己严密地封闭起来了。这是最常见的一种自我封闭的形式。

空言无益，试举几个例子。

我在高中读书时，有一位教经学的老师，是前清的秀才或举人。五经和四书背得滚瓜烂熟，据说还能倒背如流。他教我们《书经》和《诗经》，从来不带课本，业务是非常熟练的。

可学生并不喜欢他。因为他张口闭口："我们大清国怎样怎样。"学生就给他起了一个诨名"大清国"，他真实的姓名反隐而不彰了。我们认为他是老顽固，他认为我们是新叛逆。我们中间不是代沟，而是万丈深渊，是他把自己完全封闭起来了。

再举一个例子。我有一位老友，写过新诗，填过旧词，毕生研究中国文学史，都达到了相当高的水平。他为人随和，性格开朗，并没有什么乖僻之处。可是，到了最近几年，突然产生了自我封闭的现象，不参加外面的会，不大愿意见人，自己一个人在家里高声唱歌。我曾几次以老友的身份，劝他出来活动活动，他都婉言拒绝。他心里是怎样想的，至今对我还是一个谜。

我认为，老年人不管有什么形式的自我封闭现象，都是对个人健康不利的。我奉劝普天下老年人力矫此弊。同青年人在一起，即使是"新新人类"吧，他们身上的活力总会感染老年人的。

八忌：叹老嗟贫。

叹老嗟贫，在中国的读书人中，是常见的现象，特别是所谓怀才不遇的人们中，更是特别突出。我们读古代诗文，这样的内容随时可见。在现代的知识分子中，这种现象比较少见了，难道这也是中国知识分子进化或进步的一种表现吗？

我认为，这是一个十分值得研究的课题。它是中国知识分子学和中西知识分子比较学的重要内容。

我为什么又拉扯上了西方知识分子呢？因为他们与中国的不同，是现成的参照系。

西方的社会伦理道德标准同中国不同，实用主义色彩极浓。

一个人对社会有能力做贡献，社会就尊重你。一旦人老珠黄，对社会没有用了，社会就丢弃你，包括自己的子孙也照样丢弃了你，社会舆论不以为忤。当年我在德国哥廷根时，章士钊的夫人也同儿子住在那里，租了一家德国人的三楼居住。我去看望章伯母时，走过二楼，经常看到一间小屋关着门，门外地上摆着一碗饭，一丝热气也没有。我最初认为是喂猫或喂狗用的。后来一打听，才知道是给小屋内卧病不起的母亲准备的饭菜。同时，房东还养了一条大狼狗，一天要吃一斤牛肉。这种天上人间的情况无人非议，连躺在小屋内病床上的老太太大概也会认为所有这一切都是顺理成章的吧。

在这种狭隘的实用主义大潮中，西方的诗人和学者极少极少写叹老嗟贫的诗文。同中国比起来，简直不成比例。

在中国，情况则大大地不同。中国知识分子一向有"学而优则仕"的传统。过去一千多年以来，仕的途径只有一条，就是科举。"千军万马过独木桥"，所有的读书人都拥挤在这一条路上，从秀才——举人向上爬，爬到进士参加殿试，僧多粥少，极少数极幸运者可以爬完全程，"仕宦而至将相，富贵而归故乡"，达到这个目的万中难得一人。大家只要读一读《儒林外史》，便一目了然。在这样的情况下，倘若科举不利，老而又贫，除了叹老嗟贫以外，实在无路可走了。古人说："诗必穷而后工"，其中"穷"字也有科举不利这个涵义。古代大官很少有好诗文传世，其原因实在耐人寻味。

今天，时代变了。但是"学而优则仕"的幽灵未泯，学士、硕士、博士、院士代替了秀才、举人、进士、状元。骨子里并没有大变。在当今知识分子中，一旦有了点成就，便立即披上一顶乌纱帽，这现象难道还少见吗？

今天的中国社会已能跟上世界潮流，但是，封建思想的残余还不容忽视。我们都要加以警惕。

九忌：老想到死。

好生恶死，为所有生物之本能。我们只能加以尊重，不能妄加评论。

作为万物之灵的人，更是不能例外。俗话说："黄泉路上无老少。"可是人一到了老年，特别是耄耋之年，离那个长满了野百合花的地方越来越近了，此时常想到死，更是非常自然的。

今人如此，古人何独不然！中国古代的文学家、思想家、骚人、墨客大都关心生死问题。根据我个人的思考，各个时代是颇不相同的。两晋南北朝时期似乎更为关注。粗略地划分一下，可以分为三派。第一派对死十分恐惧，而且十分坦荡地说了出来。这一派可以江淹为代表。他的《恨赋》一开头就说："试望平原，蔓草萦骨，拱木敛魂。人生到此，天道宁论。"最后几句话是："自古皆有死。莫不饮恨而吞声！"话说得再清楚不过了。

第二派可以"竹林七贤"为代表。《世说新语·任诞等二十三》第一条就讲到阮籍、嵇康、山涛、刘伶、阮咸、向秀和王戎"常集于竹林之中，肆意酣畅"。这是一群酒徒。其中最著名的刘伶命人荷锸跟着他，说："死便埋我！"对死看得十分豁达。

实际上，情况正相反，他们怕死怕得发抖，聊作姿态以自欺欺人耳。其中当然还有逃避残酷的政治迫害的用意。

第三派可以陶渊明为代表。他的意见具见他的诗《神释》中。诗中有这样的话："老少同一死，贤愚无复数。日醉或能忘，将非促龄具！立善常所欣，谁当为此举？甚念伤吾生，正宜委运去。纵浪大化中，不喜亦不惧。应尽便须尽，无复独多虑。"他反对酣酒麻醉自己，也反对常想到死。我认为，这是最正确的态度。最后四句诗成了我的座右铭。

我在上面已经说到，老年人想到死，是非常自然的。关键是：想到以后，自己抱什么态度。惶惶不可终日，甚至饮恨吞声，最要不得，这样必将成陶渊明所说的"促龄具"。最正确的态度是顺其自然，泰然处之。

鲁迅不到五十岁，就写了有关死的文章。王国维则说："五十之年，只欠一死。"结果投了昆明湖。我之所以能泰然处之，有我的特殊原因。"十年浩劫"中，我已走到过死亡的边缘上，一个千钧一发的偶然性救了我。从那以后，多活一天，我都认为是多赚的。因此就比较能对死从容对待了。

我在这里诚挚奉劝普天之下的年老又通达事情的人，偶尔想一下死，是可以的，但不必老想。我希望大家都像我一样，以陶渊明《神释》诗最后四句为座右铭。

十忌：愤世嫉俗。

愤世嫉俗这个现象，没有时代的限制，也没有年龄的限制。

古今皆有，老少具备，但以年纪大的人为多。它对人的心理和生理都会有很大的危害，也不利于社会的安定团结。

世事发生必有其因。愤世嫉俗的产生也自有其原因。归纳起来，约有以下诸端：

首先，自古以来，任何时代，任何朝代，能完全满足人民大众的愿望者，绝对没有。不管汉代的文景之治怎样美妙，唐代的贞观之治和开元之治怎样理想，宫廷都难免腐败，官吏都难免贪污，百姓就因而难免不满，其尤甚者就是愤世嫉俗。

其次，"学而优则仕"达不到目的，特别是科举时代名落孙山者，人不在少数，必然愤世嫉俗。这在中国古代小说中可以找出不少的典型。

再次，古今中外都不缺少自命天才的人。有的真有点天才或者才干，有的则只是个人妄想，但是别人偏不买账，于是就愤世嫉俗。其尤甚者，如西方的尼采要"重新估定一切价值"，又如中国的徐文长。结果无法满足，只好自己发了疯。

最后，也是最常见的，对社会变化的迅猛跟不上，对新生事物看不顺眼，是九斤老太一党；九斤老太不识字，只会说："一代不如一代"，识字的知识分子，特别是老年人，便表现为愤世嫉俗，牢骚满腹。

275

以上只是一个大体的轮廓，不足为据。

在中国文学史上，愤世嫉俗的传统，由来已久。《楚辞》的"黄钟毁弃，瓦釜雷鸣"等语就是最早的证据之一。以后历代的文人多有愤世嫉俗之作，形成了知识分子性格上的一大特点。

我也算是一个知识分子，姑以我自己为麻雀，加以剖析。愤世嫉俗的情绪和言论，我也是有的。但是，我又有我自己的表现方式。我往往不是看到社会上的一些不正常现象而牢骚满腹，怪话连篇，而是迷惑不解，惶恐不安。我曾写文章赞美过代沟，说代沟是人类进步的象征。这是我真实的想法。可是到了目前，我自己也傻了眼，横亘在我眼前的像我这样老一代人和一些"新人类"、"新新人类"之间的代沟，突然显得其阔无限，其深无底，简直无法逾越了，仿佛把人类历史断成了两截。我感到恐慌，我不知道这样发展下去将伊于胡底。我个人认为，这也是愤世嫉俗的一种表现形式，是要不得的；可我一时又改变不过来，为之奈何！

　　我不知道，与我想法相同或者相似的有没有人在，有的话，究竟有多少人。我想来想去，觉得还是毛泽东的两句诗好："牢骚太盛防肠断，风物常宜放眼量。"

　　　　　　　　　　　　　　　　　2000 年 2 月 22 日

在病中

（左右考虑，思绪不断，最后还是理智占了上风，我不得不承认，自己是在病中了。）

我是在病中。

我是在病中吗？才下结论，立即反驳，常识判断，难免滑稽。但其中不是没有理由的。

早期历史

对于我这一次病的认识，有一个漫长的过程。不但我自己和我身边的人是这个样子，连大夫看来也不例外。这是符合认识事物的规律的，不足为怪。

我患的究竟是一种什么病呢？这件事三言两语说不清楚。

约摸在三四十年以前，身上开始有了发痒的毛病。每年到冬天，气候干燥时，两条小腿上就出现小水泡，有时溃烂流水，我就用护肤膏把它贴上，有时候贴得横七竖八，不成体系，看上去极为可笑。我们不懂医学，就胡乱称之为皮炎。我的学生张保胜曾陪我到东城宽街中医研究院去向当时的皮肤科权威赵炳南教授求诊。整整等候了一个上午，快到十二点了，该加的塞都加过之后，才轮到了我。赵大夫在一群医生和研究生的围拥下，如大将军八面威风。他号了号脉，查看了一下，给我开了一服中药，回家煎服后，确有效果。

后来赵大夫去世，他的接班人是姓王的一位大夫，名字忘记了，我们俩同是全国人大代表北京代表团的成员。平常当然会有所接触，但是，他那一副权威相让我不大愿意接近他。后来，皮炎又发作了，非接触不行了，只好又赶到宽街向他求诊。到了现在，我才知道，我患的病叫做老年慢性瘙痒症。不正名倒也罢了，一正名反而让我感到滑稽，明明已经流水了，怎能用一个"瘙痒"了之！但这是他们医学专家的事，吾辈外行还以闭嘴为佳。

西苑医院

以后，出我意料地平静了一个时期。大概在两年前，全身忽然发痒，夜里更厉害。问了问身边的友人，患此症者，颇不乏人。有人试过中医，有人试过西医，大都不尽如人意。只能忍痒负重，勉强对付。至于我自己，我是先天下之痒而痒，而且双臂上渐出红点。我对病的政策一向是拖，不是病拖垮了我，就是我拖垮了病。这次也拖了几天。但是，看来病的劲比我大，决心似乎也大。有道是"好汉不吃眼前亏"，我还是屈服吧。

屈服的表现就是到了西苑医院。

西苑医院几乎同北大是邻居。在全国中医院中广有名声。而且那里有一位大夫是公认为皮肤科的权威，他就是邹铭西大夫。我对他的过去了解不多，我不知道他同赵炳南的关系。是否有师弟之谊，是否同一个门派，统统不知道。但是，从第一次看病起，我就发现邹大夫的一些特点。他诊病时，诊桌旁也是坐满了年轻的大夫、研究生、外来的学习者。邹大夫端居中央，众星拱之。按常识，存在决定意识，他应该傲气凌人，顾盼自雄。然而，实际却正相反。他对病人笑容满面，和颜悦色，一点大夫容易有的超自信都不见踪影。有一位年老的身着朴素的女病人，腿上长着许多小水泡，有的还在流着脓。但是，邹大夫一点也不嫌脏，亲手抚摩患处。我是个病人，我了解病人心态。大夫极细微的面部表情，都能给病人极大的影响。眼前他的健康，甚至于生命就攥在大夫手里，他焉得而不敏感呢？中国有一个词儿，叫做"医德"。医德是独立于医术之外的一种品质。我个人想，在治疗过程中，医德和医术恐怕要平分秋色吧。

我把我的病情向邹大夫报告清楚，并把手臂上的小红点指给他看。他伸手摸了摸，号了号脉，然后给我开了一服中药。回家煎服，没有过几天，小红点逐渐消失了。不过身上的痒还没有停止。我从邹大夫处带回来几瓶止痒药水，使用了几次，起初有用，后来就逐渐失效。接着又从友人范曾先生处要来几瓶西医的止痒药水，使用的结果同中医的药水完全相同，我没有别的办法，只好交替使用，起用了我的"拖病"的政策。反正每天半夜里必须爬起来，用自己的指甲，浑身乱搔。痒这玩意儿也是会欺负人的：你越搔，它越痒。实在不胜其烦了，决心停止，强忍一会儿，也就天下太平了。后背自己搔不着，就使用一种山东叫痒痒挠的竹子做成的耙子似的东西。古代文人好像把这玩意儿叫"竹夫人"。

这样对付了一段时间，我没有能把病拖垮，病却似乎要占上

279

风。我两个手心里忽然长出了一层小疙瘩，有点痒，摸上去皮粗，极不舒服。这使我不得不承认，我的拖病政策失败了，赶快回心向善，改弦更张吧。

西苑二进宫

又由玉洁和杨锐陪伴着走进了邹大夫的诊室。他看了看我的手心，自言自语地轻声说道："典型的湿疹！"又站起来，站在椅子背后，面对我说："我给你吃一服苦药，很苦很苦的！"

取药回家，煎服以后，果然是很苦很苦的。我服药虽非老将，但生平也服了不少。像这样的苦药还从来没有服过。我服药一向以勇士自居，不管是丸药还是汤药，我向来不问什么味道，拿来便吃，眉头从没有皱过。但是，这一次碰到邹大夫的"苦药"，我才真算是碰到克星。药杯到口，苦气猛冲，我下定决心，不怕牺牲，排解万难，几口喝净，又赶快要来冰糖两块，以打扫战场。

服药以后，一两天内，双手手心皮肤下大面积地充水。然后又转到手背，在手背和十个指头上到处起水泡，有大有小，高低不一。但是泡里的水势都异常旺盛，不慎碰破，水能够滋出很远很远，有时候滋到头上和脸上。有时候我感到非常腻味，便起用了老办法，土办法：用消过毒的针把水泡刺穿，放水流出。然而殊不知这水泡斗争性极强，元气淋漓。你把它刺破水出，但立即又充满了水，让你刺不胜刺。有时候半夜醒来，瞥见手上的水泡——我在这里补一句，脚上后来也长起了水泡——，心里别扭得不能入睡，便起身挑灯夜战。手持我的金箍狼牙棒，对水泡

——宣战。有时候用一个多小时的时间才只能刺破一小部分，人极疲烦，只好废然而止。第二天早晨起来，又看到满手的水泡颗粒饱圆，森然列队，向我示威。我连剩勇都没有了，只能徒唤负负，心甘情愿地承认自己是败兵之将，不敢言战矣。

西苑三进宫

不敢言战，是不行的。水泡家族，赫然犹在，而且鼎盛辉煌，傲视一切。我于是又想到了邹铭西大夫。

邹大夫看了看我的双手，用指头戳了戳什么地方，用手指着我左手腕骨上的几个小水泡，轻声地说了一句什么，群弟子点头会意。邹大夫面色很严肃，说道："水泡一旦扩张到了咽喉，事情就不好办了！"这是不是意味着，在邹大夫眼中我的病已经由量变到质变了呢？玉洁请他开一个药方。此时，邹大夫的表情更严肃了。"赶快到大医院去住院观察！"

我听说——只是听说，旧社会有经验的医生，碰到重危的病人，一看势头不对，赶快敬谢不迭，让主人另请高明，一走了事。当时好像没有什么抢救的概念和举措，事实上没有设备，何从抢救！但是，我看，今天邹大夫决不是这样子。

我又臆测这次发病的原因。最近半年多以来，不知由于什么缘故，总是不想吃东西，从来没有饿的感觉。一坐近饭桌，就如坐针毡。食品的色香味都引不起我的食欲。严重一点的话，简直可以称之为厌食症——有没有这样一个病名？我猜想，自己肚子里毒气或什么不好的气窝藏了太多，非排除一下不行了。邹大夫

281

嘴里说的极苦极苦的药，大概就是想解决这个问题的。可能是在估计方面有了点差距，所以排除出来的变为水泡的数量，大大地超过了预计。邹大夫成了把魔鬼放出禁瓶的张天师了。挽回的办法只有一个：劝我进大医院住院观察。

只可惜我没有立即执行，结果惹起了一场颇带些危险性的大患。

张衡插曲

张衡，是我山东大学的小校友。毕业后来北京从事书籍古玩贸易，成绩斐然。他为人精明干练，淳朴诚恳。多少年来，对我帮助极大，我们成为亲密的忘年交。

对于我的事情，张衡无不努力去办，何况这一次水泡事件可以说是一件大事，他哪能袖手旁观？他不知道从什么地方得知了这个消息。7月27日晚上，我已经睡下，在忙碌了一天之后，张衡风风火火地跑了进来，手里拿着白矾和中草药。他立即把中药熬好，倒在脸盆里，让我先把双手泡进去，泡一会儿，把手上的血淋淋的水泡都用白矾末埋起来。双脚也照此处理，然后把手脚用布缠起来，我不太安然地进入睡乡。半夜里，双手双脚实在缠得难受，我起来全部抖搂掉了，然后又睡。第二天早晨一看，白矾末确实起了作用，它把水泡粘住或糊住了一部分，似乎是凝结了。然而，且慢高兴，从白矾块的下面或旁边又突出了一个更大的水泡，生意盎然，笑傲东风。我看了真是啼笑皆非。

张衡决不是鲁莽的人，他这一套做法是有根据的。他在大学里学的是文学，不知什么时候又学了中医，好像还给人看过病。他这一套似乎是民间验方和中医相结合的产物。根据我的观察，一开始他信心十足，认为这不过是小事一端，用不着担心。但是，试了几次之后，他的锐气也动摇了。有一天晚上，他也提出了进医院观察的建议，他同邹铭西大夫成了"同志"了。可惜我没有立即成为他们的"同志"，我不想进医院。

艰苦挣扎

在从那时以后的十几二十天里是我一生思想感情最复杂最矛盾最困惑的时期之一。总的心情，可以归纳成两句话：侥幸心理，掉以轻心、蒙混过关的想法与担心恐惧、害怕病情发展到不知伊于胡底的心理相纠缠；无病的幻象与有病的实际相磨合。

中国人常使用一个词儿"癣疥之疾"，认为是无足轻重的。我觉得自己患的正是"癣疥之疾"，不必大惊小怪。在身边的朋友和大夫口中也常听到类似的意见。张衡就曾说过，只要撒上白矾末，第二天就能一切复原。北大校医院的张大夫也说，过去某校长也患过这样的病，住在校医院里输液，一个礼拜后就出院走人。同时，大概是由于张大夫给了点激素吃，胃口忽然大开，看到食品，就想狼吞虎咽，自己认为是个吉兆。又听我的学生上海复旦的钱文忠说，毒水流得越多，毒气出得越多，这是好事，不是坏事。所有这一切都是我爱听的话，很符合我当时苟且偷安的心情。

但这仅仅是事情的一面，事情还有另外一面。水泡的声威与日俱增，两手两脚上布满了泡泡和黑痂。然而客人依然不断，采访的、录音的、录像的，络绎不绝。虽经玉洁奋力阻挡，然而，撼山易，撼这种局面难。客人一到，我不敢伸手同人家握手，怕传染了人家，而且手也太不雅观。道歉的话一天不知说多少遍，简直可以录音播放。我最怕的还不是说话，而是照相，然而照相又偏偏成了应有之仪，有不少人就是为了照一张相，不远千里跋涉而来。从前照相，我可以大大方方，端坐在那里，装模作样，电光一闪，大功告成。现在我却嫌我多长了两只手。手上那些东西能够原封不动地让人照出来吗？这些东西，一旦上了报，上了电视，岂不是一失足成千古恨了吗？因此，我一听照相就觳觫不安，赶快把双手藏在背后，还得勉强"笑一笑"哩。

这样的日子好过吗？

静夜醒来，看到自己手上和脚上这一群丑类，心里要怎么恶心就怎么恶心；要怎样头痛就怎样头痛。然而却是束手无策。水泡长到别的地方，我已经习惯了。但是，我偶尔摸一下指甲盖，发现里面也充满了水，我真有点毛了。这种地方一般是不长什么东西的。今天忽然发现有了水，即使想用针去扎，也无从下手。我泄了气。

我蓦地联想到一件与此有点类似的事情。上个世纪50年代后期全国人民头脑发热的时候，在北京号召全城人民打麻雀的那一天，我到京西斋堂去看望下放劳动的干部，适逢大雨。下放干部告诉我，此时山上树下出现了无数的蛇洞，每一个洞口都露出一个蛇头，漫山遍野，蔚为宇宙奇观。我大吃一惊，哪敢去看！

我一想到那些洞口的蛇头，身上就起鸡皮疙瘩。我眼前手脚上的丑类确不是蛇头，然而令我厌恶的程度决不会小于那些蛇头。可是，蛇头我可以不想不看，而这些丑类却就长在我身上，如影随形，时时跟着你。我心里烦到了要发疯的程度。我真想拿一把板斧，把双手砍掉，宁愿不要双手，也不要这些丑类！

我又陷入了病与不病的怪圈。手脚上长了这么多丑恶的东西，时常去找医生，还要不厌其烦地同白矾和中草药打交道，能说不是病吗？即使退上几步，说它不过是癣疥之疾，也没能脱离了病的范畴。可是，在另一方面，能吃能睡，能接待客人，能畅读，能照相，还能看书写字，读傅彬然的日记，张学良的口述历史，怎么能说是病呢？

左右考虑，思绪不断，最后还是理智占了上风，我不得不承认，自己是在病中了。

……[a]

2002 年 10 月 3 日写毕

---

[a]　此处有删节。

死的浮想

（我虽已痴长九十二岁，对人生的参透还有极长的距离。）

我心中并没有真正达到我自己认为的那样的平静，对生死还没有能真正置之度外。

就在住进病房的第四天夜里，我已经上了床躺下，在尚未入睡之前我偶尔用舌尖舔了舔上颚，蓦地舔到了两个小水泡。这本来是可能已经存在的东西，只是没有舔到过而已。今天一旦舔到，忽然联想起邹铭西大夫的话和李恒进大夫对我的要求，舌头仿佛被火球烫了一下，立即紧张起来。难道水泡已经长到咽喉里面来了吗？

我此时此刻迷迷糊糊，思维中理智的成分已经所余无几，剩下的是一些接近病态的本能的东西。一个很大的"死"字突然出现在眼前，在我头顶上飞舞盘旋。在燕园里，最近十几年来我常常看到某一个老教授的门口开来救护车，老教授登车的时候心中作何感想，我不知道，但是，在我心中，我想到的却是"风萧萧兮易水寒，壮士一去兮不复还！"事实上，复还的人确实少到几乎没有。我今天难道也将变成了荆轲吗？我还能不能再见到我离家时正在十里飘香绿盖擎天的季荷呢！我还能不能再看到那一个对我依依不舍的白色的波斯猫呢？

其实，我并不是怕死。我一向认为，我是一个几乎死过一次的人。"十年浩劫"中，我曾下定决心"自绝于人民"。我在上衣口袋里，在裤子口袋里装满了安眠药片和安眠药水，想采用先进的资本主义自杀方式，以表示自己的进步。在这千钧一发之际，押解我去接受批斗的牢头禁子猛烈地踢开了我的房门，从而阻止了我到阎王爷那里去报到的可能。批斗回来以后，虽然被打得鼻青脸肿，帽子丢掉了，鞋丢掉了一只，身上全是革命小将，也或许有中将和老将吐的痰。游街仪式完成后，被一脚从汽车上踹下来的时候，躺在11月底的寒风中，半天爬不起来。然而，我"顿悟"了。批斗原来是这样子呀！是完全可以忍受的。我又下定决心，不再自寻短见，想活着看一看，"看你横行到几时"。

一个人临死前的心情，我完全有感性认识。我当时心情异常平静，平静到一直到今天我都难以理解的程度。老祖和德华谁也没有发现，我的神情有什么变化。我对自己这种表现感到十分满意，我自认已经参透了生死奥秘，渡过了生死大关，而沾沾自喜，认为自己已经修养得差不多了，已经大大地有异于常人了。

然而黄铜当不了真金，假的就是假的，到了今天，三十多年已经过去了，自己竟然被上颚上的两个微不足道的小水泡吓破了胆，使自己的真相完全暴露于光天化日之下，这完全出乎我的意料。我自己辩解说，那天晚上的行动只不过是一阵不正常的歇斯底里爆发。但是正常的东西往往富于不正常之中。我虽已经痴长九十二岁，对人生的参透还有极长的距离。今后仍须加紧努力。

本文节选自《在病中》，2002年10月3日写毕

笑着走

（别人都是哭着走，独独季羡林是笑着走。）

走者，离开这个世界之谓也。赵朴初老先生，在他生前曾对我说过一些预言式的话。比如，1986年，朴老和我奉命陪班禅大师乘空军专机赴尼泊尔公干。专机机场在大机场的后面。当我同李玉洁女士走进专机候机大厅时，朴老对他的夫人说："这两个人是一股气。"后来又听说，朴老说：别人都是哭着走，独独季羡林是笑着走。这一句话给我留下了很深的印象。我认为，他是十分了解我的。

现在就来分析一下我对这一句话的看法。应该分两个层次来分析：逻辑分析和思想感情分析。

先谈逻辑分析。

江淹的《恨赋》最后两句是："自古皆有死，莫不饮恨而吞声。"第一句话是说，死是不可避免的。对待不可避免的事情，最聪明的办法是，以不可避视之，然后随遇而安，甚至逆来顺受，使不可避免的危害性降至最低点。如果对生死之类的不可避免性进行挑战，则必然遇大灾难。"服食求神仙，多为药所误"。秦皇、汉武、唐宗等等是典型的例子。既然非走不行，哭又有什么

288

意义呢？反不如笑着走更使自己洒脱满意愉快。这个道理并不深奥，一说就明白的。我想把江淹的文章改一下：既然自古皆有死，何必饮恨而吞声呢？

总之，从逻辑上来分析，达到了上面的认识，我能笑着走，是不成问题的。

但是，人不仅有逻辑，他还有思想感情。逻辑上能想得通的，思想感情未必能接受。而且思想感情的特点是变动不居。一时冲动，往往是靠不住的。因此，想在思想感情上承认自己能笑着走，必须有长期的磨练。

在这里，我想，我必须讲几句关于赵朴老的话。不是介绍朴老这个人。"天下谁人不识君"。朴老是用不着介绍的。我想讲的是朴老的"特异功能"。很多人都知道，朴老一生吃素，不近女色，他有特异功能，是理所当然的。他是虔诚的佛教徒，一生不妄言。他说我会笑着走，我是深信不疑的。

我虽然已经九十五岁，但自觉现在讨论走的问题，为时尚早。再过十年，庶几近之。

2006 年 3 月 19 日

后记：我的心是一面镜子 ^a

我生也晚，没有能看到 20 世纪的开始。但是，时至今日，再有七年，21 世纪就来临了。从我目前的身体和精神两个方面来看，我能看到两个世纪的交接，是丝毫也没有问题的。在这个意义上来讲，我也可以说是与 20 世纪共始终了，因此我有资格写"我与中国 20 世纪"。

对时势的推移来说，每一个人的心都是一面镜子。我的心当然也不会例外。我自认为是一个颇为敏感的人，我这一面心镜，虽不敢说是纤毫必显，然确实并不迟钝。我相信，我的镜子照出了 20 世纪长达九十年的真实情况，是完全可以依赖的。

我生在 1911 年辛亥革命那一年。我生下两个月零四天以后，那一位"末代皇帝"，就从宝座上被请了下来。因此，我常常戏称自己是"满清遗少"。到了我能记事儿的时候，还有时候听乡民肃然起敬地谈到北京的"朝廷"（农民口中的皇帝），仿佛他们仍然高踞宝座之上。我不理解什么是"朝廷"，他似乎是人，

---

a 本文节选自《季羡林全集》（外语教学与研究出版社，2009 年版）第五卷"回忆录"，原载《东方》1994 年第 4、5 期。

又似乎是神，反正是极有权威、极有力量的一种动物。

这就是我的心镜中照出的清代残影。

我的家乡山东清平县（现归临清市）是山东有名的贫困地区。我们家是一个破落的农户。祖父母早亡，我从来没见过他们。祖父之爱我是一点也没有尝到过的。他们留下了三个儿子，我父亲行大（在大排行中行七）。两个叔父，最小的一个无父无母，送了人，改姓刁，剩下的两个，上无怙恃，孤苦伶仃，寄人篱下，其困难情景是难以言说的。恐怕哪一天也没有吃过饱饭。饿得没有办法的时候，兄弟俩就到村南枣树林子里去，捡掉在地上的烂枣，聊以果腹。这一段历史我并不清楚，因为兄弟俩谁也没有对我讲过。大概是因为太可怕，太悲惨，他们不愿意再揭过去的伤疤，也不愿意让后一代留下让人惊心动魄的回忆。

但是，乡下无论如何是呆不下去了，呆下去只能成为饿殍。不知道怎么一来，兄弟俩商量好，到外面大城市里去闯荡一下，找一条活路。最近的大城市只有山东首府济南。兄弟俩到了那里，两个毛头小伙子，两个乡巴佬，到了人烟稠密的大城市里，举目无亲。他们碰到多少困难，遇到多少波折。这一段历史我也并不清楚，大概是出于同一个原因，他们谁也没有对我讲过。

后来，叔父在济南立定了脚跟，至多也只能像是石头缝里的一棵小草，艰难困苦地挣扎着。于是兄弟俩商量，弟弟留在济南挣钱，哥哥回家务农，希望有朝一日，混出点名堂来，即使不能衣锦还乡，也得让人另眼相看，为父母和自己争一口气。

但是，务农要有田地，这是一个最简单的常识。可我们家所缺的正是田地这玩意儿。大概我祖父留下了几亩地，父亲就靠这个来维持生活。至于他怎样侍弄这点儿地，又怎样成的家，这一段历史对我来说又是一个谜。

　　我就是在这时候来到人间的。

　　天无绝人之路。正在此时或稍微前一点，叔父在济南失了业，流落在关东。用身上仅存的一元钱买了湖北水灾奖券，结果中了头奖，据说得到了几千两银子。我们家一夜之间成了暴发户。父亲买了六十亩带水井的地。为了耀武扬威起见，要盖大房子。一时没有砖，他便昭告全村：谁愿意拆掉自己的房子，把砖卖给他，他肯出几十倍高的价钱。俗话说："重赏之下，必有勇夫。"别人的房子拆掉，我们的房子盖成，东、西、北房各五大间。大门朝南，极有气派。兄弟俩这一口气总算争到了。

　　然而好景不长，我父亲是乡村中朱家郭解一流的人物，仗"义"施财，忘乎所以。有时候到外村去赶集，他一时兴起，全席棚里喝酒吃饭的人，他都请了客。据说，没过多久，六十亩上好的良田被卖掉，新盖的房子也把东房和北房拆掉，卖了砖瓦。这些砖瓦买进时似黄金，卖出时似粪土。

　　一场春梦终成空。我们家又成了破落户。

　　在我能记事儿的时候，我们家已经穷到了相当可观的程度。一年大概只能吃一两次"白的"（指白面），吃得最多的是红高粱饼子，棒子面饼子也成为珍品。我在春天和夏天，割了青草，或劈了高粱叶，背到二大爷家里，喂他的老黄牛，赖在那里不走，等着吃上一顿棒子面饼子，打一打牙祭。夏天和秋天，对门的宁大婶和宁大姑总带我到外村的田地里去拾麦子和豆子，把拾到的可怜分分的一把麦子或豆子交给母亲。不知道积攒多少次，才能勉强打出点麦粒，磨成面，吃上一顿"白的"。我当然觉得如吃龙肝凤髓。但是，我从来不记得母亲吃过一口。她只是坐在那里，瞅着我吃，眼里好像有点潮湿。我当时哪里能理解母亲的心情呀！但是，我也隐隐约约地立下一个决心：有朝一日，将来长大了，也让母亲吃点"白的"。可是，"树欲静而风不止，子欲养而亲不待"。还没有等到我有能力让母亲吃"白的"，母亲竟舍我而去，留下了我一个终生难补的心灵伤痕，抱恨终天！

我们家，我父亲一辈，大排行兄弟十一个。有六个因为家贫，下了关东。从此音讯杳然。留下的只有五个，一个送了人，我上面已经说过。这五个人中，只有大大爷有一个儿子，不幸早亡，我从来没有见过他。我生下以后，就成了唯一的一个男孩子。在封建社会里，这意味着什么，大家自然能理解。在济南的叔父只有一个女儿。于是兄弟俩一商量，要把我送到济南。当时母亲什么心情，我太年幼，完全不能理解。很多年以后，我才听人告诉我说，母亲曾说过："要知道一去不回头的话，我拼了命也不放那孩子走！"这一句不是我亲耳听到的话，却终生回荡在我耳边。"谁言寸草心，报得三春晖"。

我终于离开了家，当年我六岁。

一个人的一生难免稀奇古怪。个人走的路有时候并不由自己来决定，假如我当年留在家里，走的路是一条贫农的路。生活可能很苦，但风险决不会大。我今天的路怎样呢？我广开了眼界，认识了世界，认识了人生，获得了虚名。我曾走过阳关大道，也曾走过独木小桥；坎坎坷坷，又颇顺顺当当，一直走到了耄耋之年。如果当年让我自己选择道路的话，我究竟要选哪一条呢？概难言矣！

离开故乡时，我的心镜中留下的是一幅一个贫困至极的、一时走了运、立刻又垮下来的农村家庭的残影。

到了济南以后，我眼前换了一个世界。不用说别的，单说见到济南的山，就让我又惊又喜。我原以为山只不过是一个巨大无比的石头柱子。

叔父当然非常关心我的教育，我是季家唯一的传宗接代的人。我上过大概一年的私塾，就进了新式的小学校，济南一师附小。一切都比较顺利。五四运动波及了山东。一师校长是新派人物，首先采用了白话文教科书。国文教科书中有一篇寓言，名叫《阿拉伯的骆驼》，故事讲的是得寸进尺，是国际上流行的。无巧不成书，这一篇课文偏偏让叔父看到了，他勃然变色，大声喊道："骆驼怎么能说话呀！这简直是胡闹！赶快转学！"于是我就转到了新育小学。当时转学好像是非常容易，似乎没有走什么后门就转了过来。只举行一次口试，教员写了一个"骡"字，我认识，我的比我大两岁的亲戚不认识。我直接插入高一，而他则派进初三。一字之差，我便是沾了一年的光。这就叫做人生！最初课本还是文言，后来则也随时代潮流改了白话，不但骆驼能说话，连乌龟蛤蟆都说起话来，叔父却置之不管了。

叔父是一个非常有天才的人。他并没有受过什么正规教育。在颠沛流离中，完全靠自学，获得了知识和本领。他能作诗，能填词，能写字，能刻图章。中国古书也读了不少。按照他的出身，他无论如何也不应该对宋明理学发生兴趣，然而他竟然发生了兴趣，而且还极为浓烈，非同一般。这件事我至今大惑不解。我每看到他正襟危坐，威仪俨然，在读《皇清经解》一类十分枯燥的书时，我都觉得滑稽可笑。

这当然影响了对我的教育。我这一根季家的独苗，他大概想要我诗书传家。《红楼梦》、《三国演义》、《水浒传》等等，他都认为是"闲书"，绝对禁止看。大概出于一种逆反心理，我爱看的偏是这些书。中国旧小说，包括《金瓶梅》、《西厢记》等等几十种，我都偷着看了个遍。放学后不回家，躲在砖瓦堆里看，在被窝里用手电照着看。这样大概过了有几年的时间。

叔父的教育则是另外一回事。在正谊时，他出钱让我在下课后跟一个国文老师念古文，连《左传》等都念。回家后，吃过晚饭，立刻又到尚实英文学社去学英文，一直到深夜。这样天天连轴转，也有几年的时间。

叔父相信"中学为体"，这是可以肯定的。但是是否也相信"西学为用"呢？这一点我说不清楚。反正当时社会上都认为，学点洋玩意儿是能够升官发财的。这是一种实用主义的"崇洋"，"媚外"则不见得。叔父心目中"夷夏之辨"是很显然的。

大概是1926年，我在正谊中学毕了业，考入设在北园白鹤庄的山东大学附设高中文科去念书。这里的教员可谓极一时之选。国文教员王崑玉先生，英文教员尤桐先生、刘先生和杨先生，数学教员王先生，史地教员祁蕴璞先生，伦理学教员鞠思敏先生（正谊中学校长），伦理学教员完颜祥卿先生（一中校长），还有教经书的"大清国"先生（因为诨名太响亮，真名忘记了），另一位是前清翰林。两位先生教《书经》、《易经》、《诗经》，上课从不带课本，五经四书连注都能背诵如流。这些教员全是佼佼者。再加上学校环境有如仙境，荷塘四布，垂柳蔽天，是念书再好不过的地方。

我有意识地认真用功，是从这里开始的。我是一个很容易受环境支配的人。在小学和初中时，成绩不能算坏，总在班上前几名，但从来没有考过甲等第一。我毫不在意，照样钓鱼、摸虾。到了高中，国文作文无意中受到了王崑玉先生的表扬，英文是全班第一。其他课程考个高分并不难，只需稍稍一背，就能应付裕如。结果我生平第一次考了一个甲等第一，平均分数超过95分，是全校唯一的一个学生。当时山大校长兼山东教育厅长前清状元王寿彭，亲笔写了一副对联和一个扇面奖给我。这样被别人一指，我的虚荣心就被抬起来了。从此认真注意考试名次，再不掉以轻心。结果两年之内，四次期考，我考了四个甲等第一，威名大震。

在这一段时间内，外界并不安宁。军阀混战，鸡犬不宁。直奉战争、直皖战争，时局瞬息万变，"你方唱罢我登场"。有一年山大祭孔，我们高中学生受命参加。我第一次见到当时的奉系山东土匪督军——不知道自己有多少兵、多少钱和多少姨太太的张宗昌，他穿着长袍、马褂，匍匐在地，行叩头大礼。此情此景，至今犹在眼前。

到了1928年，蒋介石假"革命"之名，打着孙中山先生的招牌，算是一股新力量，从广东北伐，有共产党的协助，以雷霆万钧之力，一路扫荡，宛如劲风卷残云，大军占领了济南。此时，日本军国主义分子想趁火打劫，出兵济南，酿成了有名的"济南惨案"。高中关了门。

在这一段时间内，我的心镜中照出来的影子是封建又兼维新的教育再加上军阀混战。

日寇占领了济南，国民党军队撤走。学校都不能开学。我过了一年临时亡国奴生活。

此时日军当然是全济南至高无上的唯一的统治者。同一切非正义的统治者一样，他们色厉内荏，十分害怕中国老百姓，简直害怕到风声鹤唳、草木皆兵的程度。天天如临大敌，常常搞一些突然袭击，到居民家里去搜查。我们一听到日军到附近某地来搜查了，家里就像开了锅。有人主张关上大门，有人坚决反对。前者说，不关门，日本兵会说："你怎么这样大胆呀！竟敢双门大开！"于是捅上一刀。后者则说，关门，日本兵会说："你们一定有见不得人的勾当；不然的话，皇军驾到，你们应该开门恭迎嘛！"于是捅上一刀。结果是，一会儿开门，一会儿又关上，如坐针毡，又如热锅上的蚂蚁。此情此景，非亲身经历者，是决不能理解的。

我还有一段个人经历。我无学可上，又深知日本人最恨中国学生，在山东焚烧日货的"罪魁祸首"就是学生。我于是剃光了脑袋，伪装是商店的小徒弟。有一天，走在东门大街上，迎面来了一群日军，检查过往行人。我知道，此时万不能逃跑，一定要镇定，否则刀枪无情。我貌似坦然地走上前去。一个日兵搜我的全身，发现我腰里扎的是一条皮带。他如获至宝，发出狞笑，说道："你的，狡猾的大大的。你不是学徒，你是学生。学徒的，是不扎皮带的！"我当头挨了一棒，幸亏还没有全昏过去，我向他解释：现在小徒弟们也发了财，有的能扎皮带了。他坚决不信。正在争论的时候，另外一个日军走了过来，大概是比那一个高一级的，听了那个日军的话，似乎有点不耐烦，一摆手："让他走吧！"我于是死里逃生，从阴阳界上又转了回来，我身上出了多少汗，只有我自己知道。

　　在这一年内，我心镜上照出的是临时或候补亡国奴的影像。

　　1929 年，日军撤走，国民党重进。我在求学的道路上，从此开辟了一个新天地。

　　此时，北园高中关了门，新成立了一所山东省济南高中，是全省唯一的一所高级中学。我没有考试，就入了学。

　　校内换了一批国民党的官员，"党"气颇浓，令人生厌。但是总的精神面貌却是焕然一新。最明显不过的是国文课。"大清国"没有了，经书不念了，文言作文改成了白话。国文教员大多是当时颇为著名的新文学家。我的第一个国文教员是胡也频烈士。他很少讲正课，每一堂都是宣传"现代文艺"，亦名"普罗文学"，也就是无产阶级文学。一些青年，其中也有我，大为兴奋，公然在宿舍门外摆上桌子，号召大家参加"现代文艺研究会"。还准备出刊物，我为此写了一篇文章，叫做《现代文艺的使命》，里面生吞活剥抄了一些从日文译过来的所谓马克思主义文艺理论的文句。译文像天书，估计我也看不懂，但是充满了革命义愤和口号的文章，却堂而皇之地写成了。文章还没有来得及刊出，国民党通缉胡先生，他慌忙逃往上海，一二年后被国民党杀害。我的革命梦像肥皂泡似的破灭了，从此再也没有"革命"，一直到了解放。

接胡先生的是董秋芳（冬芬）先生。他算是鲁迅的小友，北京大学毕业，翻译了一本《争自由的波浪》，有鲁迅写的序。不知道怎样一来，我写的作文得到了他的垂青，他发现了我的写作"天才"，认为是全班、全校之冠。我有点飘飘然，是很自然的。到现在，在六十年漫长的过程中，不管我搞什么样的研究工作。写散文的笔从来没有放下过。写得好坏，姑且不论。对我自己来说，文章能抒发我的感情，表露我的喜悦，缓解我的愤怒，激励我的志向。这样的好处已经算不少了。我永远怀念我这位尊敬的老师！

在这一年里，我的心镜照出来的仿佛是我的新生。

1930年夏天，我们高中一级的学生毕了业。几十个举子联合"进京赶考"。当时北平的大学五花八门，国立、私立、教会立，纷然杂陈。水平极端参差不齐，吸引力也就大不相同。其中最受尊重的，同今天完全一样，是北大与清华，两个"国立"大学。因此，全国所有的赶考的举子没有不报考这两所大学的。这两所大学就仿佛变成了龙门，门槛高得可怕。往往几十人中录取一个。被录取的金榜题名，鲤鱼变成了龙。我来投考的那一年，有一个山东老乡，已经报考了五次，次次名落孙山。这一年又同我们报考，也就是第六次，结果仍然榜上无名。他神经失常，一个人恍恍惚惚在西山一带漫游了七天，才清醒过来。他从此断了大学梦，回到了山东老家，后不知所终。

我当然也报了北大与清华。同别的高中同学不同的是，我只报这两个学校，仿佛极有信心——其实我当时并没有考虑这样多，几乎是本能地这样干了——别的同学则报很多大学，二流的、三流的、不入流的，有的人竟报到七八所之多。我一辈子考试的次数成百成千，从小学一直考到获得最高学位，但我考试的运气好，从来没有失败过。这一次又撞上了喜神，北大和清华我都被录取，一时成了人们羡慕的对象。

但是，北大和清华，对我来说，却成了鱼与熊掌。何去何从？一时成了挠头的问题。我左考虑，右考虑，总难以下这一步棋。当时"留学热"不亚于今天，我未能免俗。如果从留学这个角度来考虑，清华似乎有一日之长。至少当时人们都是这样看的。"吾从众"，终于决定了清华，入的是西洋文学系（后改名为外国语文系）。

在旧中国，清华西洋文学系名震神州。主要原因是教授几乎全是外国人，讲课当然用外国话，中国教授也多用外语（实际上就是英语）授课。这一点就具有极大的吸引力。夷考其实，外国教授几乎全部不学无术，在他们本国恐怕连中学都教不上。因此，在本系所有的必修课中，没有哪一门课我感到满意。反而是我旁听和选修的两门课，令我终生难忘，终生受益。旁听的是陈寅恪先生的"佛经翻译文学"，选修的是朱光潜先生的"文艺心理学"，就是美学。在本系中国教授中，叶公超先生教我们大一英文。他英文大概是好的，但有时故意不修边幅，好像要学习竹林七贤，给我没有留下好印象。吴宓先生的两门课"中西诗之比较"和"英国浪漫诗人"，给我留下了深刻的印象。

此外，我还旁听了或偷听了很多外系的课。比如朱自清、俞平伯、谢婉莹（冰心）、郑振铎等先生的课，我都听过，时间长短不等。在这种旁听活动中，我有成功，也有失败。最失败的一次，是同许多男同学，被冰心先生婉言赶出了课堂。最成功的是旁听西谛先生的课。西谛先生豁达大度，待人以诚，没有教授架子，没有行帮意识。我们几个年轻大学生——吴组缃、林庚、李长之，还有我自己——由听课而同他有了个人来往。他同巴金、靳以主编大型的《文学季刊》是当时轰动文坛的大事。他也竟让我们名不见经传的无名小卒，充当《季刊》的编委或特约撰稿人，名字赫然印在杂志的封面上，对我们来说这实在是无上的光荣。结果我们同西谛先生成了忘年交，终生维持着友谊，一直到1958年他在飞机失事中遇难。到了今天，我们一想到郑先生还不禁悲从中来。

此时政局是非常紧张的。蒋介石在拼命"安内"，日军已薄

301

古北口，在东北兴风作浪，更不在话下。"九一八"后，我也曾参加清华学生卧轨绝食，到南京去请愿，要求蒋介石出兵抗日。我们满腔热血，结果被满口谎言的蒋介石捉弄，铩羽而归。

美丽安静的清华园也并不安静。国共两方的学生斗争激烈。此时，胡乔木（原名胡鼎新）同志正在历史系学习，与我同班。他在进行革命活动，其实也并不怎么隐蔽。每天早晨，我们洗脸盆里塞上的传单，就出自他之手。这是一个公开的秘密，尽人皆知。他曾有一次在深夜坐在我的床上，劝说我参加他们的组织。我胆小怕事，没敢答应。只答应到他主办的工人子弟夜校去上课，算是聊助一臂之力，稍报知遇之恩。

学生中国共两派的斗争是激烈的，详情我不得而知。我算是中间偏左的逍遥派，不介入，也没有兴趣介入这种斗争。不过据我的观察，两派学生也有联合行动，比如到沙河、清河一带农村中去向农民宣传抗日。我参加过几次，记忆中好像也有倾向国民党的学生参加。原因大概是，尽管蒋介石不抗日，青年学生还是爱国的多。在中国知识分子中，爱国主义的传统是源远流长的，根深蒂固的。

这几年，我们家庭的经济情况颇为不妙。每年寒暑假回家，返校时筹集学费和膳费，就煞费苦心。清华是国立大学，花费不多。每学期收学费40元；但这只是一种形式，毕业时学校把收的学费如数还给学生，供毕业旅行之用。不收宿费，膳费每月6块大洋，顿顿有肉。即使是这样，我也开支不起。我的家乡清平县，国立大学生恐怕只有我一个，视若"县宝"，每年津贴我50元。

另外，我还能写点文章，得点稿费，家里的负担就能够大大减轻。我就这样在颇为拮据的情况中度过了四年，毕了业，戴上租来的学士帽照过一张相，结束了我的大学生活。

当时流行着一个词儿，叫"饭碗问题"，还流行着一句话，是"毕业即失业"。除了极少数高官显宦、富商大贾的子女以外，谁都会碰到这个性命交关的问题。我从三年级开始就为此伤脑筋。我面临着承担家庭主要经济负担的重任。但是，我吹拍乏术，奔走无门。夜深人静之时，自己脑袋里好像是开了锅。然而结果却是一筹莫展。

眼看快要到1934年的夏天，我就要离开学校了。真好像是大旱之年遇到甘霖，我的母校济南省高中校长宋还吾先生，托人邀我到母校去担任国文教员。月薪大洋160元，是大学助教的一倍。大概因为我发表过一些文章，我就被认为是文学家，而文学家都一定能教国文，这就是当时的逻辑。这一举真让我受宠若惊，但是我心里却打开了鼓：我是学西洋文学的，高中国文教员我当得了吗？何况我的前任是被学生"架"（当时学生术语，意思是"赶"）走的，足见学生不易对付。我去无疑是自找麻烦，自讨苦吃，无异于跳火坑。我左考虑，右考虑，终于举棋不定，不敢答复。然而，时间是不饶人的。暑假就在眼前，离校已成定局，最后我咬了咬牙，横下了一条心："你有勇气请，我就有勇气承担！"

于是在1934年秋天，我就成了高中的国文教员。校长待我是好的，同学生的关系也颇融洽。但是同行的国文教员对我却有挤对之意。全校三个年级，十二个班，四个国文教员，每人教三个班。这就来了问题：其他三位教员都比我年纪大得多，其中一个还是我的老师一辈，都是科班出身，教国文成了老油子，根本用不着备课。他们却每人教一个年级的三个班，备课只有一个头。我教三个年级剩下的那个班，备课有三个头，其困难与心里的别扭是显而易见的。所以在这一年里，收入虽然很好（160 元的购买力约与今天的 3200 元相当），心情却是郁闷。眼前的留学杳无踪影，手中的饭碗飘忽欲飞。此种心情，实不足为外人道也。

但是，幸运之神（如果有的话）对我是垂青的。正在走投无路之际，母校清华大学同德国学术交换处签订了互派留学生的合同，我喜极欲狂，立即写信报了名，结果被录取。这比考上大学金榜题名的心情，又自不同，别是一番滋味在心头。积年愁云，一扫而空，一生幸福，一锤定音，仿佛金饭碗已经捏在手中。自己身上一镀金，则左右逢源，所向无前。我现在看一切东西，都发出玫瑰色的光泽了。

然而，人是不能脱离现实的。我当时的现实是：亲老、家贫、子幼，我又走到了我一生最大的一个歧路口上。何去何从？难以决定。这个歧路口，对我来说，意义真正是无比的大。不向前走，则命定一辈子当中学教员，饭碗还不一定经常能拿在手中，向前走，则会是另一番境界。"马前桃花马后雪，教人怎敢再回头"？

经过了痛苦的思想矛盾，经过了细致的家庭协商，决定向前迈步。好在原定期限只有两年，咬一咬牙就过来了。

我于是在 1935 年夏天离家，到北平和天津办理好出国手续，乘西伯利亚火车，经苏联，到了柏林。我自己的心情是：万里投荒第二人。

在这一段从大学到教书一直到出国的时期中，我的心镜中照见的是：蒋介石猖狂反共，日本军野蛮入侵，时局动荡不安，学生两极分化，这样一幅十分复杂矛盾的图像。

马前的桃花，远看异常鲜艳，近看则不见得。

我在柏林待了几个月，中国留学生人数颇多，认真读书者当然有之，终日鬼混者也不乏其人。国民党的大官，自蒋介石起，很多都有子女在德国"流学"。这些高级"衙内"看不起我，我更藐视这一群行尸走肉的家伙，羞与他们为伍。"此地信美非吾土"，到了深秋，我就离开柏林，到了小城又是科学名城的哥廷根。从此以后，在这里一住就是七年，没有离开过。

德国给我一月120马克，房租约占百分之四十多，吃饭也差不多。手中几乎没有余钱。同官费学生一个月800马克相比，真则小巫见大巫。我在德国住了那么久的时间，从来没有寒暑假休息，从来没有旅游，一则因为"阮囊羞涩"，二则珍惜寸阴，想多念一点书。

我不远万里而来，是想学习的。但是，学习什么呢？最初并没有一个十分清楚的打算。第一学期，我选了希腊文，样子是想念欧洲古典语言文学。但是，在这方面，我无法同德国学生竞争，他们在中学里已经学了八年拉丁文、六年希腊文。我心里彷徨起来。

到了1936年春季始业的那一学期，我在课程表上看到了瓦尔特施米特开的梵文初学课，我狂喜不止。在清华时，受了陈寅恪先生讲课的影响，就有志于梵学。但在当时，中国没有人开梵文课，现在竟于无意中得之，焉能不狂喜呢？于是我立即选了梵文课。在德国，要想考取哲学博士学位，必须修三个系，一主二副。我的主系是梵文、巴利文，两个副系是英国语言学和斯拉夫语学。我从此走上了正规学习的道路。

1937年，我的奖学金期满。正在此时，日军发动了卢沟桥事变，虎视眈眈，意在吞并全中国和亚洲。我是望乡兴叹，有家难归。但是天无绝人之路，汉文系主任夏伦邀我担任汉语讲师，我实在像久旱逢甘霖，当然立即同意，走马上任。这个讲师工作不多，我照样当我的学生，我的读书基地仍然在梵文研究所，偶尔到汉学研究所来一下。这情况一直继续到1945年秋天我离开德国。

1939年，第二次世界大战正式开幕。我原以为像这样杀人盈野、积血成河的人类极端残酷的大搏斗，理应震撼三界，摇动五洲，使禽兽颤抖，使人类失色。然而，我有幸身临其境，只不过听到几次法西斯头子狂嚎——这在当时的德国是司空见惯的事——好像是春梦初觉，无声无息地就走进了战争。战争初期阶段，德军的胜利使德国人如疯如狂，对我则是一个打击。他们每胜利一次，我就在夜里服安眠药一次。积之既久，失眠成病，成了折磨我几十年的终生痼疾。

最初生活并没有怎样受到影响。慢慢地肉和黄油限量供应了，慢慢地面包限量供应了，慢慢地其他生活用品也限量供应了。在不知不觉中，生活的螺丝越拧越紧。等到人们明确地感觉到时，这螺丝已经拧得很紧很紧了，但是除了极个别的反法西斯的人以外，我没有听到老百姓说过一句怨言。德国法西斯头子统治有术，而德国人民也是一个十分奇特的民族，对我来说，简直是个谜。

后来战火蔓延，德国四面被封锁，供应日趋紧张。我天天挨饿，夜夜做梦，梦到中国的花生米。我幼无大志，连吃东西也不例外。有雄心壮志的人，梦到的一定是燕窝、鱼翅，哪能像我这样没出息的人只梦到花生米呢？饿得厉害的时候，我简直觉得自己是处在饿鬼地狱中，恨不能把地球都整个吞下去。

我仍然继续念书和教书。除了挨饿外，天上的轰炸最初还非常稀少。我终于写完了博士论文。此时瓦尔特施米特教授被征从军，他的前任已退休的老教授 Prof. E. Sieg（西克）替他上课。他用了几十年的时间读通了吐火罗文，名扬全球。按岁数来讲，他等于我的祖父。他对我也完全是一个祖父的感情。他一定要把自己全部拿手的好戏都传给我：印度古代语法、吠陀，而且不容我提不同意见，一定要教我吐火罗文。我趁瓦尔特施米特教授休假之机，通过了口试，布朗恩口试俄文的斯拉夫文，罗德尔口试英文。考试及格后，仍在西克教授指导下学习。我们天天见面，冬天黄昏，在积雪的长街上，我搀扶着年逾八旬的异国的老师，送他回家。我忘记了战火，忘记了饥饿，我心中只有身边这个老人。

我当然怀念我的祖国，怀念我的家庭。此时邮政早已断绝。杜甫诗："烽火连三月，家书抵万金。"我却是"烽火连三年，家书抵亿金"。事实上根本收不到任何信。这大大地加强了我的失眠症，晚上吞服的药量，与日俱增，能安慰我的只有我的研究工作。此时英美的轰炸已成家常便饭，我就是在饥饿与轰炸中写成了几篇论文。大学成了女生的天下，男生都抓去当了兵。过了没有多久，男生有的回来了，但不是缺一只手，就是缺一条腿。双拐击地的声音在教室大楼中往复回荡，形成了独特的合奏。

到了此时，前线屡战屡败，法西斯头子的牛皮虽然照样厚颜无耻地吹，然而已经空洞无力，有时候牛头不对马嘴。从我们外国人眼里来看，败局已定，任何人也回天无力了。

德国人民怎么样呢？经过我十年的观察与感受，我觉得，德国人不愧是世界上最优秀的人民之一。文化昌明，科学技术处于世界前列，大文学家、大哲学家、大音乐家、大科学家，近代哪一个民族也比不上。而且为人正直、淳朴，各个都是老实巴交的样子。在政治上，他们却是比较单纯的，真心拥护希特勒者占绝大多数。令我大惑不解的是，希特勒极端诬蔑中国人，视为文明的破坏者。按理说，我在德国应当遇到很多麻烦。然而，实际上，我却一点麻烦也没有遇到。听说，在美国，中国人很难打入美国人社会。可我在德国，自始至终就在德国人社会之中，我就住在德国人家中，我的德国老师，我的德国同学，我的德国同事，我的德国朋友，从来待我如自己人，没有丝毫歧视。这一点让我终生难忘。

这样一个民族现在怎样看待垂败的战局呢？他们很少跟我谈论战争问题，对生活的极端艰苦，轰炸的极端野蛮，他们好像都无动于衷，他们有点茫然、漠然。一直到1945年春，美国军队攻入哥廷根，法西斯彻底完蛋了，德国人仍然无动于衷，大有逆来顺受的意味，又仿佛当头挨了一棒，在茫然、漠然之外，又有点昏昏然、懵懵然。

惊心动魄的世界大战，持续了六年，现在终于闭幕了。我在惊魂甫定之余，顿时想到了祖国，想到了家庭。我离开祖国已经十年了，我在内心深处感到了祖国对我这个海外游子的召唤。几经交涉，美国占领军当局答应用吉普车送我们到瑞士去。我辞别德国师友时，心里十分痛苦，特别是西克教授，我看到这位耄耋老人面色凄楚，双手发颤，我们都知道，这是最后一面了。我连头也不敢回，眼里流满了热泪。我的女房东对我放声大哭。她儿子在外地，丈夫已死，我这一走，房子里空空洞洞，只剩下她一人。几年来她实际上是同我相依为命，而今以后，日子可怎样过呀！离开她时，我也是头也没有敢回，含泪登上美国吉普。我在心里套一首旧诗想成了一首诗：

> 留学德国已十霜，
>
> 归心日夜忆旧邦，
>
> 无端越境入瑞士，
>
> 客树回望成故乡。

这十年在我的心镜上照出的是法西斯统治，极端残酷的世界大战，游子怀乡的残影。

1945 年 10 月，我们到了瑞士。在这里待了几个月。1946 年春天，离开瑞士，经法国马赛，乘为法国运兵的英国巨轮，到了越南西贡。在这里待到夏天，又乘船经香港回到上海，别离祖国将近十一年，现在终于回来了。

此时，我已经通过陈寅恪先生的介绍，胡适之先生、傅斯年先生和汤用彤先生的同意，到北大来工作。我写信给在英国剑桥大学任教的哥廷根旧友夏伦教授，谢绝了剑桥之聘，决定不再回欧洲。同家里也取得了联系，寄了一些钱回家。我感激叔父和婶母，以及我的妻子彭德华，他们经过千辛万苦，努力苦撑了十一年，我们这个家才得以完整安康地留下来。

当时正值第二次革命战争激烈进行，交通中断，我无法立即回济南老家探亲。我在上海和南京住了一个夏天。在南京曾叩见过陈寅恪先生，到中央研究院拜见过傅斯年先生。1946年深秋，从上海乘船到秦皇岛，转乘火车，来到了暌别了十一年的北平。深秋寂冷，落叶满街，我心潮起伏，酸甜苦辣，说不出来是什么滋味。阴法鲁先生到车站去接我们，把我暂时安置在北大红楼。第二天，会见了文学院长汤用彤先生。汤先生告诉我，按北大以及其他大学规定，得学位回国的学人，最高只能给予副教授职称，在南京时傅斯年先生也告诉过我同样的话。能到北大来，我已经心满意足，焉敢妄求？但是过了没有多久，大概只有个把礼拜，汤先生告诉我，我已被定为正教授兼东方语言文学系主任，时年三十五岁。当副教授时间之短，我恐怕是创了新纪录。这完全超出了我的想望。我暗下决心：努力工作，积极述作，庶不负我的老师和师辈培养我的苦心！

此时的时局却是异常恶劣的。以蒋介石为首的国民党，剥掉自己的一切画皮，贪污成性，贿赂公行，大搞"五子登科"，接收大员满天飞，"法币"天天贬值，搞了一套银元券、金圆券之类的花样，毫无用处。人民生活在水深火热之中，大学教授也不例外。手中领到工资，一个小时以后，就能贬值。大家纷纷换银元，换美元，用时再换成法币。每当手中攥上几个大头时，心里便暖乎乎的，仿佛得到了安全感。

在学生中，新旧势力的斗争异常激烈。国民党垂死挣扎，进步学生猛烈进攻。当时流传着一个说法：在北平有两个解放区，一个是北大的民主广场，一个是清华园。我住在红楼，有几次也受到了国民党北平市党部纠集的天桥流氓等闯进来捣乱的威胁。我们在夜里用桌椅封锁了楼口，严阵以待，闹得人心惶惶，我们觉得又可恨，又可笑。

但是，腐败的东西终究会灭亡的，这是一条人类和大自然进化的规律。1949年春，北京终于解放了。

在这三年中，我的心镜中照出的是黎明前的一段黑暗。

如果把我的一生分成两截的话，我习惯的说法是，前一截是旧社会，共三十八年。后一截是新社会，年数现在还没法确定，我一时还不想上八宝山，我无法给我的一生画上句号。

为什么要分为两截呢？一定是认为两个社会差别极大，非在中间划上鸿沟不行。实际上，我同当时留下没有出国或到台湾去的中老年知识分子一样，对共产党并不了解；对共产主义也不见得那么向往；但是对国民党我们是了解的。因此，解放军进城我们是欢迎的，我们内心是兴奋的，希望而且也觉得从此换了人间。解放初期，政治清明，一团朝气，许多措施深得人心。旧社会留下的许多污泥浊水，荡涤一清。我们都觉得从此河清有日，幸福来到了人间。

但是，我们也有一个适应过程。别的比我年老的知识分子的真实心情，我不了解。至于我自己，我当时才四十岁，算是刚刚进入中年，但是我心中需要克服的障碍就不老少。参加大会，喊"万岁"之类的口号，最初我张不开嘴。连脱掉大褂换上中山装这样的小事，都觉得异常别扭，他可知矣。

对我来说，这个适应过程并不长，也没有感到什么特殊的困难，我一下子像是变了一个人。觉得一切的一切都是美好的，都是善良的。我觉得天特别蓝，草特别绿，花特别红，山特别青。全中国仿佛开遍了美丽的玫瑰花，中华民族前途光芒万丈，我自己仿佛又年轻了十岁，简直变成了一个大孩子。开会时，游行时，喊口号，呼"万岁"，我的声音不低于任何人，我的激情不下于任何人。现在回想起来，那是我一生最愉快的时期。

但是，反观自己，觉得百无是处。我从内心深处认为自己是一个地地道道的"摘桃派"。中国人民站起来了，自己也跟着挺直了腰板。任何类似贾桂的思想，都一扫而空。我享受着"解放"的幸福，然而我干了什么事呢？我做出了什么贡献呢？我确实没有当汉奸，也没有加入国民党，没有屈服于德国法西斯。但是，当中华民族的优秀儿女把脑袋挂在裤腰带上，浴血奋战，壮烈牺牲的时候，我却躲在万里之外的异邦，在追求自己的名山事业。天下可耻事宁有过于此者乎？我觉得无比地羞耻。连我那一点所谓学问——如果真正有的话——也是极端可耻的。

我左思右想，沉痛内疚，觉得自己有罪，觉得知识分子真是不干净。我仿佛变成了一个基督教徒，深信"原罪"的说法。在好多好多年，这种"原罪"感深深地印在我的灵魂中。

我当时时发奇想，我希望时间之轮倒拨回去，拨回到战争年代，给我一个机会，让我立功赎罪。我一定会不惜牺牲自己的性命，为了革命，为了民族。我甚至有近乎疯狂的幻想：如果我们的领袖遇到生死危机，我一定会挺身而出，用自己的鲜血与性命来保卫领袖。

我处处自惭形秽。我当时最羡慕、最崇拜的是三种人：老干部、解放军和工人阶级。对我来说，他们的形象至高无上，神圣不可侵犯。在我眼中，他们都是"最可爱的人"，是我终生学习也无法赶上的人。

就这样，我背着沉重的"原罪"的十字架，随时准备深挖自己思想，改造自己的资产阶级思想，真正树立无产阶级思想——除了"毫不利己，专门利人"之外，我到今天也说不出什么是无产阶级思想——脱胎换骨，重新做人。风风雨雨，坎坎坷坷，一会儿山重水复，一会儿柳暗花明，走过了漫长的三十年。

解放初期第一场大型的政治运动，是三反、五反、思想改造运动。我认真严肃地怀着满腔的虔诚参加了进去。我一辈子不贪公家一分钱，三反、五反与我无缘。但是思想改造，我却认为，我的任务是艰巨的，是迫切的。笼统说来，是资产阶级思想；具体说来，则可以分为几项。首先，在解放前，我从对国民党的观察中，得出了一条结论：政治这玩意儿是肮脏的，是污浊的，最好躲得远一点。其次，我认为，外蒙古是被原苏联抢走的；中共是受苏联左右的。思想改造，我首先检查、批判这两个思想。当时，当众检查自己的思想叫做"洗澡"，"洗澡"有小、中、大三盆。我是系主任，必须洗中盆，也就是在系师生大会上公开检查。因为我没有什么民愤，没有升入"大盆"，也就是没有在全校师生大会上检查。

在中盆里，水也是够热的。大家发言异常激烈，有的出于真心实意，有的也不见得。我生平破天荒第一次经过这个阵势，句句话都像利箭一样，射向我的灵魂。但是，因为我仿佛变成一个基督教徒，怀着满腔虔诚的"原罪"感，好像话越是激烈，我越感到舒服，我舒服得浑身流汗，仿佛洗的是土耳其蒸气浴。大会最后让我通过以后，我感动得真流下了眼泪，感到身轻体健，资产阶级思想仿佛真被廓清。

像我这样虔诚的信徒，还有不少，但是也有想蒙混过关的。有一位洗大盆的教授，小盆、中盆，不知洗过多少遍了，群众就是不让通过，终于升至大盆。他破釜沉舟，想一举过关。检讨得痛快淋漓，把自己骂得狗血喷头，连同自己的资产阶级父母，都被波及，他说了父母不少十分难听的话。群众大受感动。然而无巧不成书，主席瞥见他的检讨稿上用红笔写上了几个大字"哭"。每到这地方，他就号啕大哭。主席一宣布，群众大哗。结果如何，就不用说了。

跟着来的是批判电影《武训传》，批判《早春二月》[a]，批判资产阶级学术思想，胡适、俞平伯都榜上有名。后面是揭露和批判胡风"反革命集团"，这是属于敌我矛盾的事件。胡风本人以外，被牵涉到的人数不少，艺术界和学术界都有。附带进行了一次清查历史反革命的运动，自杀的人时有所闻。北大一位汽车司机告诉我，到了这样的时候，晚上开车，要十分警惕，怕冷不防有人从黑暗中一下子跳出来，甘愿做轮下之鬼。

到了1957年，政治运动达到了第一次高潮。从规模上来看，从声势上来看，从涉及面之广来看，从持续时间之长来看，都无愧是空前的。

最初只说是党内整风，号召大家提意见，"知无不言，言无不尽"。当时党的威信至高无上。许多爱护党而头脑简单的人，就真提开了意见，有的话说得并不好听，但是绝大部分人是出于一片赤诚之心，结果被揪住了辫子，划为右派。根据"上头"的意见，右派是敌我矛盾作为人民内部矛盾来处理，而且信誓旦旦说：右派永远不许翻案。

有些被抓住辫子的人恍然大悟：原来不是说不抓辫子，不打棍子，不戴帽子吗？这是不是一场阴谋？答曰：否，这不是阴谋，

315

---

a 《早春二月》由谢铁骊执导，根据柔石同名小说1964年拍成电影。公映后即与《北国江南》等影片被视为"宣扬资产阶级人性论"，遭到全国性批判。"文革"后恢复名誉。作者此处将《早春二月》与五十年代被批判电影《武训传》并提，可能记忆有误。

而是阳谋。到了此时，悔之晚矣。戴上右派帽子的人，虽说是人民内部，但是游离于敌我之间，徒倚于人鬼之隙，滋味是够受的。有的人到了二十年之后才被摘掉帽子，然而老夫耄矣。无论如何，这证明了，共产党有改正错误的勇气，是有力量有信心的表现。

当时究竟划了多少右派，确数我不知道。听说右派是有指标的，这指标下达到每一个基层单位，如果没有完成，必须补划。传说出了不少笑话，这都先不去管它。有一件事情，我脑筋里开了点窍：这一场运动，同以前的运动一样，是针对知识分子的。我怀着根深蒂固的"原罪"感，衷心拥护这一场运动。

到了1958年，轰轰烈烈的反击右派运动逐渐接近了尾声。但是，车不能停驶，马不能停蹄，立即展开了新的运动，而且这一次运动在很多方面都超越了以前的运动。这一次是精神和物质一齐抓，既要解放生产力，又要肃清资产阶级思想。后者主要是针对学校里的教授，美其名曰："拔白旗"。"白"就代表落后，代表倒退，代表资产阶级思想，是与代表前进，代表革命，代表无产阶级思想的"红"相对立的。大学里和中国科学院里一些"资产阶级教授"，狠狠地被拔了一下白旗。

前者则表现在大炼钢铁上。至于人民公社，则好像是兼而有之。"共产主义是天堂，人民公社是桥梁"，是当时最响亮的口号，大炼钢铁实际上是一场巨大的灾难。全国人民响应号召，到处搜捡废铁，加以冶炼，这件事本来未可厚非。但是，废铁捡完了，为了完成指标，就把完整的铁器，包括煮饭的锅在内，砸成"废铁"，回炉冶炼。全国各地，炼钢的小炉，灿若群星，日夜不熄，蔚为宇宙伟观。然而炼出来的却是一炉炉的废渣。

人人都想早上天堂，于是人民公社，一夜之间，遍布全国，适逢粮食丰收，大家敞开肚皮吃饭。个人的灶都撤掉了，都集中在公共食堂中吃饭。有的粮食烂在地里，无人收割。把群众运动的威力夸大到无边无际，把人定胜天的威力也夸大到无边无际。麻雀被定为四害之一，全国人民起来打之。把粮食的亩产量也无限夸大，从几百斤、几千斤，到几万斤。各地竞相弄虚作假，大放"卫星"。有人说，如果亩产几万斤，则一亩地里光麦粒或谷粒就得铺得老厚，那是完全不可信的。

那时我已经有四十七八岁，不是小孩子了；我是受过高等教育、留过洋的大学教授，然而我对这一切都深信不疑。"人有多大胆，地有多大产"，我是坚信的。我在心中还暗暗地嘲笑那一些"思想没有解放"的"胆小鬼"，觉得唯我独马，唯我独革。

跟着来的是三年灾害。真是"自然灾害"吗？今天看来，未必是的。反正是大家都挨了饿。我在德国挨过五年的饿，"曾经沧海难为水"，我现在一点没有感到难受，半句怪话也没有说过。

从全国形势来看，当时的政策已经"左"到不能再"左"的程度，当务之急当然是反"左"。据说中央也是这样打算的。但是，在庐山会议上，忽然杀出来一个彭德怀。他上了"万言书"，说了几句真话，这就惹了大祸。于是一场反"左"变为反右。一直到今天，开国元勋中，我最崇拜、最尊敬的无过于彭大将军。他是一个难得的硬汉子，豁出命去也不阿谀奉承，代表了中华民族的浩然正气。

上面既然号召反右，那么就反吧。知识分子们经过十几年连续不断的运动，都已锻炼成了"运动健将"，都已成了运动的内行里手。这一次我整你，下一次你整我，大家都已习惯这一套了。于是乱乱哄哄，时松时紧，时强时弱，一直反到社教运动。

据我看，社教运动实际上是"无产阶级文化大革命"的前奏曲。我现在就把这两场运动摆在一起来讲。

社会主义教育运动，北大是试点，先走了一步，运动开始后不久学校里就泾渭分明地分了派：被整的与整人的。我也懵懵懂懂地参加了整人的行列。可是有一件事情我不明白，也想不通，解放后第一次萌动了一点"反动思想"：学校的领导都是上面派来的老党员、老干部，我们资产阶级知识分子并起不了多大作用，为什么上头的意思说我们"统治"了学校呢？我百思不得其解。

后来北京市委进行了干预，召开了国际饭店会议，为被批的校领导平反，这里就伏下了"文化大革命"的起因。

1965 年秋天，我参加完了国际饭店会议，被派到京郊南口村去搞农村社教运动。在这里我们真成了领导了，党政财文大权统统掌握在我们手里。但是要求也是非常严格的：不许自己开火做饭，在全村轮流吃派饭，鱼肉蛋不许吃。自己的身份和工资不许暴露，当时农民每日工分不过三四角钱，我的工资是四五百，这样放了出去，怕农民吃惊。时隔三十一年，到了今天，再到农村去，我们工资的数目是不肯说，怕说出去让农民笑话。抚今追昔，真不禁感慨系之矣！

这一年的冬天，姚文痞的文章《评新编历史剧〈海瑞罢官〉》

发表，敲响了"文化大革命"的钟声。所谓"三家村"的三位主人，我全认识，我在南口村无意中说了出来。这立即被我的一位"高足"牢记在心。后来在"文革"中，这位高足原形毕露。为了出人头地，颇多惊人之举，比如说贴口号式的大字报，也要署上自己的名字，引起了轰动。他对我也落井下石，把我"打"成了"三家村"的小伙计。

我于1966年6月4日奉召回校，参加"文化大革命"。最初的一个阶段，是批所谓"资产阶级学术权威"。这次运动又是针对知识分子的，是再明显不过的了，我自然在被批之列。我虽不敢以"学术权威"自命，但是，说自己是资产阶级，我则心悦诚服，毫无怨言，尽管运动来势迅猛，我没有费多大力量就通过了。

后来，北大成立了"革命委员会"，头子就是那位所谓写第一张"马列主义大字报"的"老佛爷"。此人是有后台的，广通声气，据说还能通天，与江青关系密切。她不学无术，每次讲话，必出错误，但是却骄横跋扈，炙手可热。此时她成了全国名人，每天到北大来"取经"朝拜的上万人，上十万人。弄得好端端一个燕园乱七八糟，乌烟瘴气。

随着运动的发展，北大逐渐分了派。"老佛爷"这一派叫"新北大公社"，是执掌大权的"当权派"。它的对立面叫"井冈山"，是被压迫的。两派在行动上很难说有多少区别，都搞打、砸、抢，都不懂什么叫法律。上面号召："革命无罪，造反有理。"这就是至高无上的法律。

我越过第一阵强烈的风暴，问题算是定了。我逍遥了一阵子，日子过得满惬意。如果我这样逍遥下去的话，太大的风险不会再有了。我现在无异是过了昭关的伍子胥。我是一个胆小怕事的人，这是常态；但是有时候我胆子又特别大。在我一生中，这样的情况也出现过几次，这是变态。及今思之，我这个人如果有什么价值的话，价值就表现在变态上。

这种变态在"文化大革命"又出现过一次。

在"老佛爷"仗着后台硬为所欲为无法无天的时候，校园里残暴野蛮的事情越来越多。抄家，批斗，打人，骂人，脖子上挂大木牌子，头上戴高帽子，任意污辱人，放胆造谣言，以至发展到用长矛杀人，不用说人性，连兽性都没有了。我认为这不符合群众路线，不符合什么人的"革命路线"。放着安稳的日子不过，我又发了牛脾气，自己跳了出来，其中危险我是知道的。我在日记里写过："为了保卫什么人的革命路线，虽粉身碎骨，在所不辞。"这完全是真诚的，半点虚伪也没有。

同时，我还有点自信：我头上没有辫子，屁股上没有尾巴。我没有参加过国民党或任何反动组织，没有干反人民的事情。我怀着冒险、侥幸又还有点自信的心情，挺身出来反对那一位"老佛爷"。我完完全全是"自己跳出来"的。

没想到，也可以说是已经想到，这一跳就跳进了"牛棚"。我在群众中有一定的影响，我起来在太岁头上动土，"老佛爷"恨我入骨，必欲置之死地而后快。我被抄家，被批斗，被打得头破血流，鼻青脸肿。我并不是那种豁达大度什么都不在乎的人。我一时被斗得晕头转向，下定决心，自己结束自己的性命。决心既下，我心情反而显得异常平静，简直平静得有点可怕。我把历年积攒的安眠药片和药水都装到口袋里，最后看了与我共患难的婶母和老伴一眼，刚准备出门跳墙逃走，大门上响起了雷鸣般的撞门声："新北大公社"的红卫兵来押解我到大饭厅去批斗了。这真正是千钧一发呀！这一场批斗进行得十分激烈，十分野蛮，我被打得躺在地上站不起来。然而我一下得到了"顿悟"：一个人忍受挨打折磨的能力，是没有极限的。我能够忍受下去的！我不死了！我要活下去！

我的确活下来了。然而，在刚离开"牛棚"的时候，我已经虽生犹死，我成了一个半白痴，到商店去买东西，不知道怎样说话。让我抬起头来走路，我觉得不习惯。耳边不再响起"妈的！""混蛋！""王八蛋！"一类的词儿，我觉得奇怪。见了人，我是口欲张而嗫嚅，足欲行而趑趄。我几乎成了一具行尸走肉，我已经"异化"为"非人"。

我的确活下来了，然而一个念头老在咬我的心。我一向信奉的"士可杀，不可辱"的教条，怎么到了现在竟被我完全地抛到脑后了呢？我有勇气仗义执言，打抱不平，为什么竟没有勇气用自己的性命来抗议这种暴行呢？我有时甚至觉得，隐忍苟活是可耻的。然而，怪还不怪在我的后悔，而在于我在很长的时间内并没有把这件事同整个的"文化大革命"联系在一起。一直到1976年"四人帮"被打倒，我一直拥护七八年一次、一次七八年的"革命"。可见我的政治嗅觉是多么迟钝。

我做了四十多年的梦，我怀拥"原罪感"四十多年。上面提到的我那三个崇拜对象，我一直崇拜了四十多年。所有这一些对我来说是十分神圣的东西，都被"文革"打得粉碎，而今安在哉！我不否认，我这几个崇拜对象大部分还是好的，我不应从一个极端走向另一个极端。至于我衷心拥护了十年的"文化大革命"，则另是一码事。这是中国历史上空前的最野蛮、最残暴、最愚昧、最荒谬的一场悲剧，它给伟大的中华民族脸上抹了黑。我们永远不应忘记！

"四人帮"垮台，"无产阶级文化大革命"结束以后，中央拨乱反正，实行了改革开放的政策，受到了全国人民的拥护。时间并不太长，取得的成绩有目共睹。在全国人民眼前，全国知识分子眼前，天日重明，又有了希望。

我在上面讲述了解放后四十多年来的遭遇和感受：在这一段时间内，我的心镜里照出来的是运动，运动，运动；照出来的是我个人和众多知识分子的遭遇；照出来的是我个人由懵懂到清醒的过程；照出来的是全国人民从政治和经济危机的深渊岸边回头走向富庶的转机。

我在 20 世纪生活了八十多年了。再过七年，这一世纪，这一千纪就要结束了。这是一个非常复杂、变化多端的世纪。我心里这一面镜子照见的东西当然也是富于变化的，五花八门的，但又多姿多彩的。它既照见了阳关大道，也照见了独木小桥；它既照见了山重水复，也照见了柳暗花明。我不敢保证我这一面心镜绝对通明锃亮，但是我却相信，它是可靠的，其中反映的倒影是符合实际的。

我揣着这一面镜子，一揣揣了八十多年。我现在怎样来评价镜子里照出来的20世纪呢？我现在怎样来评价镜子里照出来的我的一生呢？呜呼，概难言矣！概难言矣！"却道天凉好个秋"。我效法这一句词，说上一句：天凉好个冬！

只有一点我是有信心的：21世纪将是中国文化（东方文化的核心）复兴的世纪。现在世界上出现了许多影响人类生存前途的弊端，比如人口爆炸、大自然被污染、生态平衡被破坏、臭氧层被破坏、粮食生产有限、淡水资源匮乏，等等，这只有中国文化能克服，这就是我的最后信念。

1993年2月17日